Harry Potter and
the Order of the Phoenix

ハリー・ポッターと
不死鳥の騎士団

J.K.ローリング

松岡佑子＝訳

静山社

To Neil, Jessica and David,
who make my world magical

Original Title: HARRY POTTER AND THE ORDER OF THE PHOENIX

First published in Great Britain in 2003
by Bloomsbury Publishing Plc, 50 Bedford Square, London WC1B 3DP

Japanese edition first published in 2004

This book is published in Japan by arrangement with
the author through The Blair Partnership

ハリー・ポッターと不死鳥の騎士団　5-1　目次

ハリー・ポッターと不死鳥の騎士団　5-2　目次

ハリー・ポッターと不死鳥の騎士団　5-3

ハリー・ポッターと不死鳥の騎士団　5-4

ハリー・ポッターと不死鳥の騎士団
主な登場人物

ハリー・ポッター
　主人公。額に稲妻形の傷痕を持つ

ロン・ウィーズリー
　ハリーのクラスメート。ウィーズリー家の六男

ハーマイオニー・グレンジャー
　ハリー、ロンのクラスメート。マグル生まれの優等生

アルバス・ダンブルドア
　ホグワーツ魔法魔術学校校長

アーサーとモリー
　ロンの両親。

フレッドとジョージ
　ロンの双子の兄

ルーナ・ラブグッド
　レイブンクロー寮の生徒。不思議な少女

コーネリウス・ファッジ
　魔法大臣

クリーチャー
　ブラック家に仕える屋敷しもべ妖精

ダーズリー一家(バーノン、ペチュニア、ダドリー)
　ハリーのおじとおば、いとこ

第1章　襲われたダドリー

　この夏一番の暑い日が暮れようとしていた。けだるい静けさが、プリベット通りの角張った大きな家々を覆っている。いつもならピカピカの車は、家の前の路地で埃(ほこり)をかぶったまま。エメラルド色だった芝生もカラカラになって黄ばんでいる——日照りによる水不足のせいで、ホースで散水することが禁止されているからだ。車を磨いたり芝生を刈ったりという日ごろの趣味を奪われたプリベット通りの住人は、日陰を求めて涼(すず)しい屋内に引きこもり、吹きもしない風をなんとかして誘い込もうと窓を広々と開け放っていた。戸外に取り残されているのは、十代の少年がただ一人。四番地の庭の花壇に、仰向けに寝転んでいる。

　細身に黒髪、メガネをかけた少年は、短い間にぐんと背丈が伸びたようだが、少し具合の悪そうなやつれた顔をしていた。汚いジーンズはボロボロで色の褪(あ)せたTシャツはだぶだぶ。それにスニーカーの底がはがれかけている。こんな格好のハリー・ポッターが、ご近所のお気に召すわけがない。なにしろ、みすぼらしいのは法律で罰するべきだと考えている連中だ。しかし、この日のハリー・ポッターは、紫陽花の大きな茂みに隠されて、道往く人の目にはまったく見えない。もし見つかるとすれば、バーノンおじさんとペチュニアおばさんが居間の窓から首を突き出し、真下の花壇を見下ろしたときだけだろう。

いろいろ考え合わせると、ここに隠れるというのは、我ながらグッド・アイデアだとハリーは思った。熱い固い地面に寝転がるのは、たしかにあまり快適とは言えないが、ここなら、睨みつけてくるだれかさんも、ニュースが聞こえなくなるほどの音で歯噛みしたり、意地悪な質問をぶつけてくるだれかさんもいない。なにしろ、おじおばと一緒に居間でテレビを見ようとすると、必ずそういうことになるのだ。

ハリーのそんな思いが、羽を生やして開いている窓から飛び込んでいったとでもいうように、突然おじのバーノン・ダーズリーの声がした。

「あいつめ、割り込むのをやめたようでよかったわい。ところで、あいつはどこにいるんだ？」

「知りませんわ」おばのペチュニアは、どうでもよいという口調だ。「家の中にはいないみたい」

バーノンが、フーっとうなった。

「ニュース番組を見てるだと……」おじさんが痛烈に嘲った。「やつの本当の狙いを知りたいもんだ。まともな男の子供がニュースなんぞに興味を持つものか――ダドリーなんか、世の中がどうなっているかなんてこれっぽっちも知らん。おそらく首相の名前も知らんぞ！　いずれにせよだ、わしらのニュースに、あの連中のことなぞ出てくるはずが――」

「バーノン、しーっ！」ペチュニアおばさんの声だ。「窓が開いてますよ！」

「ああ――そうだな――すまん」

ダーズリー家は静かになった。テレビから流れる朝食用「フルーツ・ン・ブラン」印のシリアルのコマーシャルソングを聞きながら、ハリーは、フィッグばあさんがひょっこひょっこ通り過ぎるのを眺めていた。ミセス・フィッグは近くのウィステリア通りに住む、猫好きで変わり者のおばあさんだ。ひとりで顔をしかめ、ブツブツつぶやいている。ハリーは、茂みの陰に隠れていて本当によかったと思った。フィッグばあさんは、最近ハリーに道で出会うたびに、しつこく夕食に誘うのだ。ばあさんが角を曲がり姿が見えなくなったとき、バーノンの声がふたたび窓から流れてきた。

「ダッダーは夕食にでも呼ばれたのか？」

「ポルキスさんのところですよ」ペチュニアおばさんがいとおしげに言った。「あの子はよいお友達がたくさんいて、本当に人気者で……」

ハリーは吹き出したいのをぐっと堪えた。ダーズリー夫婦は息子のダドリーのことになると、呆れるほど親ばかだ。この夏休みの間、ダドリー軍団の仲間に夜な夜な食事に招かれているなどという洒落にもならない嘘を、この親は鵜呑みにしている。ハリーは知っていた。ダドリーは夕食に招かれてなどいない。毎晩、悪童どもと一緒になって公園で物を壊し、街角でタバコを吸い、通りがかりの車や子供たちに石をぶつけているだけだ。ハリーはリトル・ウィンジングを歩き回っていた夕方に、そういう現場を何度か目撃している。夏休みに入ってからというもの、毎日のように通りをぶらぶら歩いて、ハリーは道端のゴミ箱から新聞を漁っている。

七時のニュースを告げるテーマ音楽が聞こえてきて、ハリーの胃がざわめいた。きっと今夜だ――一月も待ったんだから――今夜にちがいない。

スペインの空港手荷物係のストが二週目に入り、空港に足止めされた夏休みの旅行客の数はこれまでの最高を記録し――

「そんなやつら、わしなら一生涯シエスタをくれてやる」

アナウンサーの言葉の切れ目で、バーノンおじさんが牙をむいた。そんなことはどうでもいい。外の花壇で、ハリーは胃の緊張が緩むのを感じていた。何事かが起こったとすれば、最初のニュースになるはずだ。死とか破壊とかのほうが、足止めされた旅行客より絶対重要だから。

　ハリーはゆっくり息を吐き、輝くような青空を見上げた。今年の夏は、毎日が同じことの繰り返しだ。緊張、期待、束の間の安堵感、そしてまた緊張が募って……しかも、そのたびに同じ疑問がますます強くなる。どうして、まだなにも起こらないのだろう。

　ハリーはさらに耳を傾けた。もしかしたら、マグルには真相がつかめないような些細なヒントがあるかもしれない――謎の失踪事件とか、奇妙な事故とか……。しかし、手荷物係のストの後は、南東部の旱魃のニュースが続き（「隣のやつに聞かせてやりたいもんだ！」バーノンおじさんが大声を出した。「あいつめ、朝の三時にスプリンクラーを回しくさって！」）、それからサレー州でヘリコプターが畑に墜落しそうになったニュース、なんとかいう有名な女優が、これまた有名な夫と離婚した話（「こんな不潔なスキャンダルに、だれが興味を持つものですか」ペチュニアおばさんは口ではフンと言いながら、あらゆる雑誌でこの記事を執拗に読み漁っていた）。

　空が燃えるような夕焼けになった。ハリーはまぶしさに目を閉じた。アナウンサーが別のニュースを読み上げた。

――最後のニュースですが、セキセイインコのバンジー君は、夏を涼しく過ごす新しい方法を見つけました。バーンズリー町のパブ「ファイブ・フェザーズ」に飼われているバンジー君は、水上スキーを覚えました！　メアリー・ドーキンズ記者の取材です。

ハリーは目を開けた。セキセイインコの水上スキーまでくれば、もう聞く価値のあるニュースはないだろう。ハリーはそっと寝返りを打って腹這いになり、肘と膝とで窓の下から這い出す用意をした。

数センチも動かないうちに、矢継ぎ早にいろいろな出来事が起こった。

眠たげな静寂を破って、銃を放ったようなバシッという大きな音が鳴り響くや、駐車中の車の下から猫が一匹サッと飛び出し、たちまち姿をくらました。ダーズリー家の居間からは、悲鳴と悪態をつくわめき声と、陶器の割れる音が聞こえた。ハリーはその合図を待っていたかのように飛び起きると同時に、刀を鞘から抜くようにジーンズのベルトから細い杖を引き抜いた――しかし、立ち上がり切らないうちに、ダーズリー家の開いた窓に頭をしたたかぶつけた。ガツーンという音が、ペチュニアおばさんの悲鳴を一段と大きくした。

頭が真っ二つに割れたかと思った。涙目でよろよろしながら、ハリーは音の出どころを突き止めようと通りに目を凝らした。しかし、よろめきながらもなんとかまっすぐに立ったとたん、開け放った窓から伸びてきた赤紫の巨大な二本の手が、ハリーの首をがっちり締めた。

「そいつを――しまえ！」バーノンおじさんがハリーの耳もとで凄んだ。「すぐにだ！　だれにも――見られない――うちに！」

「は――放して！」ハリーが喘いだ。

二人は数秒間揉み合った。ハリーは上げた杖を右手でしっかりにぎりしめたまま、左手でおじさんのソーセージのような指を引っ張った。すると、ぶつけた頭のてっぺんがひときわ激しく疼き、とたんにバーノンが電気ショックを受けたかのようにギャッとさけんで手を放した。なにか目に見えないエネルギーがハリーの体からほとばしり、おじさんはつかんでいられなくなったらしい。

紫陽花の茂みに前のめりに倒れ込んだハリーは、ゼイゼイ息を切らしながらも体勢を立てなおしてまわりを見回した。バシッという大きな音を立てたものの気配はまったくなかったが、近所のあちこちの窓から顔が覗いていた。ハリーは急いで杖をジーンズに突っ込み、何食わぬ顔をした。

「気持ちのよい夜ですな！」バーノンおじさんは、レースのカーテン越しに睨みつけている向かいの七番地の奥さんに手を振りながら、大声で挨拶をした。「いましがた、車がバックファイアしたのを、お聞きになりましたか？　わしもペチュニアもびっくり仰天で！」

詮索（せんさく）好きのご近所さんの顔が、あちこちの窓から全員引っ込むまで、バーノンは狂気じみた恐ろしい顔でにっこり笑い続け、それから笑顔を怒りのしかめ面に変えてハリーを手招きした。

ハリーは二、三歩近寄ったが、バーノンが両手を伸ばしてふたたび首を締めにかかれないよう、距離を保って立ち止まった。

「小僧、いったい全体あれはなんのつもりだ？」バーノンおじさんのがなり声が怒りで震えていた。

「あれってなんのこと？」

ハリーは冷たく聞き返した。あのバシッという音の正体を見つけようと、ハリーはまだ通りの右、左に目を走らせていた。

「よーいドンのピストルのような騒音を出しおって。我が家のすぐ前で――」

「あの音を出したのは僕じゃない」ハリーはきっぱりと言った。

今度はペチュニアおばさんの細長い馬面が、バーノンの大きな赤ら顔の隣に現れた。ひどく怒った顔だ。

「おまえはどうして窓の下でこそこそしていたんだい？」

「そうだ――ペチュニア、いいことを言ってくれた！　小僧、我が家の窓の下で、なにをしとった？」

「ニュースを聞いてた」ハリーがしかたなく言った。

バーノンとペチュニアは、いきり立って顔を見合わせた。

「ニュースを聞いてただと！　またか？」

「だって、ニュースは毎日変わるもの」ハリーが言った。

「小僧、わしをごまかす気か！　なにを企んでおるのか、本当のことを言え――『ニュースを聞いてた』なんぞ、戯言は聞き飽きた！　おまえにははっきりわかっとるはずだ。あの輩は――」

「バーノン、だめよ！」ペチュニアおばさんがささやいた。バーノンは声を落とし、ハリーに聞き取れないほどの声で言った。

「――あの輩のことは、わしらのニュースには出てこん！」

「おじさんの知ってるかぎりではね」ハリーが応じた。

ダーズリー夫婦は、ほんのちょっとの間ハリーをじろじろ見ていたが、やがてペチュニアおばさんが口を開いた。

「おまえって子は、いやな嘘つきだよ。それじゃあ、あの――」

おばさんもここで声をひそめ、ハリーはほとんど読唇術で続きの言葉を読み取らなければならなかった。

「ふくろうたちはなにをしてるんだい？　おまえにニュースを運んではこないのかい？」

「はっはーん！」バーノンおじさんが勝ち誇ったようにささやいた。「参ったか、小僧！　おまえらのニュースは、すべてあの鳥どもが運んでくるということぐらい、わしらが知らんとでも思ったか！」

ハリーは一瞬迷った。ここで本当のことを言うのはハリーにとって辛いことだ。もっとも、それを認めるのが、ハリーにとってどんなに辛いかは、おじにもおばにもわかりはしないのだけれど。

「ふくろうたちは……僕にニュースを運んでこないんだ」ハリーは無表情な声で言った。

「信じないよ」ペチュニアおばさんが即座に応じた。

「わしもだ」バーノンおじさんも言葉に力を込めた。

「おまえがへんてこりんなことを企んでるのは、わかってるんだよ」

「わしらはばかじゃないぞ」

「あ、それこそ僕にはニュースだ」

ハリーは気が立っていた。ダーズリー夫婦が呼び止める間も与えず、ハリーはくるりと背を向けると、前庭の芝生を横切り境界の低い塀をまたいで、大股に通りを歩き出した。

やっかいなことになったと、ハリーも自覚していた。あとで二人と顔をつき合わせたとき、無礼のつけを払うことになる。しかし、いまはあまり気にならない。もっと差し迫った問題が頭に引っかかっていた。

あのバシッという音は、だれかが「姿現わし」か「姿くらまし」をした音にちがいない。屋敷しもべ妖精のドビーが姿を消すときに出す、あの音そのものだ。もしや、ドビーがプリベット通りにいるのだろうか？　いまこの瞬間、ドビーが僕を追っているなんてことがあるだろうか？　そう思いついたハリーは、急に後ろを振り返り、プリベット通りをじっと見つめた。しかし、通りにはまったく人気がない。ドビーが透明になる方法を知らないのは確かだ。

ハリーは、ほとんどどこを歩いているのか意識せずに歩き続けた。休みに入って以来、頻繁にこのあたりを往き来しているので、足がひとりでに気に入った道へと運んでくれる。数歩歩くごとに、ハリーは背後を振り返った。ペチュニアおばさんの枯れかけたベゴニアの花壇に横たわっていた間、ハリーの近くに魔法界のだれかがいた。まちがいない。どうして僕に話しかけなかったんだ？　なぜ接触してこない？　どうしていまも隠れているんだ？

いらいらが最高潮になると、確かだと思っていたことが崩れてきた。結局あれは、魔法の音ではなかったのだろうか。ほんの少しでも自分の属するあの世界からの接触が欲しいと願うあまり、ごくあたりまえの音に過剰に反応してしまっただけなのかもしれない。近所の家でなにかが壊れた音だったのかもしれない。そうではないと、言い切れる自信はない。

ハリーは胃に鈍い重苦しい感覚を覚えた。知らぬうちに、この夏中ずっとハリーを苦しめていた絶望感がまたしても押し寄せてきた。

明日もまた、目覚まし時計で五時に起こされるだろう。「日刊予言者新聞」を配達してくるふくろうに代金を払うためだ。――しかし、購読を続ける意味があるのだろうか？　このごろは一面記事に目を通すとすぐ、ハリーは新聞を捨ててしまっていた。新聞を発行している間抜けな連中は、いつになったらヴォルデモートがもどってきたことに気づいて大見出しに謳うのだろう。ハリーはその記事だけを気にしていた。

運がよければ、他のふくろうが親友のロンやハーマイオニーからの手紙も運んでくるだろう。もっとも、二人の手紙がハリーになにかニュースをもたらすかもしれないという期待は、とっくの昔に打ち砕かれているけれど。

例のあのことについてはあまり書けないの。当然だけど……手紙が行方不明になることも考えて、重要なことは書かないようにと言われているのよ……私たち、とても忙しくしているけど、詳しいことはここには書けない……ずいぶんいろんなことが起こっているの。会ったときに全部話すわ……。

でも、いつ僕に会うつもりなのだろう？　はっきりした日付けは、だれも書いてこない。ハーマイオニーが誕生祝いのカードに「私たち、もうすぐ会えると思うわ」と走り書きしてきたけれど、もうすぐっていつなんだ？　二人の手紙の漠然としたヒントから察すると、ハーマイオニーとロンは同じ所にいるらしい。たぶんロンの両親の家だろう。自分がプリベット通りに釘づけになっているのに、二人が「隠れ穴」で楽しくやっていると思うとやり切れなかった。実は、あまりに腹が立ったので、誕生日に二人が贈ってくれたハニーデュークスのチョコレートを二箱、開けもせずに捨ててしまったくらいだ。その夜の夕食に、ペチュニアおばさんが萎びたサラダを出してきたときには、ハリーはそれを後悔した。

それに、ロンもハーマイオニーも、なにが忙しいのだろう？　どうして自分は忙しくないのだろう？　二人よりも自分のほうがずっと対処能力があることは証明ずみではないのか？　僕のしたことを、みなは忘れてしまったのだろうか？　あの墓地に入ってセドリックが殺されるのを目撃し、そしてあの墓石に縛りつけられ殺されかかったのは、この僕じゃなかったのか？

「考えるな」

ハリーはこの夏の間にもう何百回も、自分に厳しくそう言い聞かせた。墓場での出来事は、悪夢の中で繰り返すだけで十分だ。覚めているときまで考える必要はない。

ハリーは角を曲がってマグノリア・クレセント通りの小道に入った。小道の中ほどにある、ガレージに沿って延びる狭い路地の入口の前を通った。ハリーがはじめて名付け親に目を止めたのは、そのガレージのところだった。少なくともシリウスだけはハリーの気持ちを理解してくれているようだ。もちろん、シリウスの手紙にも、ロンやハーマイオニーのと同じく、ちゃんとしたニュースはなにも書いてない。しかし、思わせぶりなヒントではなく、少なくとも警戒や慰めの言葉が書かれている。

君はきっといらだっていることだろう……でも、おとなしくしていなさい。そうすればすべて大丈夫だ……気をつけるんだ。むちゃするなよ……。

そうだなぁ――マグノリア・クレセント通りを横切って、マグノリア通りへと曲がり、暗闇の迫る遊園地のほうに向かいながらハリーは考えた――これまで（たいていは）シリウスの忠告どおりに振る舞ってきた。少なくとも、箒にトランクをくくりつけて自分勝手に「隠れ穴」に出かけるという誘惑に負けはしなかった。こんなに長くプリベット通りに釘づけにされ、ヴォルデモート卿の動きの手がかりをつかみたい一心で花壇に隠れるようなまねまでして、こんなにもいらだっているわりには、僕の態度は実に見上げたものだとハリーは思う。それにしても、魔法使いの牢獄アズカバンに十二年間も入れられ、脱獄した上にそもそも投獄されるきっかけになった未遂の殺人をやり遂げようとし、さらには盗んだヒッポグリフに乗って逃亡したような人間に、むちゃするなよと諭されるなんて、まったく理不尽だ。

　ハリーは鍵のかかった公園の入口を飛び越え、乾き切った芝生を歩きはじめた。周囲の通りと同じように、公園にも人気がない。ハリーはブランコに近づき、ダドリー一味が唯一壊し残したブランコに腰掛け、片腕を鎖に巻きつけてぼんやりと地面を見つめた。もはやダーズリー家の花壇に隠れることはできない。明日は、ニュースを聞く新しいやり方を考えないと。それまでは、期待して待つようなことはなにもない。また落ち着かない苦しい夜が待ち受けているだけだ。ようやくセドリックの悪夢から逃れられるようになったハリーは、今度は別の不安な夢を見るようになっていた。長い暗い廊下が現れ、廊下の先はいつも行き止まりで、鍵のかかった扉がある。目覚めているときの閉塞感と関係があるのだろうとハリーは思った。額の傷痕が始終ちくちくといやな感じで痛んだが、ロン、ハーマイオニー、シリウスがいまでもそれに関心を示してくれるだろうと考えるほど、ハリーは甘くはなかった。これまでは、傷痕の痛みはヴォルデモートの力がふたたび強くなってきたことを警告していた。しかしヴォルデモートが復活したいまとなれば、痛みが再々襲うのは当然予想されることだと、みなは言うだろう……心配するな……驚くようなことではないと……。

なにもかも理不尽だという怒りが込み上げてきて、ハリーはさけびたかった。僕がいなければ、だれもヴォルデモートの復活を知らなかったくせに！　それなのにその褒美が、リトル・ウィンジングにびっしり四週間も釘づけか。魔法界とは完全に切り離され、枯れかかったベゴニアの中に座り込むようなまねまでして、聞いたニュースがセキセイインコの水上スキーだ！　ダンブルドアは、どうしてそう簡単に僕のことが忘れられるんだ？　僕を呼びもしないで、どうしてロンとハーマイオニーだけが一緒にいられるんだ？　シリウスがおとなしくいい子にしていろと諭すのを、あとどのくらいがまんして聞いていりゃいいんだ？　間抜けな「日刊予言者新聞」に投書して、ヴォルデモートが復活したと言ってやりたい衝動を、あとどのくらい抑えていればいいんだ？　あれやこれやの激しい憤りが頭の中で渦巻き、腸が怒りでよじれた。そんなハリーを、蒸し暑いビロードのような夜が包んだ。熱い、乾いた草の匂いがあたりを満たし、公園の柵の外から低くブロロロと響く車の音以外は、なにも聞こえない。

どのくらいの時間ブランコに座っていたろうか。人声がして、ハリーは想いから覚め、目を上げた。周囲の街灯がぼんやりとした明かりを投げ、公園の向こうからやってくる数人の人影を浮かび上がらせた。一人が大声で下品な歌を歌い、仲間が笑っている。乗っている高級そうなレース用自転車から、カチッカチッという軽い音が聞こえてきた。

ハリーはこの連中を知っている。先頭の人影は、まちがいなくいとこのダドリー・ダーズリー。忠実な軍団を従えて家に帰る途中だ。

ダドリーは相変わらず巨大だったが、一年間の厳しいダイエットと、ある能力が新たに発見されたことで筋肉が鍛えられ、体形が相当変化していた。ダドリーは最近、「英国南東部中等学校ボクシング・ジュニアヘビー級チャンピオン」になったのだ。バーノンは聞いてくれる人ならだれかれかまわずこれを自慢している。小学校時代、ダドリーの最初のサンドバッグ役がハリーだった。そのときすでに相当なものだったダドリーは、おじさんが「高貴」と呼んでいるスポーツのお陰で一層パワー・アップしていた。ハリーはもうダドリーなどまったく怖いとは思わなかったが、それでも、ダドリーがより強力で正確なパンチを覚えたのは喜ばしいことではなかった。このあたり一帯の子供たちはダドリーを恐れていた。――「あのポッターって子」も札つきの不良で、「セント・ブルータス更生不能非行少年院」に入っているのだと警戒され怖がられていたが、それ以上なのだ。

ハリーは芝生を横切ってくる黒い影を見つめた。今夜はだれをなぐってきたのだろう。

「こっちを見ろよ」人影を見ながらハリーは心の中でそうつぶやく自分に気づいた。「ほーら……こっちを見るんだ……僕はたった一人でここにいる……さあ、やってみろよ……」

ハリーがいるのをダドリーの取り巻きが見つけたら、まちがいなく一直線にこちらにやってくる。そしたらダドリーはどうする？　軍団の前で面子を失いたくはないが、ハリーを挑発するのは怖いはずだ……愉快だろうな、ダドリーがジレンマに陥るのを見るのは。からかわれてもなんにも反撃できないダドリーを見るのは……ダドリー以外のだれかがなぐりかかってきたら、こっちの準備はできている——杖がある。やるならやってみろ……昔、僕の人生を惨めにしてくれたこいつらを、鬱憤晴らしのはけ口にしてやる。

しかし、だれも振り向かない。ハリーを見もせずに、すでに柵のほうまで行ってしまった。ハリーは後ろから呼び止めたい衝動を抑えた……けんかを吹っかけるのは利口なやり方ではない……魔法を使ってはいけない……さもないとまた退学の危険を冒すことになる。

ダドリー軍団の声が遠退き、マグノリア通りのほうへと姿を消した。

「ほうらね、シリウス」ハリーはぼんやり考えた。「ぜんぜんむちゃしてない。おとなしくしているよ。シリウスがやったこととまるで正反対だ」

ハリーは立ち上がって伸びをした。ペチュニアおばさんもバーノンおじさんも、ダドリーが帰ったときが正しい門限で、そのあとが遅刻だと思っているらしい。バーノンは、今度ダドリーより遅く帰ったら、納屋に閉じ込めるとハリーを脅していた。そこでハリーは、あくびを噛み殺し、しかめ面のまま、公園の出口に向かった。

マグノリア通りは、プリベット通りと同じく角張った大きな家が立ち並び、芝生はきっちり刈り込まれていて、これまた四角四面の大物ぶった住人たちは、バーノン同様磨き上げられた車に乗っていた。ハリーは昼よりも夜のリトル・ウィンジングのほうが好きだった。カーテンの掛かった窓々が、暗闇の中で点々と宝石のように輝いている。それに、家の前を通り過ぎる際の、ハリーの「非行少年」風の格好をブツブツ非難する声も聞かされる心配がない。ハリーは急ぎ足で歩いた。すると、マグノリア通りの中ほどでふたたびダドリー軍団が見えてきた。マグノリア・クレセント通りの入口で互いにさよならを言っているところだった。ハリーはリラの大木の陰に身を寄せて待った。

「……あいつ、豚みたいにキーキー泣いてたよな?」マルコムがそう言うと、仲間がばか笑いした。

「いい右フックだったぜ、ビッグD」ピアーズが言った。

「また明日、同じ時間だな?」ダドリーが言った。

「おれんとこでな。親父たちは出かけるし」ゴードンが言った。

「じゃ、またな」ダドリーが言った。

「バイバイ。ダッド!」

「じゃあな、ビッグD!」

ハリーは、軍団が全員いなくなるまで待って、歩き出した。みなの声が聞こえなくなるのを待って、ハリーは角を曲がりマグノリア・クレセント通りに入った。急ぎ足で歩くとすぐに、ダドリーに声が届くところまで追いついた。ダドリーはフンフン鼻歌を歌いながら、気ままにぶらぶら歩いていた。

「おい、ビッグD!」

ダドリーが振り返った。

「なんだ」ダドリーがうなるように言った。「おまえか」

「ところで、いつから『ビッグD』になったんだい?」ハリーが言った。

「黙れ」ダドリーは歯嚙(はが)みして顔を背けた。

「かっこいい名前だ」

ハリーはにやにやしながらいとこと並んで歩いた。

「だけど、僕にとっちゃ、君はいつまでたっても『ちっちゃなダドリー坊や』だけどな」

「黙れって言ってるんだ！」

ダドリーはハムのようにむっちりした両手を丸めて拳をにぎった。

「あの連中は、ママが君をそう呼んでいるのを知らないのか？」

「黙れよ」

「ママにも黙れって言えるかい？『かわい子ちゃん』とか『ダディちゃん』なんてのはどうだい？　じゃあ、僕もそう呼んでいいかい？」

ダドリーは黙っていた。ハリーになぐりかかりたい衝動を抑えるのに、自制心を総動員しているらしい。

「それで、今夜はだれをなぐったんだい？」にやにや笑いを止めてハリーが聞いた。「また十歳の子か？　一昨日の晩、マーク・エバンズをなぐったのは知ってるぞ――」

「あいつがそうさせたんだ」ダドリーがうなるように言った。

「へえ、そうかい？」

「生、言いやがった」

「そうかな？　君が後ろ足で歩くことを覚えた豚みたいだ、とか言ったかい？　そりゃ、ダッド、生意気じゃないな。ほんとだもの」

ダドリーの顎の筋肉がひくひく痙攣した。ダドリーをそれだけ怒らせたと思うと、ハリーは大いに満足だった。鬱憤を、唯一のはけ口のいとこに注ぎ込んでいるような気がした。

二人は角を曲がり狭い路地に入った。そこはハリーがシリウスを最初に見かけた場所で、マグノリア・クレセント通りからウィステリア・ウォークへの近道になっている。路地には人影もなく、街灯がないので路地の両端に伸びる道よりずっと暗かった。路地の片側はガレージの壁、もう片側は高い塀になっていて、その狭間に足音が吸い込まれていった。

「あれを持ってるから、自分は偉いと思ってるんだろう？」

ひと呼吸置いて、ダドリーが言った。

「あれって？」

「あれ――おまえが隠しているあれだよ」

ハリーはまたニヤッと笑った。

「ダド、見かけほどばかじゃないんだな？　歩きながら同時に話すなんて芸当は、君みたいなばか面じゃできないと思ったけど」

ハリーは杖を引っ張り出した。ダドリーはそれを横目で見た。

「許されてないだろ」ダドリーがすぐさま言った。「知ってるぞ。おまえの通ってるあのへんちくりんな学校から追い出されるんだ」

「学校が校則を変えたかもしれないだろう？　ビッグD？」

「変えてなんかないさ」そうは言ったものの、ダドリーの声は自信たっぷりとは言いがたい。

ハリーはフフッと笑った。

「おまえなんか、そいつがなけりゃ、おれにかかってくる度胸もないんだ。そうだろう？」ダドリーが歯をむいた。

「君のほうは、四人の仲間に護衛してもらわなけりゃ、十歳の子供を打ちのめすこともできないんだ。君がさんざん宣伝してる、ほら、ボクシングのタイトルだっけ？　相手は何歳だったんだい？　七つ？　八つ？」

「教えてやろう。十六だ」ダドリーがうなった。「それに、ぼくがやっつけたあと、二十分も気絶してたんだぞ。しかも、そいつはおまえの二倍も重かったんだ。おまえが杖を取り出したって、パパに言ってやるから覚えてろ――」

「今度はパパに言いつけるのかい？　パパのかわいいボクシング・チャンピオンち

ゃんはハリーのすごい杖(つえ)が怖いのかい？」

「夜はそんなに度胸がないくせに。そうだろ？」ダドリーが嘲(あざけ)った。

「もう夜だよ。ダッド坊や。こんなふうにあたりが暗くなることを、夜って呼ぶんだよ」

「おまえがベッドに入ったときのことさ！」ダドリーが凄(すご)んだ。

ダドリーは立ち止まった。ハリーも足を止め、いとこを見つめた。

ダドリーの大きな顔からほんのわずかに読み取れる表情は、奇妙に勝ち誇っていた。

「僕がベッドでは度胸がないって、どういうことだ？」ハリーはさっぱりわけがわからなかった。「僕がなにを怖がるっていうんだ？　枕かなにかかい？」

「昨日の夜、聞いたぞ」ダドリーが息をはずませた。「おまえの寝言を。うめいてたぞ」

「なんのことだ？」ハリーは繰り返した。しかし、胃袋が落ち込むような、ひやりとした感覚が走った。昨夜、ハリーはあの墓場にもどった夢を見ていたのだ。

ダドリーは吠えるような耳障(みみざわ)りな笑い声を上げ、それからかん高いヒーヒー声で口まねをした。

『セドリックを殺さないで！　セドリックを殺さないで！』セドリックって、だれだ？——おまえのボーイフレンドか？」

「僕——君は嘘をついてる」反射的にそう言ったものの、ハリーは口の中がカラカラだった。嘘でないことはわかっている——嘘でもセドリックのことを知っているはずがない。

「『父さん！　助けて、父さん！　あいつがぼくを殺そうとしている。父さん！　うぇーん、うぇーん！』」

「黙れ！」ハリーが低い声で言った。「黙れ、ダドリー。さもないと！」

「『父さん、助けにきて！　母さん、助けにきて！　あいつはセドリックを殺したんだ！　父さん、助けて！　あいつが僕を——』そいつをぼくに向けるな！」

ダドリーは路地の壁際まで後ずさりした。ハリーの杖が、まっすぐダドリーの心臓を指していた。ダドリーに対する十四年間の憎しみが、ドクンドクンと脈打つのを感じた——いまダドリーをやっつけられたらどんなにいいだろう……徹底的に呪いをかけて、ダドリーに触角を生やし、口もきけない虫けらのように家まで這って帰らせたい……。

「そのことは二度と口にするな」ハリーが凄んだ。「わかったか？」

「そいつをどっかほかのところに向けろ！」

「聞こえないのか？　わかったかって言ってるんだ」

「そいつをほかのところに向けろ！」

「わかったのか？」

「そいつをぼくから――」

ダドリーが冷水を浴びせられたかのように、奇妙な身の毛のよだつ声を上げて息を呑んだ。

なにかが夜を変えた。星をちりばめた群青色の空が、突然光を奪われ、真っ暗闇になった――星が、月が、路地の両端にある街灯のぼうっとした明かりが消え去った。遠くに聞こえる車の音も、木々のささやきも途絶えた。とろりとした宵が、突然、突き刺すように、身を切るように冷たくなった。二人は、逃げ場のない森閑とした暗闇に完全に取り囲まれた。まるで巨大な手が、分厚い冷たいマントを落として路地全体を覆い、二人に目隠しをしたかのようだ。

一瞬ハリーは、そんなつもりもなく、必死で堪えていたのに、魔法を使ってしまったのかと思った――やがて理性が感覚に追いついた――自分には星を消す力はない。ハリーはなにか見えるものはないかと、あちらこちらに首を回した。しかし、暗闇はまるで無重力のベールのようにハリーの目を塞いでいた。

恐怖に駆られたダドリーの声が、ハリーの耳に飛び込んできた。

「な、なにをするつもりだ？　や、やめろ！」

「僕はなにもしていないぞ！　黙っていろ。動くな！」

「み、見えない！　ぼく、め、目が見えなくなった！　ぼく――」

「黙ってろって言ったろう！」

ハリーは見えない目を左右に走らせながら、身じろぎもせずに立っていた。激しい冷気が、ハリーの体中を震わす。腕には鳥肌が立ち、うなじの髪が逆立つ――ハリーは開けられるだけ大きく目を開け、周囲に目を凝らした。しかし、見えるものはなにもない。

そんなことは不可能だ……あいつらがまさかここに……リトル・ウィンジングにいるはずがない……ハリーは耳をそばだてた……あいつらなら、目に見えるより先に音が聞こえるはずだ……。

「パパに、い、言いつけてやる！」ダドリーがヒーヒー言った。「ど、どこにいるんだ？　な、なにをして――？」

「黙っててくれないか？」ハリーは歯を食いしばったままささやいた。「聞こうとしてるんだから――」

ハリーは突然沈黙した。まさにハリーが恐れていた音を聞いたのだ。

路地には二人のほかになにかがいる。そのなにかは、ガラガラとかすれた音を立てて長々と息を吸い込んでいる。ハリーは恐怖に打ちのめされ、凍りつくような外気に震えながら立ち尽くした。

「や、やめろ！　こんなことやめろ！　なぐるぞ！　本気だ！」

「ダドリー、だま――」

ガッツーン。

拳がハリーのこめかみに命中し、ハリーは吹っ飛んだ。目から白い火花が散った。頭が真っ二つになったかと思ったのは、この一時間のうちにこれで二度目だ。次の瞬間、ハリーは地面に打ちつけられ、杖が手から飛び出した。

「ダドリーの大ばか！」

ハリーは痛みで目を潤ませながら、あわてて這いつくばり、暗闇の中、手探りで必死に杖を求めた。ダドリーがまごまごと走り回り、路地の壁にぶつかってよろける音が聞こえた。

「ダドリー、もどるんだ。あいつのほうに向かって走ってるぞ！」

ギャーッと恐ろしいさけび声を残して、ダドリーの足音が止まった。同時に、ハリーは背後にぞくっとする冷気を感じた。まちがいない。相手は複数いる。

「ダドリー、口を閉じろ！　なにが起こっても、口を開けるな！　杖は！」ハリーは死に物狂いでつぶやきながら、両手を蜘蛛のように地面に這わせた。「どこだ――杖は――出てこい――『ルーモス！　光よ！』」

杖を探すのに必死で明かりを求め、ハリーはひとりでに呪文を唱えていた。――すると、なんとうれしいことに、右手のすぐそばがぼーっと明るくなった。杖先に灯りが点ったのだ。ハリーは杖をひっつかみ、急いで立ち上がり振り向いた。

胃がひっくり返った。

フードをかぶったそびえ立つような影が、地面から少し浮かびながら、スルスルとハリーに向かってくる。足も顔もローブに覆われた姿が、夜を吸い込みながら近づいてくる。

よろけながら後ずさりし、ハリーは杖を上げた。

「守護霊よきたれ！　エクスペクト・パトローナム！」

銀色の気体が杖先から飛び出し、吸魂鬼の動きが鈍った。しかし、呪文はきちんとかからなかった。ハリーは覆いかぶさってくる吸魂鬼から逃れ、もつれる足でさらに後ろに下がった。恐怖で頭がぼんやりしている――集中しろ――。

ぬるっとしたかさぶただらけの灰色の手が二本、吸魂鬼のローブの中から滑り出て、ハリーに伸びてきた。ガンガン耳鳴りがする。

「エクスペクト・パトローナム！」

自分の声がぼんやりと遠くに聞こえた。先ほどよりも弱々しい銀色の煙が杖から漂った――もうこれ以上できない。呪文が効かない。

ハリーの頭の中で高笑いが聞こえた。鋭い、かん高い笑い声だ……吸魂鬼の腐った、死人のように冷たい息がハリーの肺を満たし、溺れさせた。――考えろ……なにか幸せなことを……。

しかし、幸せなことはなにもない……吸魂鬼の氷のような指が、ハリーの喉元に迫った――かん高い笑い声はますます大きくなる。頭の中で声が聞こえた。

「死にお辞儀するのだ、ハリー……痛みもないかもしれぬ……俺様にはわかるはずもないが……死んだことがないからな……」

もう二度とロンやハーマイオニーに会えない――。

息をつこうともがくハリーの心に、二人の顔がくっきりと浮かび上がった。

「エクスペクト・パトローナム！」

ハリーの杖先から巨大な銀色の牡鹿が噴き出した。その角が、吸魂鬼の心臓にあたるはずの場所をとらえた。吸魂鬼は、重さのない暗闇のように後ろに投げ飛ばされた。牡鹿の突進に、敗北した吸魂鬼はコウモリのごとくすーっと飛び去った。

「こっちへ！」

ハリーは牡鹿に向かってさけんだ。同時にさっと向きを変え、ハリーは杖先の灯りを掲げて、全力で路地を走った。

「ダドリー？　ダドリー！」

十歩と走らずたどり着くと、ダドリーは地面に丸くなって転がり、両腕でしっかり顔を覆っていた。二体目の吸魂鬼がダドリーの上にかがみ込んで、ぬるりとした両手でダドリーの手首をつかみ、ゆっくりと、まるでいとおしむように両腕をこじ開け、フードをかぶった顔をダドリーの顔に近づけて、いままさにキスしようとしていた。

「やっつけろ！」

ハリーが大声を上げた。するとハリーの創り出した銀色の牡鹿は、怒涛(どとう)のごとくハリーの横を駆け抜けていった。吸魂鬼の目のない顔が、ダドリーの顔すれすれに近づいたまさにそのとき、銀色の角(つの)が吸魂鬼をとらえ、空中に放り投げた。吸魂鬼はもう一体の仲間と同じように宙に飛び上がり、暗闇に吸い込まれていった。牡鹿は並足になって路地の向こう端まで駆け抜け、銀色の靄(もや)となって消えた。

月も、星も、街灯も急に生き返った。生温い夜風が路地を吹き抜けた。周囲の庭の木々がざわめき、マグノリア・クレセント通りを走る車の世俗的な音が、ふたたびあたりを満たした。

ハリーはじっと立っていた。突然正常にもどったことを体中の感覚が感じ取り、躍動している。Tシャツが体に張りついていた。気づけばハリーは、汗びっしょりになっていた。

たったいま起こったことが、ハリーには信じられなかった。吸魂鬼がここに、リトル・ウィンジングに――。

ダドリーはヒンヒン泣き、震えながら体を丸めて地面に転がっていた。ハリーは、ダドリーが立ち上がれる状態かどうかを見ようと身をかがめた。すると、そのとき、背後に走ってくるだれかの大きな足音がした。反射的にもう一度杖を構え、くるりと振り返り、ハリーは新たな相手に立ち向かおうとした。

近所に住む変人のフィッグばあさんが、息せき切って姿を現した。灰色まだらの髪をヘアネットからはみ出させ、手首にかけた買い物袋をカタカタ音を立てて揺らしながら近づいてくる。タータンチェックの室内用スリッパは半分脱げかけていた。ハリーは急いで杖を隠そうとした。ところが――。

「ばか、そいつをしまうんじゃない！」ばあさんがさけんだ。

「まだほかにもそのへんに残ってたらどうするんだね？　ああ、マンダンガス・フレッチャーのやつ、あたしゃ殺してやる！」

第2章　ふくろうのつぶて

「えっ？」ハリーはぽかんとした。

「あいつめ、行っちまった！」フィッグばあさんは手を揉みしだいた。「ちょろまかした大鍋がまとまった数あるとかで、だれかに会いにいっちまったんだよ！　そんなことしたら、生皮をはいでやるって、あたしゃ言ったのに。言わんこっちゃない！　吸魂鬼！　あたしがミスター・チブルスを見張りにつけといたのが幸いだった！　だけど、ここでぐずぐずしてる暇はないよ！　急ぐんだ。さあ、あんたを家に帰してやんなきゃ！　ああ、大変なことになった！　あいつめ、殺してやる！」

「でも――」路地で吸魂鬼に出会ったのもショックにはちがいなかったが、変人で猫狂いの近所のばあさんが吸魂鬼のことを知っているというのも、ハリーにとっては同じくらい大ショックだった。

「おばあさんが――あなたが魔女？」

「あたしゃ、できそこないのスクイブさ。マンダンガス・フレッチャーはそれをよく知ってる。だから、あんたが吸魂鬼を撃退するのを、あたしが助けてやれるわけがないだろ？　あんなにあいつに忠告したのに、あんたになんの護衛もつけずに置き去りにして——」

「そのマンダンガスが僕を追っけてたの？　ちょっと待って——あれは彼だったのか！　マンダンガスが僕の家の前から『姿くらまし』したんだ！」

「そう、そう、そうさ。でも幸いあたしが、万が一を考えて、ミスター・チブルスを車の下に配置しといたのさ。ミスター・チブルスがあたしんとこに、危ないって知らせにきたんだよ。でも、あたしがあんたの家に着いたときには、あんたはもういなくなってた——それで、いまみたいなことが——ああ、ダンブルドアがいったいなんておっしゃるか？　そっちのおまえさん！」ばあさんがかん高い声で、まだ路地に仰向けにひっくり返ったままのダドリーを呼んだ。

「さっさとでかい尻を上げるんだ。早く！」

「ダンブルドアを知ってるの？」ハリーはフィッグばあさんを見つめた。

「もちろん知ってるともさ。ダンブルドアを知らん者がおるかい？　さあ、さっさとするんだ——またやつらがもどってきたら、あたしにはなんにもできゃしないんだから。ティーバッグ一つ変身させたことがないんだよ」

フィッグばあさんはかがんで、ダドリーの巨大な腕の片方を、萎びた両手で引っ張った。

「立つんだ。役立たずのどてかぼちゃ。立つんだよ！」

しかし動けないのか動こうとしないのか、ダドリーは動かない。地面に座ったまま、口をぎゅっと結び、血の気の失せた顔で震えている。

「僕がやるよ」ハリーはダドリーの腕を取り、よいしょと引っ張った。さんざん苦労してなんとか立ち上がらせたが、ダドリーは気絶しかけている。小さな目がぐるぐる回り、額には汗が噴き出していた。ハリーが手を放したとたん、ダドリーの体がぐらっと危なっかしげに傾いだ。

「急ぐんだ！」フィッグばあさんがヒステリックにさけんだ。

ハリーはダドリーの巨大な腕の片方を自分の肩に回し、その重みで腰を曲げながらも巨体を引きずるようにして表通りに向かった。フィッグばあさんは、二人の前をちょこまか走り、路地の角で不安げに表通りを窺った。

「杖を出しときな」

ウィステリア・ウォークに入るとき、ばあさんがハリーに言った。

「『機密保持法』なんて、もう気にしなくていいんだ。どうせめちゃめちゃに高いつけを払うことになるんだから、卵泥棒で捕まるより、いっそドラゴンを盗んで捕まるほうがいいってもんさ。『未成年の制限事項』と言えば……ダンブルドアが心配なすってたのは、まさにこれだったんだ――通りの向こう端にいるのはなんだ？　ああ、ミスター・プレンティスかい……ほら、杖を下ろすんじゃないよ。あたしゃ役立たずだって、何度も言ったろうが？」

　杖を掲げながら、同時にダドリーを引っ張っていくのは楽ではなかった。ハリーは腹立たしくて、いとこの脇腹に一発お見舞いしたが、ダドリーは自分で動こうとする気持ちをいっさい失っているようだ。ハリーの肩にもたれかかったまま、でかい足が地面をずるずる引きずっていた。

「フィッグさん、スクイブだってことをどうして教えてくれなかったの？」歩き続けるだけで精一杯のハリーは、息を切らしながら聞いた。「ずっとあなたの家に行ってたのに――どうしてなんにも言ってくれなかったの？」

「ダンブルドアのお言いつけさ。あたしゃ、あんたを見張ってたけど、なんにも言わないことになってた。あんたは若すぎたし。ハリー、辛い思いをさせてすまなかったね。でも、あんたがあたしんとこにくるのが楽しいなんて思うようじゃ、ダーズリーはあんたを預けなかったろうよ。わかるだろ。あたしも楽じゃなかった……しかし、ああ、どうしよう」

ばあさんは、また手を揉みしだきながら悲痛な声を出した。

「ダンブルドアがこのことを聞いたら――マンダンガスのやつ、夜中までの任務のはずだったのになんで行っちまったんだい――あいつはどこにいるんだ？　ダンブルドアに事件を知らせるのに、どうしたらいいんだろ？　あたしゃ、『姿現わし』できないんだ」

「僕、ふくろうを持ってるよ。使っていいです」ハリーはダドリーの重みで背骨が折れそうな思いをしながらうめいた。

「ハリー、わかってないね！　ダンブルドアはいますぐ行動を起こさなきゃならないんだ。なにせ、魔法省は独自のやり方で未成年者の魔法使用を見つける。もう見つかっちまってるだろうよ。きっとそうさ」

「だけど、僕、吸魂鬼を追いはらったんだ。魔法を使わなきゃならなかった――魔法省は、吸魂鬼がウィステリア・ウォークを浮遊してなにをやってたのか、そっちのほうを心配すべきなんじゃないの。そうでしょう？」

「ああ、あんた、そうだったらいいんだけど、でも残念ながら――マンダンガス・フレッチャーめ、殺してやる！」

バシッと大きな音がして、酒臭さとむっとするタバコの臭いがあたりに広がり、ボロボロの外套を着た、無精ひげのずんぐりした男が目の前に姿を現した。ガニ股の短足に長い赤茶色のざんばら髪。それに血走った腫れぼったい目が、バセット・ハウンド犬の悲しげな目つきを思わせた。手には銀色のなにかを丸めてにぎりしめている。

ハリーは、それが「透明マント」だとすぐにわかった。

「どーした、フィギー？」男はフィッグばあさん、ハリー、ダドリーと順に見つめながら言った。「正体がばれねえようにしてるはずじゃねえのかい？」

「おまえをばらしてやる！」フィッグばあさんがさけんだ。「吸魂鬼だ。このろくでなしの腐れ泥棒！」

「吸魂鬼？」マンダンガスが仰天してオウム返しに言った。「吸魂鬼？ ここにかい？」

「ああ、ここにさ。役立たずのコウモリの糞め。ここにだよ！」フィッグばあさんがキンキン声で言った。「吸魂鬼が、おまえの見張ってるこの子を襲ったんだ！」

「とんでもねえこった」マンダンガスは弱々しくそう言うとフィッグばあさんを見、ハリーを見て、またフィッグばあさんを見た。「とんでもねえこった。おれは、おれは――」

「それなのに、おまえときたら、盗品の大鍋を買いにいっちまった。あたしゃ、行くなって言ったろう？ 言ったろうが？」

「おれは――その、あの――」マンダンガスはどうにも身の置き場がないような様子だ。「その——いい商売のチャンスだったもんで、なんせ——」

フィッグばあさんは手提げ袋を抱えたほうの腕を振り上げ、マンダンガスの顔と首のあたりを張り飛ばした。ガンッという音からして、袋にはどうやらキャット・フーズの缶詰が詰まっているらしい。

「痛えーーやーめろーーやーめろ、このくそ婆あ！　だれかダンブルドアに知らせねえと！」

「その——とおり——だわい！」

フィッグばあさんは缶詰入り手提げ袋をぶんぶん振り回し、どこもかしこもおかまいなしにマンダンガスを打った。

「それも——おまえが——知らせに——行くんだ——そして——自分で——ダンブルドアに——言うんだ——どうして——おまえが——その場に——いなかったのかって！」

「とさかを立てるなって！」マンダンガスは身をすくめて腕で顔を覆いながら言った。「行くから。おれが行くからよう！」

そしてまたバシッという音とともに、マンダンガスの姿が消えた。

「ダンブルドアがあいつを死刑にすりゃあいいんだ！」フィッグばあさんは怒り狂っていた。「さあ、ハリー、早く。なにをぐずぐずしてるんだい？」

ハリーは、大荷物のダドリーの下で歩くのがやっとだと言いたかったが、すでに息も絶え絶えで、これ以上息のむだ使いはしないことにした。半死半生のダドリーを揺すり上げ、よろよろと前進した。

「戸口まで送るよ」プリベット通りに入るとフィッグばあさんが言った。「連中がまだそのへんにいるかもしれん……ああ、まったく。なんてひどいこった……そいで、おまえさんは自分でやつらを撃退しなきゃならなかった……そいで、ダンブルドアは、どんなことがあってもおまえさんに魔法を使わせるなって、あたしらにお言いつけなすった……まあ、こぼれた魔法薬、盆に帰らずってとこか……しかし、猫の尾を踏んじまったね」

「それじゃ」ハリーは喘ぎながら言った。「ダンブルドアは……ずっと僕を……追けさせてたの？」

「もちろんさ」フィッグばあさんが急き込んで言った。「ダンブルドアがおまえさんをひとりでほっつき歩かせると思うかい？　六月にあんなことが起こったあとだよ？　まさか、あんた。もう少し賢いかと思ってたよ……さあ……家の中に入って、じっとしてるんだよ」三人は四番地に到着していた。「だれかがまもなくあんたに連絡してくるはずだ」

「おばあさんはどうするの？」ハリーが急いで聞いた。

「あたしゃ、まっすぐ家に帰るさ」フィッグばあさんは暗闇をじっと見回して、身震いしながら言った。「指令がくるのを待たなきゃならないんでね。とにかく家の中にいるんだよ。おやすみ」

「待って。まだ行かないで！　僕、知りたいことが――」

しかし、スリッパをパタパタ手提げ袋をカタカタ鳴らして、フィッグばあさんはすでに小走りに駆け出していた。

「待って！」

ハリーは追いすがるようにさけんだ。ダンブルドアと接触のある人ならだれでもいい、聞きたいことがごまんとある。しかし、あっという間に、フィッグばあさんは闇に呑まれていった。顔をしかめ、ハリーはダドリーを背負いなおし、四番地の庭の小道を痛々しくゆっくりと歩いていった。

玄関の明かりは点いていた。ハリーは杖をジーンズのベルトに挟み込んで、ベルを鳴らし、ペチュニアおばさんがやってくるのを見ていた。おばさんの輪郭が、玄関のガラス戸のさざなみ模様で奇妙に歪みながら、だんだん大きくなってきた。

「ダドちゃん！　遅かったわね。ママはとっても――とっても――ダドちゃん！　どうしたの？」

ハリーは横を向いてダドリーを見た。そして、ダドリーの腋の下からさっと身を引いた。間一髪。ダドリーはその場で一瞬ぐらりとし、顔を青ざめさせ……そして、口を開け、玄関マット一杯に吐いた。

「ダドちゃん！　ダドちゃん、どうしたの？　バーノン？　バーノン！」

バーノンおじさんが、居間からドタバタと出てきた。興奮したときの常で、口元のセイウチひげをあっちこっちへゆらゆらさせながらペチュニアおばさんを助けに急いだ。おばさんは反吐の海に足を踏み入れないようにしながら、ぐらぐらしているダドリーをなんとかして玄関に上げようとしていた。

「バーノン、この子、病気だわ！」

「坊主、どうした？　なにがあった？　ポルキスの奥さんが、夕食に異物でも食わせたのか？」

「泥だらけじゃないの。坊や、どうしたの？　地面に寝転んでたの？」

「待てよ――チンピラにやられたんじゃあるまいな？　え？　坊主」

ペチュニアおばさんが悲鳴を上げた。

「バーノン、警察に電話よ！　警察を呼んで！　ダドちゃん。かわいこちゃん。ママにお話しして！　チンピラになにをされたの？」

てんやわんやの中で、だれもハリーに気づかないようだった。そのほうが好都合だ。ハリーはバーノンおじさんが戸をバタンと閉める直前に家の中に滑り込んだ。ダーズリー一家がキッチンに向かって騒々しく前進している間、ハリーは慎重に、こっそりと階段へ向かった。

「坊主、だれにやられた？　名前を言いなさい。捕まえてやる。心配するな」

「しっ！　バーノン、なにか言おうとしてますよ！　ダドちゃん、なあに？　ママに言ってごらん！」

ハリーは階段に足をかけた。そのとき、ダドリーが声を取りもどした。

「あいつ」

ハリーは階段に足をつけたまま凍りつき、顔をしかめ、爆発に備えて身構えた。

「小僧！　こっちへこい！」

恐れと怒りが入り交じった気持ちで、ハリーはゆっくり足を階段から離し、ダーズリー親子に従った。

徹底的に磨き上げられたキッチンは、表が暗かっただけに、妙に現実離れして輝いている。ペチュニアおばさんは、真っ青でじっとりした顔のダドリーを椅子のほうに連れていった。バーノンおじさんは水切り籠（かご）の前に立ち、小さい目を細くしてハリーを睨（ね）めつけている。

「息子になにをした？」おじさんは脅すようにうなった。

「なんにも」ハリーには、バーノンおじさんはどうせ信じないことがわかりすぎるくらいわかっていた。

「ダドちゃん、あの子がなにをしたの？」ペチュニアおばさんは、ダドリーの革ジャンの前をスポンジできれいに拭いながら、声を震わせた。「あれ——ねえ、例の〝あれ〟なの？　あの子が使ったの？　あの子のあれを？」

ダドリーがゆっくり、びくびくしながらうなずいた。

ペチュニアおばさんがわめき、バーノンおじさんが拳を振り上げた。

「やってない！」ハリーが鋭く言った。「僕はダドリーになんにもしていない。僕じゃない。あれは——」

ちょうどそのとき、コノハズクがキッチンの窓からサーッと入ってきた。バーノンおじさんの頭をかすめてキッチンの中をスイーッと飛び、嘴にくわえていた大きな羊皮紙の封筒をハリーの足元に落とした後、優雅に向きを変えて羽の先端で冷蔵庫の上を軽く払い、そしてふたたび外へと滑空し、庭を横切って飛び去った。

「ふくろうめ！」バーノンおじさんがわめいた。こめかみに、おなじみの怒りの青筋をぴくぴくさせ、おじさんはキッチンの窓をピシャリと閉めた。

「またふくろうだ！　わしの家でこれ以上ふくろうは許さん！」

しかしハリーは、すでに封筒を破り、中から手紙を引っ張り出していた。心臓が喉仏のあたりで脈打っている。

親愛なるポッター殿

我々の把握した情報によれば、貴殿（きでん）は今夜九時二十三分過ぎ、マグルの居住地区において、マグルの面前で守護霊（しゅごれい）の呪文を行使した。

「未成年魔法使いの妥当な制限に関する法令」の重大な違反により、貴殿はホグワーツ魔法魔術学校を退校処分となる。魔法省の役人がまもなく貴殿の住居に出向き、貴殿の杖を破壊するであろう。

貴殿には、すでに「国際魔法戦士連盟機密保持法」の第十三条違反の前科があるため、遺憾（いかん）ながら、貴殿は魔法省の懲戒尋問（ちょうかいじんもん）への出席が要求されることをお知らせする。尋問は八月十二日午前九時から魔法省にて行われる。

貴殿のご健勝をお祈りいたします。

敬具

魔法省
魔法不適正使用取締局
マファルダ・ホップカーク

ハリーは手紙を二度読んだ。バーノン、ペチュニアのおじおばの話し声も、どこか遠くから聞こえてくるようだった。頭の中が冷たくなって思考が凍りついている。たった一つのことだけが、毒矢のように意識を貫いて痺れさせていた。僕はホグワーツを退学になった。すべてお終いだ。もうもどれない。

ハリーはダーズリー親子を見た。バーノンおじさんは顔を赤紫色にしてさけび、拳を振り上げている。ペチュニアおばさんは両腕をダドリーに回し、ダドリーはまたゲーゲーやり出していた。

一時的に麻痺していたハリーの脳がふたたび目を覚ました。〝魔法省の役人がまもなく貴殿の住居に出向き、貴殿の杖を破壊するであろう〟。道はただ一つ。逃げるしかない——いますぐ。どこに行けばいいのかは、わからない。しかし、一つだけははっきりしている。ホグワーツだろうとそれ以外だろうと、杖は必要だ。ほとんど夢遊病のように、ハリーは杖を引っ張り出し、キッチンを出ようとした。

「いったいどこに行く気だ？」バーノンおじさんがさけんだ。ハリーが答えずにいると、おじさんはキッチンの向こうからドスンドスンとやってきて、玄関ホールへの出入口を塞いだ。

「話はまだすんどらんぞ、小僧！」

「どいてよ」ハリーは静かに言った。

「おまえはここにいて、説明するんだ。息子がどうして――」

「どかないと、呪いをかけるぞ」ハリーは杖を上げた。

「その手は食わんぞ！」バーノンおじさんが凄んだ。「おまえが学校とか呼んでいるあのばか騒ぎ小屋の外では、おまえは杖を使うことを許されていない」

「そのばか騒ぎ小屋が僕を追い出した。だからもう僕は好きなことをしていいんだ。三秒だけ待ってやる。一――二――」

バーンという音が、キッチン中に鳴り響いた。ペチュニアおばさんが悲鳴を上げ、バーノンおじさんもさけび声を上げて身をかわした。しかしハリーは、自分が原因ではない騒ぎの源を探していた。今夜はこれで三度目だ。すぐに見つかった。キッチンの窓の外側に、羽毛を逆立てたメンフクロウが目を白黒させながら止まっていた。閉じた窓に衝突したのだ。

バーノンおじさんがいまいましげに「ふくろうめ！」とわめくのを無視し、ハリーは走っていって窓をこじ開けた。ふくろうが差し出す足に、小さく丸めた羊皮紙がくくりつけられている。ふくろうは羽毛をプルプルッと震わせ、ハリーが手紙を外すとすぐに飛び去った。ハリーは震える手で二番目のメッセージを開いた。大急ぎで書いたらしく、黒インクの字が滲んでいた。

ハリー――

　ダンブルドアがたったいま魔法省に着いた。なんとか収拾をつけようとしている。

　おじさん、おばさんの家を離れないよう。これ以上魔法を使ってはいけない。杖を引き渡してはいけない。

アーサー・ウィーズリー

　ダンブルドアが収拾をつけるって……どういう意味？　ダンブルドアは、どのぐらい魔法省の決定を覆す力を持っているのだろう？　それじゃ、ホグワーツにもどるのを許されるチャンスはあるのだろうか？　ハリーの胸に小さな希望が芽生えたが、それもたちまち恐怖でねじれた――魔法を使わずに杖の引き渡しを拒むなんて、どうやったらいいんだ？　魔法省の役人と決闘しなくてはならないだろうに。でもそんなことをしたら、奇跡でも起きないかぎり退学どころかアズカバン行きになる。

　次々といろいろな考えが浮かんだ……逃亡して魔法省に捕まる危険を冒すか、踏み止まってここで魔法省に見つかるのを待つか。ハリーは最初の道を取りたいという気持ちのほうがずっと強かった。しかし、ウィーズリーおじさんがハリーにとって最善の道を考えてくれていることを、ハリーは知っていた……それに、結局ダンブルドアは、これまでにももっと悪いケースを収拾してくれている。

「いいよ」ハリーが言った。「考えなおした。僕、ここにいるよ」

ハリーはさっとテーブルの前に座り、ダドリーとペチュニアおばさんとに向き合った。ダーズリー夫妻は、ハリーの気が突然変わったので、唖然としていた。ペチュニアは、絶望的な目つきでおじのバーノンをちらりと見た。おじさんの赤紫色のこめかみで、青筋のひくひくが一層激しくなった。

「いまいましいふくろうどもはだれからなんだ？」おじさんがガミガミ言った。

「最初のは魔法省からで、僕を退学にした」

ハリーは冷静に言った。魔法省の役人が近づいてくるかもしれないと、ハリーは外の物音を聞き逃すまいと耳をそばだてていた。それに、バーノンおじさんは、質問に答えているほうが怒らせて吠えさせるより楽だったし、静かだ。

「二番目のは友人のロンのパパから。魔法省に勤めているんだ」

「魔法省？」バーノンが大声を出した。「おまえたちが政府に？　ああ、それですべてわかったぞ。この国が荒廃するわけだ」

ハリーが黙っていると、おじさんはハリーを睨み、吐き棄てるように言った。

「それで、おまえはなぜ退学になった？」

「魔法を使ったから」

「はっはーん！」バーノンおじさんは冷蔵庫のてっぺんを拳(こぶし)でドンとたたきながら吠えた。冷蔵庫がパカンと開き、ダドリーの低脂肪おやつがいくつか飛び出してひっくり返り、床に広がった。

「それじゃ、おまえは認めるわけだ！　いったいダドリーになにをした？」

「なんにも」ハリーは少し冷静さを失った。「あれは僕がやったんじゃない――」

「やった」出し抜けにダドリーがつぶやいた。

バーノンとペチュニアはすぐさま手でシッシッとたたくような仕草をしてハリーを黙らせ、ダドリーに覆いかぶさるように覗き込んだ。

「坊主、続けるんだ」バーノンが言った。「あいつはなにをした？」

「坊や、話して」ペチュニアがささやいた。

「杖(つえ)をぼくに向けた」ダドリーがもごもご言った。

「ああ、向けた。でも、僕、使っていない――」ハリーは怒って口を開いた。しかし――。

「黙って！」バーノンおじさんとペチュニアおばさんが同時に吠えた。

「坊主、続けるんだ」おじさんが、口ひげを怒りで波打たせながら繰り返した。

「全部真っ暗になった」ダドリーはかすれ声で、身震いしながらも続けた。「みんな真っ暗。それから、ぼく、き、聞いた……なにかを。ぼ、ぼくの頭の中で」

バーノンとペチュニアは恐怖そのものの目を見合わせた。二人にとって、魔法がこの世で一番嫌いなものだが――その次に嫌いなのが、散水ホース使用禁止を自分たちよりうまくごまかすお隣さんたちだ――ありもしない声が聞こえるのは、まちがいなくワースト・テンに入る。二人は、ダドリーが正気を失いかけていると思ったにちがいない。

「かわい子ちゃん、どんなものが聞こえたの？」ペチュニアおばさんは蒼白になって目に涙を浮かべ、ささやくように聞いた。

しかし、ダドリーはなにも言えないようだ。もう一度身震いし、ばかでかいブロンドの頭を横に振った。最初のふくろうが到着したときから、ハリーは恐怖で無感覚になってしまっていたが、それでもちょっと好奇心がわいた。吸魂鬼は、だれにでも人生最悪のときをまざまざと思い出させる。甘やかされ、わがままでいじめっ子のダドリーには、いったいなにが聞こえたのだろう？

「坊主、どうして転んだりした？」バーノンは不自然なほど静かな声で聞いた。重病人の枕許でなら、おじさんもこんな声を出すのかもしれない。

「つ、つまずいた」ダドリーが震えながら言った。「そしたら――」

ダドリーは自分のだだっ広い胸を指さした。ハリーにはわかった。ダドリーは、望みや幸福感が吸い取られてゆくときの、じっとりした冷たさが肺を満たす感覚を思い出しているのだ。

「おっかない」ダドリーはかすれた声で言った。「寒い。とっても寒い」

「よしよし」バーノンおじさんはむりに冷静な声を出し、ペチュニアおばさんは心配そうにダドリーの額に手を当てて熱を測った。「それからどうした？」

「感じたんだ……感じた……感じた……まるで……まるで……」

「まるで、二度と幸福にはなれないような」ハリーは抑揚のない声でそのあとを続けた。

「うん」ダドリーは、まだ小刻みに震えながら小声で言った。

「さては！」

上体を起こしたバーノンの声は、完全に大音量を取りもどしていた。

「おまえは、息子にへんてこりんな呪文をかけおって、なにやら声が聞こえるようにして、それで――ダドリーに自分が惨めになる運命だと信じ込ませたというわけだ。そうだな？」

「何度同じことを言わせるんだ！」ハリーは癇癪も声も爆発した。「僕じゃない！　吸魂鬼がいたんだ！　二人も！」

「二人の――なんだ、そのわけのわからんなんとかは？」

「吸――魂――鬼」ハリーはゆっくりはっきり発音した。「二人」

「それで、キューコンキとかいうのは、いったい全体なんだ？」

「魔法使いの監獄の看守だわ。アズカバンの」ペチュニアおばさんが言った。

言葉のあとに、突然耳鳴りがするような沈黙が流れた。そして、ペチュニアおばさんは、まるでうっかりおぞましい悪態をついたかのように、パッと手で口を覆った。バーノンおじさんが目を丸くしておばさんを見た。ハリーは頭がくらくらした。フィッグばあさんもフィッグばあさんだが――しかし、ペチュニアおばさんまでが？

「どうして知ってるの？」ハリーは唖然として聞いた。

ペチュニアおばさんは、自分自身にぎょっとしたようだった。おどおどと謝るような目でバーノンおじさんをちらっと見て、口から少し手を下ろし、馬のような歯を覗かせた。

「聞こえたのよ――ずっと昔――あのとんでもない若造が――あの妹にそいつらのことを話しているのを」ペチュニアはぎくしゃく答えた。

「僕の父さんと母さんのことを言ってるのなら、どうして名前で呼ばないの？」ハリーは大声を出したが、ペチュニアは無視で応じた。おばさんはひどくあわてふためいているようだった。

ハリーは呆然としていた。何年か前にたった一度、おばさんはハリーの母親を奇人呼ばわりしたことがあった。それ以外、ペチュニアが自分の妹のことに触れるのを、ハリーは聞いたことがなかった。普段は魔法界が存在しないかのように振る舞うのに全精力を注ぎ込んでいるおばさんが、魔法界についての断片的情報を、こんなに長い間憶えていたことにハリーは驚愕していた。

バーノンおじさんが口を開き、口を閉じ、もう一度開いて、閉じた。まるでどうやって話すのかを思い出すのに四苦八苦しているかのように、三度目に口を開いて、かすれ声を出した。「それじゃ――じゃ――そいつらは――え――そいつらは――あ――本当にいるのだな――え――キューコンなんとかは？」

ペチュニアおばさんがうなずいた。

バーノンは、ペチュニアからダドリー、そしてハリーと順に目を送った。まるで、だれかが、「エイプリルフール！」とさけぶのを期待しているかのように。だれもさけばない。そこでもう一度口を開いた。しかし、続きの言葉を探す苦労をせずにすんだ。今夜三羽目のふくろうが到着したのだ。まだ開いたままになっていた窓から、羽の生えた砲弾のように飛び込んできて、キッチン・テーブルの上にカタカタと音を立てて降り立った。ダーズリー親子三人が怯えて飛び上がった。ハリーが二通目の公式文書風の封筒をふくろうの嘴からもぎ取り、ビリビリ開封している間に、ふくろうはスイーッと夜空にもどっていった。

「たくさんだ――くそ――ふくろうめ」バーノンおじさんは気を削(そ)がれたようにブツブツ言うと、ドスドスと窓際まで行ってピシャリと窓を閉めた。

ポッター殿

約二十二分前の当方からの手紙に引き続き、魔法省は、貴殿(きでん)の杖(つえ)を破壊する決定をただちに変更した。貴殿は、八月十二日に開廷される懲戒尋問(ちょうかいじんもん)まで、杖を保持してよろしい。公式決定は当日下されることになる。

ホグワーツ魔法魔術学校校長との話し合いの結果、魔法省は、貴殿の退校の件についても当日決定することに同意した。したがって貴殿は、さらなる尋問まで停学処分であると理解されたし。

貴殿のご多幸をお祈りいたします。

敬具

魔法省
魔法不適正使用取締局
マファルダ・ホップカーク

ハリーは手紙を立て続けに三度読んだ。まだ完全には退学になっていないと知って、胸につかえていた惨めさが少し緩んだ。しかし、恐れが消え去ったわけではない。どうやら八月十二日の尋問にすべてがかかっているようだ。

「それで？」バーノンおじさんの声で、ハリーはいまの状況を思い出した。「今度はなんだ？　なにか判決が出たか？　ところでおまえらに、死刑はあるのか？」おじさんはいいことを思いついたとばかり言葉をつけ加えた。

「尋問に行かなきゃならない」ハリーが言った。

「そこでおまえの判決が出るのか？」

「そうだと思う」

「それでは、まだ望みを捨てずにおこう」おじさんは意地悪く言った。

「じゃ、もういいね」

ハリーは立ち上がった。ひとりになりたくてたまらなかった。考えたい。それに、ロンやハーマイオニー、シリウスに手紙を送ったらどうだろう。

「だめだ、もういいはずがなかろう！」バーノンおじさんがわめいた。「ここに座るんだ！」

「今度はなんなの？」ハリーはいらだっていた。

「ダドリーだ！」バーノンおじさんが吠えた。「息子になにが起こったのか、はっきり知りたい」

「いいとも！」ハリーも大声を出した。腹立たしさのあまり、手に持ったままの杖（つえ）の先から、赤や金色の火花が散った。ダーズリー親子三人が、恐怖の表情で後ずさりした。

「ダドリーは僕と、マグノリア・クレセント通りとウィステリア・ウォークを結ぶ路地にいた」ハリーは必死で癇癪（かんしゃく）を抑えつけながら、早口で話した。「ダドリーが僕をやり込めようとした。僕が杖を抜いた。でも使わなかった。そしたら吸魂鬼が二人現れて――」

「しかし、いったいなんなんだ？　そのキューコントイドは？」おじさんが、カッカしながら聞いた。「そいつら、いったいなにをするんだ？」

「さっき、言ったよ――幸福感を全部吸い取っていくんだ」ハリーが答えた。「そして、機会があれば、キスをする――」

「キスだと？」バーノンおじさんの目が少し飛び出した。「キスするだと？」

「そう呼んでるんだ。口から魂を吸い取ることを」

ペチュニアおばさんが小さく悲鳴を上げた。

「この子の魂？　取られてないわよね――まだちゃんと持って――？」

おばさんはダドリーの肩をつかみ、揺り動かした。まるで、魂がダドリーの体の中でカタカタ音を立てるのが聞こえるかどうか、試しているようだった。

「もちろん、あいつらはダドリーの魂を取りはしなかった。取ってたらすぐわかる」ハリーはいらいらを募らせた。

「追っぱらったんだな？　え、坊主？」バーノンおじさんが声高に言った。なんとかして話を自分の理解できる次元に持っていこうと奮闘している様子だ。「パンチを食らわしたわけだ。そうだな？」

「吸魂鬼にパンチなんて効かない」ハリーは歯軋りしながら言った。

「それなら、いったいどうしてダドリーは無事なんだ？」おじさんがどなりつけた。「それなら、どうして息子はもぬけの殻にならなかった？」

「僕が守護霊を使ったから――」

シューッ。カタカタという音、羽ばたき、パラパラ落ちる埃とともに、四羽目のふくろうが暖炉から飛び出した。

「なんたることだ！」

わめき声とともに、バーノンおじさんは口ひげをごっそり引き抜いた。ここしばらく、そこまで追い詰められることはなかったのだけれど。

「ここにふくろうは入れんぞ！　こんなことは許さん。わかったか！」

しかし、ハリーはすでにふくろうの足から羊皮紙の巻紙を引っ張り取っていた。ダンブルドアからの、すべてを説明する手紙にちがいない——吸魂鬼、フィッグばあさん、魔法省の意図、ダンブルドアがすべてをどう処理するつもりなのかなど——そう強く信じていただけに、シリウスの筆跡を見てハリーはがっかりした。そんなことはこれまで一度もなかったのだが。ふくろうのことでわめき続けるバーノンおじさんを尻目に、いまきたふくろうが煙突にもどる際に巻き上げたもうもうたる埃に目を細めて、ハリーはシリウスの手紙を読んだ。

アーサーが、なにが起こったのかを、いま、みんなに話してくれた。どんなことがあろうとも、けっして家を離れてはいけない。

これだけいろいろな出来事が今夜起こったというのに、その回答がこの手紙だなんて、あまりにもお粗末じゃないか。ハリーは羊皮紙を裏返し、続きはないかと探した。なにもない。

ハリーはまた癇癪玉がふくらんできた。二体の吸魂鬼をたった一人で追いはらったのに、だれも「よくやった」とも言わないのか？　ウィーズリーおじさんもシリウスも、まるでハリーが悪さをしたかのような反応で、被害がどのくらいかを確認するまでは、ハリーへの小言もお預けだと言わんばかりだ。

「……ふくろうがつっつき、もとい、ふくろうがつぎつぎ、わしの家を出たり入ったり。許さんぞ、小僧、わしは絶対――」

「僕はふくろうがくるのを止められない」ハリーはシリウスの手紙をにぎりつぶしながらぶっきらぼうに言った。

「今夜なにが起こったのか、本当のことを言え！」バーノンが吠えた。「キューコンダーとかがダドリーを傷つけたのなら、なんでおまえが退学になる？　おまえは例の〝あれ〟をやったのだ。自分で白状しただろうが！」

ハリーは深呼吸して気を落ち着かせた。また頭が痛みはじめていた。なによりもまずキッチンを出て、ダーズリーたちから離れたいと思った。

「僕は吸魂鬼を追いはらうのに守護霊の呪文を使った」ハリーは必死で平静さを保った。「あいつらに対しては、それしか効かないんだ」

「しかし、キューコントイドとかは、なんでまたリトル・ウィンジングにいた？」

バーノンが憤激して言った。

「教えられないよ」ハリーがうんざりしたように言った。「知らないから」

今度はキッチンの照明のぎらぎらで、頭がずきずきした。怒りは次第に収まってはいたが、ハリーは力が抜け、ひどく疲れていた。ダーズリー親子はハリーをじっと見ていた。

「おまえだ」バーノンおじさんが力を込めて言った。「おまえに関係があるんだ。小僧、わかっているぞ。それ以外、ここに現れる理由があるか？　それ以外、あの路地にいる理由があるか？　おまえだけがただ一人の――ただ一人の――」おじさんが、〝魔法使い〟という言葉をどうしても口にできないのは明らかだった。「このあたり一帯でただ一人の、例の〝あれ〟だ」

「あいつらがどうしてここにいたのか、僕は知らない」

しかし、バーノンおじさんの言葉で、疲れ切ったハリーの脳みそがふたたび動き出した。なぜ吸魂鬼がリトル・ウィンジングにやってきたのか？　ハリーがいる路地にやつらがやってきたのは、果たして偶然なのだろうか？　だれかがやつらを送ってよこしたのか？　魔法省は吸魂鬼を制御できなくなったのか？　やつらはアズカバンを捨てて、ダンブルドアが予想したとおりヴォルデモートに与したのか？

「そのキュウコンバーは、妙ちきりんな監獄とやらをガードしとるのか？」バーノンが、ハリーの考えている道筋にドシンドシンと踏み込んできた。

「ああ」ハリーが答えた。

頭の痛みが止まってくれさえしたら。キッチンを出て暗い自分の部屋にもどり、考えることとさえできたら……。

「おっほー！　やつらはおまえを捕まえにきたんだ！」バーノンおじさんは絶対まちがいない結論に達したというように、勝ち誇った口調で言った。「そうだ。そうだろう、小僧？　おまえは法を犯して逃亡中というわけだ！」

「もちろん、ちがう」ハリーはハエを追うように頭を振った。いろいろな考えが目まぐるしく浮かんできた。

「それならなぜだ――？」

「『あの人』が送り込んだにちがいない」ハリーはバーノンにというより自分に言い聞かせるように低い声で言った。

「なんだ、それは？　だれが送り込んだと？」

「ヴォルデモート卿(きょう)だ」ハリーが言った。

ダーズリー一家は、「魔法使い」とか「魔法」、「杖(つえ)」などという言葉を聞くと、後ずさったり、ぎくりとしたり、ギャーギャー騒いだりするのに、歴史上最も極悪非道の魔法使いの名を聞いてもぴくりともしない。なんとも奇妙なものだとハリーはぼんやりそう思った。

「ヴォルデ――待てよ」

バーノンおじさんが顔をしかめた。豚のような目に、突如わかったぞという色が浮かんだ。

「その名前は聞いたことがある……たしか、そいつは――」

「そう、僕の両親を殺した」ハリーが言った。

「しかし、そやつは死んだ」おじさんがたたみかけるように言った。ハリーの両親の殺害が、辛い話題だろうなどという気配りは微塵も見せない。「あの大男のやつが、そう言いおった。そやつが死んだと」

「もどってきたんだ」ハリーは重苦しく言った。

外科手術室のように清潔なペチュニアおばさんのキッチンに立って、最高級の冷蔵庫と大型テレビのそばで、バーノンおじさんにヴォルデモート卿のことを冷静に話すなど、まったく不思議な気持ちだった。吸魂鬼がリトル・ウィンジングに現れたことで、プリベット通りという徹底した反魔法世界とその彼方に存在する魔法世界とを分断していた大きな目に見えない壁が、破れたかのようだった。ハリーの二重生活がなぜか一つに融合し、すべてがひっくり返った。ダーズリーたちは魔法界のことを細かく追及するし、フィッグばあさんはダンブルドアを知っている。吸魂鬼はリトル・ウィンジング界隈を浮遊し、ハリーは二度とホグワーツにもどれないかもしれない。ハリーの頭がますます激しく痛んだ。

「もどってきた?」ペチュニアおばさんがささやくように言った。

おばさんは、これまでとはまったくちがったまなざしでハリーを見ていた。そして突然、生まれてはじめてハリーは、ペチュニアおばさんが自分の母親の姉だという事実をはっきり感じた。なぜその瞬間そんなにも強く感じたのかは、言葉では説明できない。ただ、ヴォルデモート卿がもどってきたことの意味を少しでもわかる人間が、ハリーのほかにこの部屋にいる、ということだけはわかった。ペチュニアおばさんは、これまでの人生で一度もそんなふうに見たことのなかった目でハリーを見つめている。色の薄い大きな目は（妹とはまったく似ていない目は）、嫌悪感や怒りで細められるどころか、恐怖で大きく見開かれていた。ハリーが物心ついて以来、ペチュニアおばさんは常に激しい否定の態度を取り続けてきた——魔法は存在しないし、バーノンおじさんと一緒に暮らしているこの世界以外に、別の世界は存在しないと——それが崩れ去ったかのように見えた。

「そうなんだ」ハリーはペチュニアおばさんに話しかけた。「一か月前にもどってきた。僕は見たんだ」

おばさんの両手が、ダドリーの革ジャンの上から巨大な肩に触れ、そのままぎゅっとにぎりしめた。

「ちょっと待った」

バーノンおじさんは、妻からハリーへ、そしてまた妻へと視線を移し、二人の間に前代未聞の理解がわき起こったことに戸惑い、呆然としていた。

「待てよ。そのヴォルデなんとか卿がもどったと、そう言うのだな」

「そうだよ」

「おまえの両親を殺したやつだな」

「そうだよ」

「そして、そいつが今度はおまえにキューコンバーを送ってよこしたと？」

「そうらしい」ハリーが言った。

「なるほど」

バーノンおじさんは真っ青な妻の顔を見て、ハリーを見た。そしてズボンをずり上げた。おじさんの体がふくれ上がってきたかのようだった。大きな赤紫色の顔が、見る見る巨大になってきた。

「さあ、これで決まりだ」おじさんが言った。体がふくれ上がったので、シャツの前がきつくなっていた。「小僧！　この家を出ていってもらうぞ！」

「えっ？」

「聞こえたろう――出ていけ！」バーノンおじさんが大声を出した。ペチュニアおばさんやダドリーでさえ飛び上がった。「出ていけ！　出ていけ！　とっくの昔にそうすべきだった！　ふくろうはここを休息所扱い、デザートは破裂するわ、客間の半分は壊されるわ、ダドリーに尻尾だわ、マージはふくらんで天井をポンポンするわ、その上空飛ぶフォード・アングリアだ――出ていけ！　出ていけ！　もうおしまいだ！　おまえのことはすべて終わりだ！　狂ったやつがおまえを追っけているなら、ここに置いてはおけん。おまえのせいで妻と息子を危険にさらさせはせんぞ。もうおまえに面倒を持ち込ませはせん。おまえがろくでなしの両親と同じ道をたどるのなら、わしはもうたくさんだ！　出ていけ！」

ハリーはその場に根が生えたように立っていた。魔法省の手紙、ウィーズリーおじさんとシリウスからの手紙が、みなハリーの左手の中でつぶれていた。

〝なにがあろうとも、けっして家を離れてはいけない。おじさん、おばさんの家を離れないよう〟

「聞こえたな！」

バーノンおじさんが今度はのしかかってきた。巨大な赤紫色の顔がハリーの顔にぐんと接近し、唾が顔に降りかかるのを感じた。

「行けばいいだろう！　三十分前はあんなに出ていきたがったおまえだ！　大賛成だ！　出ていけ！　二度とこの家の敷居をまたぐな！　そもそも、なんでわしらがおまえを手許に置いたのかわからん。マージの言うとおりだった。孤児院に入れるべきだった。わしらがお人好しすぎた。あれをおまえの中からたたき出してやれると思った。おまえをまともにしてやれると思った。しかし、おまえは根っから腐っていた。

もうたくさんだ。――ふくろうだ！」

五番目のふくろうが煙突を急降下してきて、勢い余って床にぶつかり、大声でギーギー鳴きながらふたたび飛び上がった。ハリーは手を上げて、真っ赤な封筒に入った手紙を取ろうとした。しかし、ふくろうはハリーの頭上をまっすぐ飛び越し、ペチュニアに一直線に向かった。おばさんは悲鳴を上げ、両腕で顔を覆って身をかわした。ふくろうは真っ赤な封筒をおばさんの頭に落とし、方向転換してそのまま煙突にもどっていった。

ハリーは手紙を拾おうと飛びついた。しかし、ペチュニアおばさんのほうが早かった。

「開けたきゃ開けてもいいよ」ハリーが言った。「でもどうせ中身は僕にも聞こえるんだ。それ、〝吠えメール〟だよ」

「ペチュニア、手を放すんだ！」バーノンおじさんがわめいた。「触るな。危険かもしれん！」

「私宛だわ」ペチュニアおばさんの声が震えていた。「私宛なのよ、バーノン。ほら、プリベット通り四番地、キッチン、ペチュニア・ダーズリー様――」

おばさんは真っ青になって息を止めた。真っ赤な封筒が燻りはじめている。

「開けて！」ハリーが促した。「すませちゃうんだ！　どうせ同じなんだから」

「いやよ」

ペチュニアおばさんの手がぶるぶる震えている。おばさんはどこか逃げ道はないかと、キッチン中をきょろきょろ見回したが、もう手遅れだった――封筒が燃え上がった。ペチュニアは悲鳴を上げ、封筒を取り落とした。

テーブルの上で燃えている手紙から、恐ろしい声が流れてキッチン中に広がり、狭い部屋の中で反響した。

「私の最後のあれを思い出せ。ペチュニア」

ペチュニアおばさんは気絶するかのように見えた。両手で顔を覆い、ダドリーのそばの椅子に沈むように座り込んだ。沈黙の中で、封筒の残骸(ざんがい)が燻(くす)ぶり、灰になっていった。

「なんだ、これは？」バーノンおじさんがかすれ声で言った。「なんのことか――わしにはとんと――ペチュニア？」

ペチュニアおばさんはなにも言わない。ダドリーは口をぽかんと開け、ばか面で母親を見つめていた。沈黙が恐ろしいほど張りつめた。ハリーは呆気(あっけ)に取られて、おばさんを見ていた。頭はずきずきと割れんばかりだった。

「ペチュニアや？」バーノンおじさんがおどおどと声をかけた。「ペ、ペチュニア？」

おばさんが顔を上げた。まだぶるぶる震えている。おばさんはごくりと生唾を飲み込んだ。

「この子――この子は、バーノン、ここに置かないといけません」

おばさんが弱々しく言った。

「な――なんと？」

「ここに置くのです」

おばさんはハリーの顔を見ないで言った。おばさんがふたたび立ち上がった。

「こいつは……しかしペチュニア……」

「私たちがこの子を放り出したとなれば、ご近所の噂(うわさ)になりますわ」

おばさんは、まだ青い顔をしていながらも、いつもの突っけんどんでぶっきらぼうな言い方を急速に取りもどしていた。

「面倒なことを聞いてきますよ。この子がどこに行ったか知りたがるでしょう。この子を家に置いておくしかありません」

バーノンおじさんは中古のタイヤのように萎(しぼ)んでいった。

「しかし、ペチュニアや――」

ペチュニアおばさんはおじさんを無視してハリーのほうを向いた。

「おまえは自分の部屋にいなさい」とおばさんが言った。「外に出てはいけない。さあ、寝なさい」

ハリーは動かなかった。

「〝吠えメール〟はだれからだったの？」

「質問はしない」ペチュニアおばさんがぴしゃりと言った。

「おばさんは魔法使いと接触してるの？」

「寝なさいと言ったでしょう！」

「どういう意味なの？　最後のなにを思い出せって？」

「寝なさい！」

「どうして――？」

「おばさんの言うことが聞こえないの！　さあ、寝なさいと言ったら寝なさい！」

第3章　先発護衛隊

　僕はさっき吸魂鬼に襲われた。それに、ホグワーツを退学させられるかもしれない。なにが起こっているのか、いったい僕はいつここから出られるのか知りたい。

暗い寝室にもどるやいなや、ハリーは同じ文面を三枚の羊皮紙に書いた。最初のはシリウス宛、二番目はロン、三番目はハーマイオニー宛だ。ハリーのふくろう、ヘドウィグは狩に出かけていて、机の上の鳥籠は空っぽ。ハリーはヘドウィグの帰りを待ちながら、部屋を往ったり来たりした。目がちくちく痛むほど疲れてはいたが、頭がガンガンし、次々といろいろな思いが浮かんで眠れそうになかった。ダドリーを家まで背負ってきた背中は悲鳴を上げ、窓枠にぶつけた瘤とダドリーになぐられた跡がずきずき痛む。

歯噛みし、拳をにぎりしめ、部屋を往ったり来たりしながら、ハリーは怒りと焦燥感で疲れ果てていた。窓際を通るたびに、なんの姿も見えない星ばかりの夜空を、怒りを込めて見上げた。ハリーを始末するのに吸魂鬼が送られた。フィッグばあさんとマンダンガス・フレッチャーがこっそりハリーの跡を追けていた。その上、ホグワーツの停学処分に加えて魔法省での尋問――これだけのことがあったのに、まだだれもなにも教えてくれない。

それに、あの「吠えメール」はなんだ。いったいなんだったんだ? キッチン中に響いた、あの恐ろしい、脅すような声はだれの声だったんだ?

どうして僕は、なにも知らされずに閉じ込められたままなんだ? どうしてみな、僕のことを聞き分けのない小僧扱いするんだ?

「これ以上魔法を使ってはいけない。家を離れるな……」

通りがかりざま、ハリーは学校のトランクを蹴飛ばした。しかし、怒りが収まるどころか、かえって気が滅入った。体中が痛い上に、今度は爪先の鋭い痛みまで加わった。

片足を引きずりながら窓際を通り過ぎたとき、柔らかく羽をこすり合わせ、ヘドウィグが小さなゴーストのようにスイーッと入ってきた。

「遅かったじゃないか!」ヘドウィグが籠のてっぺんにふわりと降り立ったとた

ん、ハリーがうなるように言った。「それは置いとけよ。僕の仕事をしてもらうんだから！」

ヘドウィグは、死んだカエルを嘴にくわえたまま、大きな丸い琥珀色の目で恨めしげにハリーを見つめた。

「こっちにくるんだ」ハリーは小さく丸めた三枚の羊皮紙と革ひもを取り上げ、ヘドウィグの鱗状の足にくくりつけた。「シリウス、ロン、ハーマイオニーにまっすぐに届けるんだ。相当長い返事をもらうまでは帰ってくるなよ。いざとなったら、みんながちゃんとした手紙を書くまで、ずっと突っついてやれ。わかったかい？」

まだ嘴がカエルで塞がっているヘドウィグは、くぐもった声でホーと鳴いた。

「それじゃ、行け」ハリーが言った。

ヘドウィグはすぐさま出発した。その後すぐ、ハリーは着替えもせずベッドに寝転び、暗い天井を見つめた。惨めな気持ちに、今度はヘドウィグにいらだちをぶつけた後悔が加わった。ヘドウィグはこのプリベット通り四番地で唯一の友達だというのに。シリウス、ロン、ハーマイオニーから返事をもらって帰ってきたらやさしくしてやろう。

三人とも、すぐに返事を書くはずだ。吸魂鬼の襲撃を無視できるはずがない。明日の朝、目が覚めるころには、すぐさまハリーを「隠れ穴」に連れ去る計画が書かれた同情あふれる分厚い手紙が三通きていることだろう。そう思うと気が休まり、眠気がさまざまな想いを包み込んでいった。

しかし、朝になってもヘドウィグはもどってこなかった。ハリーはトイレに行く以外は一日中部屋に閉じこもっていた。ペチュニアおばさんが朝昼晩と、おじさんが三年前の夏に取りつけた猫用のくぐり戸から食事を入れてよこした。おばさんが部屋に近づくたびに、ハリーは「吠えメール」のことを聞き出そうとしたが、おばさんの答えときたら、石に聞いたほうがまだましだった。ダーズリー一家は、それ以外ハリーの部屋には近づかないようにしていた。むりやりみなと一緒にいてなんになる、とハリーは思った。また言い争いになり、結局ハリーが腹を立て、違法な魔法を使うのが落ちじゃないか。

そんなふうに丸三日が過ぎた。あるときは、いらいらと気が高ぶってなにも手につかず、部屋をうろつきながら自分がわけのわからない状況に悶々としているのに、放ったらかしにしているみなに腹を立てた。そうでないときは、まったくの無気力状態に陥り、一時間もベッドに横になったままぼんやり空を見つめて魔法省の尋問を思い、恐怖に震えていた。

不利な判決が出たらどうしよう？　本当に学校を追われ、杖を真っ二つに折られたとしたら、どこに行ってなにをすればいいのだろう？　ここに帰ってずっとダーズリー一家と暮らすなんてできない。自分が本当に属している別な世界を知ってしまったいま、それはできない。シリウスの家に引っ越すことができるだろうか？　一年前、やむなく魔法省の手から逃亡する前にシリウスは誘ってくれた。まだ未成年のハリーが、そこに一人で住むことを許されるだろうか？　それとも、どこに住むということも判決で決まるのだろうか？　国際機密保持法への違反は、アズカバンの独房行きになるほどの重罪なのだろうか？　ここまで考えると、ハリーはいつもベッドから滑り降り、また部屋をうろうろしはじめるのだった。

ヘドウィグが出発してから四日目の夜、ハリーは何度目かの無気力のサイクルに入り込み、疲れ切ってなにも考えられずに天井を見つめて横たわっていた。そのとき、バーノンおじさんがハリーの部屋に入ってきた。ハリーはゆっくりと首を回しておじさんを見た。バーノンは一張羅（いっちょうら）のスーツを着込み、ご満悦（まんえつ）の表情だ。

「わしらは出かける」おじさんが言った。

「え？」

「わしら――つまりおばさんとダドリーとわしは――出かける」

「いいよ」ハリーは気のない返事をして、また天井を見上げた。

「わしらの留守に、自分の部屋から出てはならん」

「オッケー」

「テレビや、ステレオ、そのほかわしらの持ち物に触ってはならん」

「ああ」

「冷蔵庫から食べ物を盗んではならん」

「オーケー」

「この部屋に鍵をかけるぞ」

「そうすればいいさ」

バーノンおじさんはハリーをじろじろ見た。さっぱり言い返してこないことを怪しんでいるらしい。そして足を踏み鳴らして部屋を出ていき、ドアを閉めた。鍵を回す音と、おじさんがドスンドスンと階段を下りてゆく音が聞こえた。数分後にバタンという車のドアの音、エンジンの回るブルンブルンという音、そしてまぎれもなく車寄せから車が滑り出す音がした。

ダーズリー一家が出かけても、ハリーにはなんら特別な感情も起こらなかった。連中が家にいようがいまいが、ハリーにはなんのちがいもない。起き上がって部屋の電気を点ける気力もない。ハリーを包むように、部屋が次第に暗くなっていった。横になったまま、ハリーは窓から入る夜の物音を聞いていた。ヘドウィグが帰ってくる幸せな瞬間を待って、窓はいつも開け放しにしてある。

空っぽの家が、みしみし軋んだ。水道管がゴボゴボ言った。ハリーはなにも考えず、ただ呆然と惨めさの中に横たわっていた。

階下のキッチンで、はっきりとなにかが壊れる音がした。

ハリーは飛び起きて、耳を澄ませた。ダーズリー親子のはずはない。帰ってくるには早すぎる。それに車の音も聞いていない。

しんと静まり返った次の瞬間、人声が聞こえた。

泥棒だ。ベッドからそっと滑り降りて立ち上がった。――しかし、泥棒なら声をひそめるはずだとすぐに気づいた。キッチンを動き回っているのが何者であれ、声をひそめようとしていないことだけは確かだ。

ハリーはベッド脇の杖を引っつかみ、部屋のドアの前に立って全神経を耳にした。ガチャッと鍵が大きな音を立て、いきなりドアがパッと開いたのでハリーは飛び上がった。

身動きせず、開いたドアから二階の暗い踊り場を見つめ、なにか聞こえはしないかとさらに耳を澄ませた。なんの物音もしない。一瞬のためらいの後に、すばやく音を立てずに部屋を出て、階段の踊り場に立った。

心臓が喉まで迫り上がる。下の薄暗い玄関ホールに、ガラス戸を通して入ってくる街灯の明かりを背に、人影が見える。八、九人はいる。ハリーの見るかぎり、全員がハリーを見上げている。

「おい、坊主、杖を下ろせ。だれかの目玉をくり貫くつもりか」低いうなり声が言った。

ハリーの心臓はどうしようもなくドキドキと脈打った。聞き覚えのある声だ。しかし、ハリーは杖を下ろさなかった。

「ムーディ先生？」ハリーは半信半疑で聞いた。

「『先生』かどうかはよくわからん」ふたたび声がうなった。「なかなか教える機会がなかったろうが？　さあ、ここに降りてくるんだ。おまえさんの顔をちゃんと見たいからな」

ハリーは少し杖を下ろしながらもにぎりしめた手を緩めず、その場から動きもしなかった。疑うだけのちゃんとした理由がある。この九か月もの間、ハリーがマッド-アイ・ムーディだと思っていた人は、なんとムーディどころかペテン師だった。そればかりか、化けの皮がはがれる前に、ハリーを殺そうとさえした。しかし、ハリーが次の行動を決めかねているうちに、二番目の、少しかすれた声が昇ってきた。

「大丈夫だよ、ハリー。私たちは君を迎えにきたんだ」

ハリーは心が躍った。もう一年以上も耳にしていなかったが、この声にもなじみがある。

「ル、ルーピン先生？」信じられない気持ちだった。「本当に？」

「わたしたち、どうしてこんな暗いところに立ってるの？」

第三番目の声がした。まったく知らない声、女性の声だ。

「ルーモス！　光よ！」

杖の先がパッと光り、魔法の灯がホールを照らし出した。ハリーは目を瞬いた。

階段下に塊まった人たちが、一斉にハリーを見上げていた。よく見ようと首を伸ばしている人もいる。

リーマス・ルーピンが一番手前にいた。まだそれほどの年でもないのに、くたびれて少し病気のような顔をしていた。最後にルーピンに別れを告げたときより白髪が増え、ローブは以前よりみすぼらしく、継ぎはぎだらけだった。それでもルーピンは、ハリーににっこり笑いかけていた。ショック状態の中でも、ハリーは笑い返そうと努力した。

「わぁぁあ、わたしの思ってたとおりの顔をしてる」杖灯りを高く掲げた魔女が言った。中では一番若いようだ。色白のハート型の顔、キラキラ光る黒い瞳、髪は短く強烈な紫で、つんつん突っ立っている。「よっ、ハリー！」

「うむ、リーマス、君の言っていたとおりだ」一番後ろに立っている禿げた黒人の魔法使いが言った――深いゆったりした声だ。片方の耳に金のイヤリングをしている

――「ジェームズに生き写しだ」

「目だけがちがうな」後ろのほうの白髪の魔法使いが、ゼイゼイ声で言った。

「リリーの目だ」

灰色まだらの長い髪、大きく削ぎ取られた鼻のマッド-アイ・ムーディが、左右不揃いの目を細めて、怪しむようにハリーを見ていた。片方は小さく黒いキラキラした目、もう一方は大きく丸いあざやかなブルーの目――この目は壁もドアも、自分の後頭部さえも貫いて透視できる。

「ルーピン、たしかにポッターだと思うか？」ムーディがうなった。「ポッターに化けた『死喰い人（デス・イーター）』を連れ帰ったら、いい面の皮だ。本人しか知らないことを質問してみたほうがいいぞ。だれか『真実薬』を持っていれば話は別だが？」

「ハリー、君の守護霊はどんな形をしている？」ルーピンが聞いた。

「牡鹿（おじか）」ハリーは緊張して答えた。

「マッド-アイ、まちがいなくハリーだ」ルーピンが言った。

全員がまだ自分を見つめていることをはっきり感じながら、ハリーは階段を下りた。下りながら杖（つえ）をジーンズの尻ポケットにしまおうとした。

「おい、そんなところに杖をしまうな！」マッド-アイがどなった。「火が点（つ）いたらどうする？　おまえさんよりちゃんとした魔法使いが、それで尻を失くしたんだぞ！」

「尻をなくしたって、いったいだれが？」紫の髪の魔女が興味津々でマッド－アイにたずねた。

「だれでもよかろう。とにかく尻ポケットから杖を出しておくんだ！」マッド－アイがうなった。「杖の安全の初歩だ。近ごろはだれも気にせん」

マッド－アイはコツッコツッとキッチンに向かった。

「それに、わしはこの目でそれを見たんだからな」

魔女が「やれ、やれ」というふうに天井を見上げたのを見て、マッド－アイがいらだちながらそうつけ加えた。

ルーピンは手を差し伸べてハリーと握手をした。

「元気か？」ルーピンはハリーをじっと覗き込んだ。

「ま、まあ……」

これが現実だとはなかなか信じられなかった。四週間もなにもなかった。プリベット通りからハリーを連れ出す計画の気配さえなかったのに、突然、あたりまえだという顔で、まるで前々から計画されていたかのように、魔法使いが束になってこの家にやってきた。ハリーはルーピンを囲んでいる魔法使いたちをざっと眺めた。みな貪るようにハリーを見つめている。この四日間、髪をとかしていないことが気になった。

「僕は――みなさんは、ここのダーズリー一家が外出していて、本当にラッキーだった……」ハリーが口ごもった。

「ラッキー？　へ！フ！ハッ！」紫の髪の魔女が言った。「わたしよ。やつらを誘き出したのは。マグルの郵便で手紙を出して、『全英郊外芝生手入れコンテスト』で最終候補に残ったって書いたの。いまごろ授賞式に向かってるわ……そう思い込んで」

〝全英郊外芝生手入れコンテスト〟などないと知ったときの、バーノンおじさんの顔がちらっとハリーの目に浮かんだ。

「出発するんだね？」ハリーが聞いた。「すぐに？」

「まもなくだ」ルーピンが答えた。「安全確認を待っているところだ」

「どこに行くの？『隠れ穴』？」ハリーはそうだといいなと思った。

「いや、『隠れ穴』じゃない。ちがう」

ルーピンがキッチンからハリーを手招きしながら答えた。魔法使いたちが小さな塊になってそのあとに続いた。まだハリーをしげしげと見ている。

「あそこは危険すぎる。本部は見つからないところに設置した。しばらくかかったがね……」

マッド－アイ・ムーディはキッチン・テーブルの前に腰掛け、携帯用酒瓶からぐびぐび飲んでいた。魔法の目が四方八方にくるくる動き、ダーズリー家のさまざまな便利そうな台所用品をじっくり眺めていた。

「ハリー、この方はアラスター・ムーディだ」ルーピンがムーディを指して紹介した。

「ええ、知ってます」ハリーは気まずそうに言った。一年もの間知っていると思っていた人を、あらためて紹介されるのは変な気持ちだった。

「そして、こちらがニンファドーラ――」

「リーマス、わたしのことニンファドーラって呼んじゃだめ」若い魔女が身震いして言った。

「トンクスよ」

「ニンファドーラ・トンクスだ。苗字のほうだけを覚えて欲しいそうだ」ルーピンが最後まで言った。

「母親が『かわいい水の精ニンファドーラ』なんてばかげた名前をつけたら、あなただってそう思うわよ」トンクスがブツブツこぼした。

「それからこちらは、キングズリー・シャックルボルト」

ルーピンは、背の高い黒人の魔法使いを指していた。紹介された魔法使いが頭を下げた。

「エルファイアス・ドージ」ゼイゼイ声の魔法使いがこくんとうなずいた。

「ディーダラス・ディグル――」

「以前にお目にかかりましたな」興奮しやすい性質のディグルは、紫色のシルクハットを落として、キーキー声で挨拶した。

「エメリーン・バンス」エメラルド・グリーンのショールを巻いた、堂々とした魔女が、軽く首を傾げた。

「スタージス・ポドモア」顎の角ばった、麦わら色の豊かな髪をした魔法使いがウィンクした。

「そしてヘスチア・ジョーンズ」ピンクの頬をした黒髪の魔女が、トースターの隣で手を振った。

紹介されるたびに、ハリーは一人ひとりにぎごちなく頭を下げた。みな、なにか自分以外のものを見てくれればいいのに。突然舞台に引っ張り出されたような気分になる。それに、どうしてこんなに大勢いるのかも疑問だった。

「君を迎えにいきたいと名乗りを上げる人が、びっくりするほどたくさんいてね」ルーピンが、ハリーの心を読んだかのように、口の両端をひくひくさせながら言った。

「うむ、まあ、多いに越したことはない」ムーディが暗い顔で言った。「ポッター、わしらは、おまえの護衛だ」

「私たちはいま、出発しても安全だという合図を待っているところなんだが」ルーピンがキッチンの窓に目を走らせながら続けた。「あと十五分ほどある」

「すっごく清潔なのね、ここのマグルたち。ね？」トンクスと呼ばれた魔女が、興味深げにキッチンを見回して言った。「わたしのパパはマグル生まれだけど、とってもだらしないやつで。魔法使いもおんなじだけど、人によるのよね？」

「あ――うん」ハリーが言った。「あの――」ハリーはルーピンのほうを見た。「いったいなにが起こってるんですか？　だれからもなんにも知らされない。いったいヴォル――？」

何人かがシーッと奇妙な音を出した。ディーダラス・ディグルはまた帽子を落とし、ムーディは「黙れ！」とうなった。

「えっ？」ハリーが言った。

「ここではなにも話すことができん。危険すぎる」ムーディが普通の目をハリーに向けて言った。魔法の目は天井を向いたままだ。「くそっ」ムーディは魔法の目に手をやりながら、怒ったように毒づいた。「動きが悪くなった――あのろくでなしがこの目を使ってからずっとだ」

流しの詰まりを汲み取るときのようなブチュッという いやな音を立て、ムーディは魔法の目を取り出した。

「マッドーアイ、それって、気持ち悪いわよ。わかってるの？」トンクスが何気ない口調ながら文句を言う。

「ハリー、コップに水を入れてくれんか？」ムーディが頼んだ。

ハリーは食器洗浄機まで歩いてきれいなコップを取り出し、流しで水を入れた。その間も、魔法使い集団はまだじっとハリーに見入っていた。あまりしつこく見るので、ハリーはわずらわしくなってきた。

「や、どうも」ハリーがコップを渡すと、ムーディが言った。

ムーディは魔法の目玉を水に浸け、突ついて浮き沈みさせた。目玉はくるくる回りながら、全員を次々に見据えた。

「帰路には三六〇度の視野が必要なのでな」

「どうやって行くんですか？——どこへ行くのか知らないけど」ハリーが聞いた。

「箒だ」ルーピンが答えた。「それしかない。君は『姿現わし』には若すぎるし、『煙突ネットワーク』は見張られている。未承認の移動キーを作れば、我々の命がいくつあっても足りないことになる」

「リーマスが、君はいい飛び手だと言うのでね」キングズリー・シャックルボルトが深い声で言った。

「すばらしいよ」ルーピンが自分の時計で時間をチェックしながら言った。「とにかくハリー、部屋にもどって荷造りしたほうがいい。合図がきたらすぐに出発できるようにしておきたいから」

「わたし、手伝いに行くわ」トンクスが明るい声で言った。

トンクスは興味津々で、ホールから階段へと、周囲を見回しながらハリーについてきた。

「おかしなところね」トンクスが言った。「あまりにも清潔すぎるわ。言ってることわかる？　ちょっと不自然よ。ああ、ここはまだましだわ」ハリーが部屋に入って明かりを点けると、トンクスが言った。

ハリーの部屋は、たしかに家の中のどこよりずっと散らかっていた。最低の気分で、四日間も閉じこもっていたので、後片づけなどする気にもなれなかったのだ。本は、ほとんど全部床に散らばっている。気をまぎらそうと次々引っ張り出してはそのまま放り出していた。ヘドウィグの鳥籠は掃除しなかったので悪臭を放ちはじめていた。トランクは開けっぱなしで、マグルの服やら魔法使いのローブやらがごた混ぜになり、まわりの床にはみ出している。

ハリーは本を拾い、急いでトランクに投げ込みはじめた。トンクスは開けっ放しの洋箪笥の前で立ち止まり、扉の内側の鏡に映った自分の姿を矯めつ眇めつ眺めている。

「ねえ、わたし、紫が似合わないわね」つんつん突っ立った髪をひと房引っ張りながら、トンクスが物想わしげに言った。「やつれて見えると思わない？」

「あー――」手にした『イギリスとアイルランドのクィディッチ・チーム』の本の上から、ハリーはトンクスを見た。

「うん、そう見えるわ」トンクスはこれで決まりとばかり言い放つと、なにかを思い出そうと躍起になっているように、目をぎゅっとつぶって顔をしかめた。すると、次の瞬間トンクスの髪は、風船ガムのピンク色に変わった。

「どうやったの？」ハリーは呆気に取られて、ふたたび目を開けたトンクスを見た。

「わたし、『七変化』なの」

鏡に映った姿を眺め、首を回して前後左右から髪が見えるようにしながらトンクスが答えた。

「つまり、外見を好きなように変えられるのよ」

鏡に映った自分の背後のハリーが、怪訝そうな表情をしているのを見て、トンクスが説明を加えた。

「生まれつきなの。闇祓い（やみばらい）の訓練でも、ぜんぜん勉強しないで『変装・隠遁術（いんとんじゅつ）』は最高点を取ったの。あれはよかったわねえ」

「闇祓いなんですか？」ハリーは感心した。闇の魔法使いを捕らえる仕事は、ホグワーツ卒業後の進路として、ハリーが考えたことのある唯一の職業だ。

「そうよ」トンクスは得意げだった。「キングズリーもそう。わたしより少し地位が高いけど。わたし、一年前に資格を取ったばかり。『隠密追跡術（おんみつついせきじゅつ）』では落第ぎりぎりだったの。おっちょこちょいだから。ここに到着したときわたしが一階でお皿を割った音、聞こえたでしょう？」

「勉強で『七変化』になれるんですか？」ハリーは荷造りのことをすっかり忘れ、姿勢を正してトンクスに聞いた。

トンクスがくすくす笑った。

「その傷をときどき隠したいんでしょ？　ん？」

トンクスは、ハリーの額（ひたい）の稲妻形の傷痕（きずあと）に目を止めた。

「うん、そうできれば」ハリーは顔を背けて、もごもご言った。だれかに傷をじろじろ見られるのはいやだった。

「習得するのは難しいわ。残念ながら」トンクスが言った。「『七変化』って、めったにいないし、生まれつきで、習得するものじゃないのよ。魔法使いが姿を変えるには、だいたい杖か魔法薬を使うわ。でも――こうしちゃいられない。ハリー、わたしたち、荷造りしなきゃいけないんだった」トンクスはごたごた散らかった床を見回し、気が咎めるように言った。

「あ――うん」ハリーは本をまた数冊拾い上げた。

「ばかね。もっと早いやり方があるわ。わたしが――『パック！　詰めろ！』」トンクスは杖で床を大きく掃うように振りながらさけんだ。

本も服も、望遠鏡も秤も全部空中に舞い上がったかと思うと、トランクの中に一斉に飛び込んだ。

「あんまりすっきりはしてないけど」トンクスはトランクに近づき、中のごたごたを見下ろしながら言った。「ママならきちんと詰めるコツを知ってるんだけどね――ママがやると、ソックスなんかひとりでに畳まれてるの――でもわたしはママのやり方を絶対マスターできなかった――振り方はこんなふうで――」トンクスは、もしかしたらうまくいくかもしれないと杖を振った。

ハリーのソックスが一つ、わずかにごにょごにょと動いた後、またトランクのごたごたの上にポトリと落ちた。

「まあ、いいか」トンクスはトランクのふたをパタンと閉め、「少なくとも全部入ったし。あれもちょっとお掃除が必要だわね」と、杖をヘドウィグの籠に向けた。

「スコージファイ！　清めよ！」

羽根が数枚、糞と一緒に消え去った。

「うん、少しはきれいになった。――わたしって、家事に関する呪文はどうしてもコツがわからないのよね。さてと――忘れ物はない？　鍋は？　箒は？　わぁーっ！　――ファイアボルトじゃない？」

ハリーの右手ににぎられた箒を見て、トンクスは目を丸くした。ハリーの誇りでもあり喜びでもある箒、シリウスからの贈り物、国際級の箒だ。

「わたしなんか、まだコメット260に乗ってるのよ。あーあ」トンクスが羨ましそうに言った。

「……杖はまだジーンズの中？　お尻は左右ちゃんとくっついてる？　オッケー、行こうか。『ロコモーター　トランク！　トランクよ動け！』」

ハリーのトランクが床から数センチ浮いた。トンクスはヘドウィグの籠を左手に持ち、杖を指揮棒のように掲げて浮いたトランクを移動させ、先にドアから出した。ハリーは自分の箒を持って、あとに続いて階段を下りた。

キッチンではムーディが魔法の目を元にもどしていた。洗った目が高速で回転し、見ていたハリーはめまいがした。キングズリー・シャックルボルトとスタージス・ポドモアは電子レンジを調べ、ヘスチア・ジョーンズは引き出しを引っかき回しているうちに見つけたジャガイモの皮むき器を見て笑っている。ルーピンはダーズリー一家に宛てた手紙に封をしていた。

「よし」トンクスとハリーが入ってくるのを見て、ルーピンが言った。「あと一分ほどだと思う。庭に出て待っていたほうがいいかもしれないな。ハリー、おじさんとおばさんに、心配しないように手紙を残したから——」

「心配なんかしないよ」ハリーが言った。

「——君は安全だと——」

「みんながっかりするだけだよ」

「——そして、君がまた来年の夏休みに帰ってくるって」

「そうしなきゃいけない？」

ルーピンはほほえんだが、なにも答えなかった。

「おい、こっちへくるんだ」ムーディが杖でハリーを招きながら、乱暴に言った。「おまえに『目くらまし』をかけないといかん」

「なにをしなきゃって？」ハリーが心配そうに聞いた。

「『目くらまし術』だ」ムーディが杖を上げた。「ルーピンが、おまえには透明マントがあると言っておったが、飛ぶときはマントが脱げてしまうだろう。こっちのほうがうまく隠してくれる。それ——」

ムーディがハリーの頭のてっぺんをコツンとたたくと、ハリーはまるでムーディがそこで卵を割ったような奇妙な感覚を覚えた。杖で触れたところから、体全体に冷たいものがとろとろと流れ落ちていくようだった。

「うまいわ、マッド－アイ」トンクスがハリーの腹のあたりを見つめながら感心した。

ハリーは自分の体を見下ろした。いや、体だったところを見下ろした。もうとても自分の体には見えなかった。透明になったわけではない。ただ、自分の後ろにあるユニット・キッチンと同じ色、同じ質感になっていた。人間カメレオンになったようだ。

「行こう」

ムーディは裏庭へのドアの鍵を杖で開けた。全員が、バーノンおじさんが見事に手入れした芝生に出た。

「明るい夜だ」魔法の目で空を入念に調べながら、ムーディがうめいた。「もう少し雲で覆われていればよかったのだが。よし、おまえ」ムーディが大声でハリーを呼んだ。「わしらはきっちり隊列を組んで飛ぶ。トンクスはおまえの真ん前だ。しっかりあとに続け。ルーピンはおまえの下をカバーする。わしは背後にいる。ほかの者はわしらの周囲を旋回する。何事があっても隊列を崩すな。わかったか？　だれか一人が殺されても――」

「そんなことがあるの？」ハリーが心配そうに聞いたが、ムーディは無視した。

「――ほかの者は飛び続ける。止まるな。列を崩すな。もし、やつらがわしらを全滅させておまえだけが生き残ったら、ハリー、後発隊が控えている。東に飛び続けるのだ。そうすれば後発隊がくる」

「そんなに威勢のいいこと言わないでよ、マッド‐アイ。それじゃハリーが、わたしたちが真剣にやってないみたいに思うじゃない」

トンクスが、自分の箒（ほうき）からぶら下がっている固定装置に、ハリーのトランクとヘドウィグの籠（かご）をくりつけながら言った。

「わしは、この子に計画を話していただけだ」ムーディがうなった。「わしらの仕事はこの子を無事に本部へ送り届けることであり、もしわしらが使命途上で殉職（じゅんしょく）しても――」

「だれも死にはしませんよ」キングズリー・シャックルボルトが、人を落ち着かせる深い声で言った。

「箒に乗れ。最初の合図が上がった！」ルーピンが空を指した。

遥（はる）かずっと高い空に、星に交じって明るい真っ赤な火花が噴水のように上がっている。それが杖から出る火花だということは、ハリーにもすぐわかった。ハリーは右足を振り上げてファイアボルトにまたがり、しっかりと柄をにぎった。柄がかすかに震えるのを感じた。まるで、また空に飛び立てるのをハリーと同じく待ち望んでいるようだった。

「第二の合図だ。出発！」

ルーピンが大声で号令した。今度は緑の火花が、真上に高々と噴き上がっていた。

ハリーは地面を強く蹴った。冷たい夜風が髪をなぶる。プリベット通りのこぎれいな四角い庭々がどんどん遠退き、たちまち縮んで暗い緑と黒のまだら模様になった。魔法省の尋問など、まるで風が吹き飛ばしてしまったかのように跡形もなく頭から吹き飛んだ。ハリーは、うれしさに心臓が爆発しそうだった。また飛んでいる。夏中胸に思い描いていたように、プリベット通りを離れて飛んでいるんだ。家に帰るんだ……このわずかな瞬間、この輝かしい瞬間、ハリーの抱えていた問題は無になり、この広大な星空の中では取るに足らないものになっていた。

「左に切れ。左に切れ。マグルが見上げておる！」

ハリーの背後からムーディがさけんだ。トンクスが左に急旋回し、ハリーも続いた。トンクスの箒の下で、トランクが大きく揺れるのが見えた。

「もっと高度を上げねば……四百メートルほど上げろ！」

上昇するときの冷気で、ハリーは目が潤んだ。眼下にはもうなにも見えない。車のヘッドライトや街灯の明かりが、針の先で突ついたように点々と見えるだけだった。その小さな点のうちの二つが、バーノンおじさんの車のものかもしれない……ダーズリー一家はありもしない芝生コンテストに怒り狂って、いまごろ空になった家に向かう途中だろう……そう思うとハリーは大声を出して笑った。しかしその声は、まわりの音に呑み込まれてしまった――みなのローブがはためく音、トランクと鳥籠をくくりつけた器具の軋む音、空中を疾走する耳元でシューッと風を切る音。この一か月、ハリーはこんなに生きていると感じたことはなかった。こんなに幸せだと思ったことはなかった。

「南に進路を取れ！」マッド-アイがさけんだ。「前方に町！」

一行は右に上昇し、蜘蛛の巣状に輝く光の真上を避けた。

「南東を指せ。そして上昇を続けろ。前方に低い雲がある。その中に隠れるぞ！」ムーディが号令した。

「雲の中は通らないわよ！」トンクスが怒ったようにさけんだ。「ぐしょ濡れになっちゃうじゃない、マッド-アイ！」

ハリーはそれを聞いてほっとした。ファイアボルトの柄をにぎった手がかじかんできている。オーバーを着てくればよかったと思った。ハリーは震えはじめていた。

一行はマッド-アイの指令に従って、ときどきコースを変えた。氷のような風を避けるために、ハリーは目をぎゅっと細めていた。耳も痛くなってきた。箒に乗っていて、こんなに冷たく感じたのはこれまでたった一度だけ。三年生のときの対ハッフルパフ戦のクィディッチで、嵐の中の試合だった。護衛隊はハリーのまわりを、巨大な猛禽類のように絶え間なく旋回していた。ハリーは時間の感覚がなくなっていた。もうどのくらい飛んでいるのだろう。少なくとも一時間は過ぎたような気がする。

「南西に進路を取れ！」ムーディがさけんだ。「高速道路を避けるんだ！」

体が冷え切って、ハリーは、眼下を走る車の心地よい乾いた空間を羨ましく思った。もっと懐かしく思い出したのは、煙突飛行粉の旅だ。暖炉の中をくるくる回転して移動するのは快適とは言えないかもしれないが、少なくとも炎の中は暖かい……キングズリー・シャックルボルトが、ハリーのまわりをバサーッと旋回した。禿頭とイヤリングが月明かりにかすかに光った……次にはエメリーン・バンスがハリーの右側にきた。杖を構え、左右を見回している……それからハリーの上を飛び越し、スタージス・ポドモアと交代した……。

「少し後もどりするぞ。跡を追けられていないかどうか確かめるのだ！」ムーディがさけんだ。

「マッドーアイ、気は確か？」トンクスが前方で悲鳴を上げた。「みんな箒に凍りついちゃってるのよ！　こんなにコースを外れてばかりいたら、来週まで目的地には着かないわ！　もう、すぐそこじゃない！」

「下降開始の時間だ！」ルーピンの声が聞こえた。「トンクスに続け、ハリー！」

ハリーはトンクスに続いて急降下した。一行は、ハリーがいままで見てきた中でも最大の光の集団に向かっていた。縦横無尽に広がる光の線や網。そのところどころに真っ黒な部分が点在している。下へ下へ、一行は飛んだ。ついにヘッドライトや街灯、煙突やテレビのアンテナの見分けがつくところまで降りてきた。ハリーは早く地上に着きたかった。ただしきっと、箒に凍りついたハリーを、だれかが解凍しなければならないだろう。

「さあ、着陸！」トンクスがさけんだ。

数秒後、トンクスが着地した。そのすぐあとからハリーが、小さな広場のぼさぼさの芝生の上に降り立った。トンクスはもうハリーのトランクを外しにかかっている。寒さに震えながら、ハリーはあたりを見回した。周囲の家々の煤けた玄関は、あまり歓迎ムードであふれているようには見えなかった。あちこちの家の割れた窓ガラスが、街灯の明かりを受けて鈍い光を放っている。ペンキがはげかけたドアが多く、何軒かの玄関先には階段下にゴミが積み上げられたままだ。

「ここはどこ？」

ハリーの問いかけに、ルーピンは答えず、小声で「あとで」と言った。マッドーアイイ・ムーディは節くれだった手がかじかんでうまく動かないようで、マントの中をごそごそ探っていた。

「あった」ムーディはそうつぶやくと、銀のライターのようなものを掲げ、カチッと鳴らした。

一番近くの街灯が、ポンと消えた。ムーディはもう一度ライターを鳴らした。次の街灯が消えた。広場の街灯が全部消えるまで、ムーディはカチッを繰り返す。残る明かりは、カーテンから漏れる窓明かりと頭上の三日月だけになった。

「ダンブルドアから借りた」

ムーディは「灯消しライター」をポケットにしまいながらうなるように言った。

「これで、窓からマグルが覗いたとしても大丈夫だろうが？　さあ、行くぞ、急げ！」

ムーディはハリーの腕をつかみ、芝生から道路を横切り、歩道へと引っ張っていった。ルーピンとトンクスが、二人でハリーのトランクを持って続いた。他の護衛は全員杖を掲げ、四人の脇を固めた。

一番近くの家の二階の窓から、押し殺したようなステレオの響きが聞こえてきた。壊れた門の内側に置かれた、ぱんぱんにふくれたゴミ袋の山から漂う腐ったゴミの臭気が、つんと鼻を突いた。

「ほれ」ムーディはそうつぶやくと、「目くらまし」がかかったままのハリーの手に、一枚の羊皮紙を押しつけた。そして自分の杖灯りを羊皮紙のそばに掲げ、その照明で読めるようにした。

「急いで読め、そして覚えてしまえ」

ハリーは羊皮紙を見た。縦長の文字はなんとなく見覚えがあった。こう書かれている。

不死鳥の騎士団の本部は、

ロンドン　グリモールド・プレイス　十二番地に存在する。

第4章　グリモールド・プレイス十二番地

「なんですか？　この騎士団って――？」ハリーが言いかけた。

「ここではだめだ！」ムーディがうなった。「中に入るまで待て！」

ムーディは羊皮紙をハリーの手から引ったくり、杖先でそれに火を点けた。メモが炎に包まれ、丸まって地面に落ちる。ハリーはもう一度周囲の家々を見回した。いま立っているのは十一番地。左を見ると十番地と書いてある。右は、なんと十三番地だ。

「でも、どこが――？」

「いま覚えたばかりのものを考えるんだ」ルーピンが静かに言った。

ハリーは考えた。そして、グリモールド・プレイス十二番地というところまで考えが及んだとたん、十一番地と十三番地の間にどこからともなく古びて傷んだ扉が現れ、たちまちのうちに薄汚れた壁と煤けた窓も現れた。まるで、両側の家を押し退けて、もう一つの家がふくれ上がってきたようだった。ハリーはぽかんと口を開けて眺めていた。十一番地のステレオはまだ鈍い音を響かせている。どうやら中にいるマグルはなにも感じていないようだ。

「さあ、急ぐんだ」ムーディがハリーの背中を押しながら、低い声で促した。

ハリーは、突然出現した扉を見つめながら、すり減った石段を上がった。扉の黒いペンキがみすぼらしくはがれている。訪問客用の銀のドア・ノッカーは、一匹の蛇がとぐろを巻いた形だ。鍵穴も、郵便受けもない。

ルーピンは杖（つえ）を取り出し、扉を一回たたいた。カチッカチッと大きな金属音が何度か続き、鎖がカチャカチャ鳴る音が聞こえて扉がギーッと開いた。

「早く入るんだ、ハリー」ルーピンがささやいた。「ただし、あまり奥には入らないよう。なんにも触らないよう」

ハリーは敷居をまたぎ、ほとんど真っ暗闇の玄関ホールに入った。湿った埃（ほこり）っぽい臭いと、饐（す）えた臭いがした。ここには打ち捨てられた廃屋の気配が漂っている。振り返って玄関を見ると、一行が並んで入ってくるところだった。ルーピンとトンクスが、ハリーのトランクとヘドウィグの籠（かご）を運んでいる。ムーディはと見ると、階段の一番上に立ち「灯消し（ひけし）ライター」で盗み取った街灯の明かりの玉を返していた。明かりが街灯の電球に飛び込むと、広場は一瞬オレンジ色に輝いた。ムーディが足を引きずりながら中に入り、玄関の扉を閉めるとホールはまた完璧な暗闇になった。

「さあ――」

ムーディがハリーの頭を杖でコツンとたたいた。今度はなにか熱いものが背中を流れ落ちるような感じがして、ハリーは「目くらまし術」が解けたにちがいないと思った。

「みんな、じっとしていろ。わしがここに少し明かりを点けるまでな」ムーディがささやいた。

みな、ひそひそ声で話すので、ハリーはなにか不吉なことが起こりそうな奇妙な予感がした。まるで、この家のだれかが臨終のときに入ってきたようだ。柔らかいジュッという音が聞こえ、旧式のガスランプが壁に沿ってポッと灯った。長い陰気なホールのはがれかけた壁紙とすり切れたカーペットに、ガスランプがぼんやりと明かりを投げかけ、天井には蜘蛛の巣だらけのシャンデリアが一つ輝き、年代を経て黒ずんだ肖像画が壁全体に斜めに傾いで掛かっている。壁の腰板の裏側を、なにかがガサゴソ走っている音が聞こえた。シャンデリアも、すぐそばの華奢なテーブルに置かれた燭台も、蛇の形をしている。

急ぎ足にやってくる足音がして、ホールの一番奥の扉からロンの母親のウィーズリーおばさんが現れた。急いで近づきながら、おばさんは笑顔で歓迎していた。しかしおばさんは、前に会ったときよりやせて青白い顔をしていた。

「まあ、ハリー、また会えてうれしいわ！」ささやくようにそう言うと、おばさんは肋骨が軋むほど強くハリーを抱きしめ、それから両腕を伸ばして、ハリーを調べるかのようにまじまじと眺めた。「やせたわね。ちゃんと食べさせなくちゃ。でも残念ながら、夕食はもうちょっと待たないといけないわ」

おばさんはハリーの後ろの魔法使いの一団に向かって、急かすようにささやいた。

「あの方がいましがたお着きになって、会議が始まっていますよ」

ハリーの背後で魔法使いたちが興奮と関心でざわめき、次々とハリーの横を通ってウィーズリーおばさんが先ほど出てきた扉へと入っていった。ハリーはルーピンについて行こうとしたが、おばさんが引き止めた。

「だめよ、ハリー。騎士団のメンバーだけの会議ですからね。ロンもハーマイオニーも上の階にいるわ。会議が終わるまで一緒にお待ちなさいな。それからお夕食よ。それと、ホールでは声を低くしてね」おばさんは最後に急いでささやいた。

「どうして？」

「なんにも起こしたくないからですよ」

「どういう意味――？」

「説明はあとでね。いまは急いでるの。私も会議に参加することになっているから

——あなたの寝るところだけを教えておきましょう」

唇にしーっと指を当て、おばさんは先に立って虫食いだらけの長い両開きカーテンの前を抜き足差し足で通った。その裏にはまた別の扉があるのだろうとハリーは思った。トロールの足を切って作ったのではないかと思われる巨大な傘立ての横をすり抜け、暗い階段を上り、萎びた首が掛かった飾り板がずらりと並ぶ壁の前を通り過ぎた。よく見ると、首は屋敷しもべ妖精のものだった。全員、なんだか豚のような鼻をしている。

一歩進むごとに、ハリーはますますわけがわからなくなっていた。闇も闇、大闇の魔法使いの家のようなところで、いったいみな、なにをしているのだろう。

「ウィーズリーおばさん、どうして——？」

「ロンとハーマイオニーが全部説明してくれますよ。私はほんとに急がないと」おばさんは上の空で答えた。

「ここよ——」二人は二つ目の踊り場にきていた。「——あなたのは右側のドア。会議が終わったら呼びますからね」

そしておばさんは、また急いで階段を下りていった。

ハリーは薄汚れた踊り場を歩いて、寝室のドアの取っ手を回した。取っ手は蛇の頭の形をしていた。ドアが開いた。

ほんの一瞬、ベッドが二つ置かれた天井の高い陰気な部屋が見えた。次の瞬間には、ホッホッという大きなさえずりとそれより大きなさけび声が聞こえたかと思う間もなく、ふさふさした髪の毛でハリーは完全に視界を覆われてしまった。ハーマイオニーがハリーに飛びついて、ほとんど押し倒しそうになるほど抱きしめていた。一方、ロンのチビふくろうのピッグウィジョンは、興奮して二人の頭上をブンブン飛び回っている。

「ハリー！　ロン、ハリーがきたわ。ハリーがきたのよ！　到着した音が聞こえなかったわ！　ああ、元気なの？　大丈夫なの？　私たちのこと、怒ってた？　怒ってたわよね。私たちの手紙が役に立たないことは知ってたわ――だけど、あなたになんにも教えてあげられなかったの。ダンブルドアに、教えないことを誓わせられて。ああ、話したいことがいっぱいあるわ。あなたもそうでしょうね。――吸魂鬼ですって！　それを聞いたとき――それに魔法省の尋問のこと――とにかくひどいわ。私、すっかり調べたのよ。魔法省はあなたを退校にはできないわ。できないのよ。『未成年魔法使いの妥当な制限に関する法令』で、生命を脅かされる状況においては魔法の使用が許されることになってるの――」

「ハーマイオニー、ハリーに息ぐらいつかせてやれよ」ハリーの背後で、ロンがニヤッと笑いながらドアを閉めた。一か月見ないうちに、ロンはまた十数センチも背が伸びたようで、これまでよりずっとひょろひょろののっぽに見えた。しかし、高い鼻、真っ赤な髪の毛とそばかすは変わらない。

ハーマイオニーは、にこにこしながらハリーを放した。ハーマイオニーが言葉を続けるより早く、柔らかいシューッという音とともに、白いものが黒っぽい洋箪笥の上から舞い降りて、そっとハリーの肩に止まった。

「ヘドウィグ！」

白ふくろうは嘴をカチカチ鳴らし、ハリーの耳をやさしく噛んだ。ハリーはヘドウィグの羽をなでた。

「このふくろう、ずっといらいらしてるんだ」ロンが言った。「この前手紙を運んできたとき、僕たちのこと突っついて半殺しの目にあわせたぜ。これ見ろよ――」

ロンは右手の人差し指をハリーに見せた。もう治りかかってはいたが、たしかに深い切り傷だ。

「へえ、そう」ハリーが言った。「悪かったね。だけど、僕、答えが欲しかったんだ。わかるだろ――」

「そりゃ、僕らだってそうしたかったさ」ロンが言った。「ハーマイオニーなんか、心配でおかしくなりそうだった。君が、なんのニュースもないままでたった一人放っておかれたら、なにかばかなことをするかもしれないって、そう言い続けてたよ。だけどダンブルドアが僕たちに――」

「――僕にはなにも伝えないって誓わせた」ハリーが言った。「ああ、ハーマイオニーがさっきそう言った」

氷のように冷たいものがハリーの胃の腑にあふれ、久し振りに二人の親友に会ったことで胸の中に燃え上がっていた暖かな光を消した。突然――一か月もの間、あんなに二人に会いたかったというのに――ハリーは、ロンもハーマイオニーも自分をひとりにしてくれればいいのにと思った。

張りつめた沈黙が流れた。ハリーは二人の顔を見ずに、機械的にヘドウィグをなでていた。

「それが最善だとお考えになったのよ」ハーマイオニーが息を殺して言った。「ダンブルドアがってことよ」

「ああ」

ハリーはハーマイオニーの両手にもヘドウィグの嘴による傷があるのを見つけた。しかし、それをちっとも気の毒に思わない自分にも気づいた。

「僕の考えじゃ、ダンブルドアは、君がマグルと一緒のほうが安全だと考えて――」ロンが話しはじめた。

「へえー？」ハリーは眉を吊り上げた。「君たちのどっちかが、夏休みに吸魂鬼に襲われたかい？」

「そりゃ、ノーさ――だけど、だからこそ不死鳥の騎士団のだれかが、夏休み中君の跡を追っけてたんだ――」

ハリーは、階段を一段踏み外したようなガクンという衝撃を内臓に感じた。それじゃ、僕が追けられていたことは、僕以外のみなが知っていたんだ。

「でも、うまくいかなかったじゃないか？」ハリーは声の調子を変えないよう最大限の努力をした。「結局、自分で自分の面倒をみなくちゃならないはめになった。そうだろ？」

「先生がお怒りだったわ」ハーマイオニーは恐れと尊敬の入り交じった声で言った。「ダンブルドアが。私たち、先生を見たわ。マンダンガスが自分の担当の時間中にいなくなったと知ったとき。怖かったわよ」

「いなくなってくれてよかったよ」ハリーは冷たく言った。「そうじゃなきゃ、僕は魔法も使わなかったろうし、ダンブルドアは夏休み中、僕をプリベット通りに放ったらかしにしただろうからね」

「あなた……あなた心配じゃないの？　魔法省の尋問のこと？」ハーマイオニーが小さな声で聞いた。

「ああ」ハリーは意地になって、本心とは反対の返事をした。

ハリーは二人のそばを離れ、満足そうなヘドウィグを肩に載せたまま部屋を見回した。この部屋はハリーの気持ちを引き立ててくれそうになかった。じめじめと暗い部屋。壁ははがれかけ、無味乾燥で、せめてもの救いは装飾的な額縁に入った絵のないカンバス一枚だった。カンバスの前を通ると、ハリーは、だれかが隠れて忍び笑いをする声が聞こえたような気がした。

「それじゃ、ダンブルドアは、どうしてそんなに必死で僕になんにも知らせないようにしたんだい？」ハリーは普通の気軽な声を保つよう苦労しながら聞いた。「君たち――ええと――理由を聞いてみたのかなぁ？」

ハリーがちらっと目を上げたとき、ちょうど二人が顔を見合わせているのを見てしまった。ハリーの態度が、まさに二人の心配していたとおりだという顔をしている。ハリーはますます不機嫌になった。

「なにが起こっているかを君に話したいって、ダンブルドアにそう言ったよ」ロンが答えた。「ほんとだぜ、おい。だけど、ダンブルドアはいま、めちゃくちゃ忙しいんだ。僕たち、ここにきてから二回しか会っていないし、あの人はあんまり時間が取れないみたいだったし。ただ、君宛の手紙には、重要なことはなにも書かないって誓わされて。あの人は、ふくろうが途中で奪い取られるかもしれないって言ってた」

「それでも僕に知らせることはできたはずだ。ダンブルドアがそうしようと思えば」ハリーはずばりと言った。「ふくろうなしで伝言を送る方法を、ダンブルドアが知らないなんて言うつもりじゃないだろうな」

ハーマイオニーが、一瞬ロンを見て答えた。

「私もそう思ったの。でもダンブルドアは、あなたになんにも知って欲しくなかったみたい」

「僕が信用できないと思ったんだろうな」ハリーは二人の表情を見ながらハリーが言った。

「ばか言うな」ロンがとんでもないという顔をした。

「じゃなきゃ、僕が自分で自分の面倒をみられないと思った」

「もちろん、ダンブルドアがそんなこと思うわけないわ！」ハーマイオニーが気遣わしげに言った。

「それじゃ、君たち二人はここで起こっていることに加わってるのに、どうして僕だけがダーズリーのところにいなくちゃならなかったんだ？」

言葉が次々と口を突いて転がり出た。一言しゃべるたびに声がだんだん大きくなった。

「どうして君たち二人だけが、なにもかも知っててもいいんだ？」

「なにもかもじゃない！」ロンが遮った。「ママが僕たちを会議から遠ざけてる。若すぎるからって言って――」

ハリーは思わずさけんでいた。

「それじゃ、君たちは会議に参加してない。だからどうだって言うんだ！　君たちはここにいたんだ。そうだろう？　君たちは一緒にいたんだ！　僕だけが一か月もダーズリーのところに釘づけだ！　だけど、僕は、君たち二人の手に負えないようなことでもいろいろやり遂げてきた。ダンブルドアはそれを知ってるはずだ――賢者の石を守ったのはだれだ？　リドルをやっつけたのはだれだ？　君たちの命を吸魂鬼から救ったのはだれだって言うんだ？」

この一か月、積もりに積もった恨みつらみがあふれ出した。なにもニュースがなかったことの焦り、みなは一緒にいたのに、ハリーだけがのけ者だったことの痛み、監視されていたのにそれを教えてももらえなかった怒り――自分でも半ば恥じていたすべての感情が、一気に堰を切って流れ出した。ヘドウィグは大声に驚いて飛び上がり、また洋箪笥の上に舞いもどった。ピッグウィジョンはびっくりしてピーピー鳴きながら、頭上をますます急旋回した。

「四年生のとき、いったいだれが、ドラゴンやスフィンクスやほかの汚いやつらを出し抜いた？　だれがあいつの復活を目撃した？　だれがあいつから逃げおおせた？　僕じゃないか！」

ロンは、度肝を抜かれて言葉も出ず、口を半分開けてその場に突っ立っていた。ハーマイオニーは泣き出しそうな顔をしていた。

「だけど、なにが起こってるかなんて、どうせ僕に知らせる必要ないよな？　だれもわざわざ僕に教える必要なんてないものな？」

「ハリー、私たち、教えたかったのよ。本当よ――」ハーマイオニーが口を開いた。

「本当はそれほど教えたいとは思わなかったんだよ。そうだろう？　そうじゃなきゃ、僕にふくろうを送ったはずだ。だけど、〝ダンブルドアが君たちに誓わせたから〟――」

「だって、そうなんですもの――」

「四週間もだぞ。僕はプリベット通りに缶詰めで、なにがどうなってるのか知りたくて、ゴミ箱から新聞を漁ってた――」

「私たち、教えてあげたかった――」

「君たち、さんざん僕を笑いものにしてたんだ。そうだろう？　みんな一緒に、ここに隠れて――」

「ちがうよ。まさか――」

「ハリー、ほんとにごめんなさい！」ハーマイオニーは必死だった。目には涙が光っていた。

「あなたの言うとおりよ、ハリー――私だったら、きっとカンカンだわ！」

ハリーは息を荒らげたまま、ハーマイオニーを睨みつけた。そして二人から離れ、部屋を往ったり来たりした。ヘドウィグが洋簞笥の上で、不機嫌にホーと鳴いた。しばらくみな黙りこくった。ハリーの足下で、床がうめくように軋む音だけがときどき沈黙を破った。

「ここはいったいどこなんだ？」ハリーが突然ロンとハーマイオニーに聞いた。

「不死鳥の騎士団の本部」ロンがすぐさま答えた。

「どなたか、不死鳥の騎士団がなにか、教えてくださいますかね――？」

「秘密同盟よ」ハーマイオニーがすぐに答えた。「ダンブルドアが率いてる。設立者もダンブルドアなの。前回『例のあの人』と戦った人たちよ」

「だれが入ってるんだい？」ハリーはポケットに手を突っ込んで立ち止まった。

「ずいぶんたくさんよ――」

「僕たちは二十人ぐらいに会った」ロンが言った。「だけど、もっといると思う」

ハリーは二人をじろっと見た。

「それで？」二人を交互に見ながら、ハリーが先を促した。

「え？」ロンが言った。「それでって？」

「ヴォルデモート！」ハリーが怒り狂った。ロンもハーマイオニーも身をすくめた。「どうなってるんだ？　やつはなにを企んでる？　どこにいる？　やつを阻止するためになにをしてるんだ？」

「言ったでしょう？　騎士団は、私たちを会議に入れてくれないって」ハーマイオニーが気を使いながら言った。「だから、詳しくは知らないの——だけど大まかなことはわかるわ」ハリーの表情を見て、ハーマイオニーは急いでつけ加えた。

「フレッドとジョージが『伸び耳』を発明したんだ。うん」ロンが言った。「なかなか役に立つぜ」

「伸び——？」

「耳。そうさ。ただ、最近は使うのをやめざるをえなくなっちゃったんだ。ママが見つけてカンカンになってね。全部ゴミ箱に捨てちゃうもんだから、フレッドとジョージも耳を全部隠さなくちゃならなくなってね。だけど、ママにばれるまでは、かなり利用したんだぜ。騎士団が、面の割れてる『死喰い人』を追けてるってことだけはわかってる。つまり、様子を探ってるってことさ。うん——」

「騎士団に入るように勧誘しているメンバーも何人かいるわ——」ハーマイオニーが言った。

「それに、なにかの護衛に立ってるのも何人かいるな」ロンが言った。「しょっちゅう護衛勤務の話をしてる」

「もしかしたら僕の護衛のことじゃないのかな?」ハリーが皮肉った。

「ああ、そうか」ロンが急に謎が解けたような顔をした。

ハリーはフンと鼻を鳴らした。そしてロンとハーマイオニーのほうを絶対見ないようにしながら、また部屋を往ったり来たりしはじめた。「それじゃ、君たちはここでなにをしてたんだい? 会議に入れないなら」ハリーは問い詰めた。「二人とも忙しいって言ってたろう」

「そうよ」ハーマイオニーがすぐ答えた。「この家を除染していたの。何年も空家だったから、いろんなものが巣食っているのよ。厨房はなんとかきれいにしたし、寝室もだいたいすんだわ。明日は客間に取りかかる――ああーっ!」

バシッバシッと大きな音がして、ロンの双子の兄、フレッドとジョージがどこからともなく部屋の真ん中に現れた。ピッグウィジョンはますます激しくさえずり、洋箪笥の上のヘドウィグのそばにブーンと飛んでいく。

「いいかげんにそれやめて!」ハーマイオニーがあきらめ声で言った。双子はロンと同じあざやかな赤毛だが、もっとがっちりして背は少し低い。

「やあ、ハリー」ジョージがハリーににっこりした。「君の甘ーい声が聞こえたように思ったんでね」

「怒りたいときはそんなふうに抑えちゃだめだよ、ハリー。全部吐いっちまえ」フレッドもにっこりしながら言った。「百キロぐらい離れたところに、君の声が聞こえなかった人が一人ぐらいいたかもしれないじゃないか」

「君たち二人とも、それじゃ、『姿現わし』テストに受かったんだね？」ハリーは不機嫌なまま言った。

「優等でさ」フレッドが言った。手にはなにやら長い薄だいだい色の紐を持っている。

「階段を下りたって、三十秒も余計にかかりゃしないのに」ロンが言った。

「弟よ、『時はガリオンなり』さ」フレッドが言った。「とにかく、ハリー、君の声が受信を妨げているんだ。『伸び耳』のね」

ハリーがちょっと眉を吊り上げたので、フレッドが説明をつけ加え、紐を掲げて見せた。紐の先は踊り場に伸びている。

「下でなにをしてるのか、聞こうとしてたんだ」

「気をつけたほうがいいぜ」ロンが〝耳〟を見つめながら言った。「ママがまたこれを見つけたら……」

「その危険を冒す価値ありだ。いま重要会議をしてる」フレッドが言った。

ドアが開いて、長いふさふさした赤毛が現れた。

「ああ、ハリー、いらっしゃい」ロンの妹、ジニーが明るい声で挨拶した。「あなたものの声が聞こえたように思ったの」

「『伸び耳』は効果なしよ。ママがわざわざ厨房の扉に『邪魔よけ呪文』をかけたもの」

フレッドとジョージに向かってジニーが言った。

「どうしてわかるんだ?」ジョージががっくりしたように聞いた。

「トンクスがどうやって試すかを教えてくれたわ」ジニーが答えた。「扉になにか投げつけて、それが扉に接触できなかったら、扉は『邪魔よけ』されているの。わたし、階段の上から糞爆弾をポンポン投げつけてみたけど、みんな撥ね返されちゃった。だから、『伸び耳』が扉の隙間から忍び込むことは絶対できないわ」

フレッドが深いため息をついた。

「残念だ。あのスネイプのやつがなにをするつもりだったのか、ぜひとも知りたかったのになあ」

「スネイプ!」ハリーはすぐに反応した。「ここにいるの?」

「ああ」ジョージは慎重にドアを閉め、ベッドに腰を下ろしながら言った。「マル秘の報告をしてるんだ」

「いやな野郎」フレッドがのんびりと言った。ジニーとフレッドも座った。

「スネイプはもう私たちの味方よ」ハーマイオニーが咎めるように言った。

ロンがフンと鼻を鳴らした。

「それでも、いやな野郎はいやな野郎だ。あいつが僕たちのことを見る目つきときたら」

「ビルもあの人が嫌いだわ」ジニーが、まるでこれで決まりという言い方をした。怒りが収まったわけではなかったが、情報を聞き出したい思いのほうが、どなり続けたい気持ちより強くなっているのは確かだ。ハリーはみなと反対側のベッドに腰掛けた。

「ビルもここにいるのかい？」ハリーが聞いた。「エジプトで仕事をしてると思ってたけど？」

「事務職を希望したんだ。家に帰って、騎士団の仕事ができるようにって」フレッドが答えた。「エジプトの墓場が恋しいって言ってる。だけど――」フレッドがニヤッとした。「その埋め合わせがあるのさ」

「どういう意味？」

「あのフラー・デラクールって子、覚えてるか？」ジョージが言った。「グリンゴッツに勤めたんだ。えいごーがうまーくなるよーに――」

「それで、ビルがせっせと個人教授をしてるのさ」フレッドがくすくす笑った。

「チャーリーも騎士団だ」ジョージが言った。「だけど、まだルーマニアにいる。ダンブルドアは、なるべくたくさんの外国の魔法使いを仲間にしたいんだ。それでチャーリーが、休みの日にいろいろと接触してる」

「それは、パーシーができるんじゃないの？」ハリーが聞いた。

三男が魔法省の国際魔法協力部に勤めているというのが、ハリーの聞いたウィーズリー家の一番新しい情報だった。

とたんに、ウィーズリー兄弟妹とハーマイオニーが暗い顔でわけありげに目を見交わした。

「どんなことがあっても、パパやママの前ではパーシーのことに触れないでくれ」ロンが、緊張した声でハリーに言った。

「どうして？」

「なぜって、パーシーの名前が出るたびに、親父は手に持っているものを壊しちゃうし、お袋は泣き出すんだ」フレッドが言った。

「たいへんだったのよ」ジニーが悲しそうに言った。

「あいつなんかいないほうが清々する」ジョージが、柄にもなく顔をしかめて言い放った。

「なにがあったんだい？」ハリーが聞いた。

「パーシーが親父と言い争いをしたんだ」フレッドが言った。「親父がだれかとあんなふうに言い争うのははじめて見たよ。普通はお袋がさけぶもんだ」

「学校が休みに入ってから一週間目だった」ロンが言った。「僕たち、騎士団に加わる準備をしてたんだ。そこへパーシーが帰ってきて、昇進したって言った」

「冗談だろ？」ハリーが言った。

パーシーが野心家だということはよく知っているが、パーシーの魔法省での最初の任務は大成功だったとは言えない、というのがハリーの印象。上司がヴォルデモート卿に操作されていたのに（魔法省がそれを信じていたわけではない――みな、クラウチ氏は気が触れたと思い込んでいた）、それに気づかなかったパーシーは、相当なボンクラだということになる。

「ああ、おれたち全員が驚いたさ」ジョージが言った。「だって、パーシーはクラウチの件でずいぶん面倒なことになったからな。尋問だとかなんだとか。パーシーはクラウチが正気を失っていることに気づいて、それを上司に知らせるべきだったって、みんながそう言ってたんだぜ。だけど、パーシーのことだから、クラウチに代理をまかせられて、そのことで文句を言うはずがない」

「じゃ、なんで魔法省はパーシーを昇進させたの？」

「それこそ、僕らも変だと思ったところさ」ロンが言った。

ハリーがわめくのをやめたので、ロンはこのまま普通の会話を続けさせようと熱心になっている。

「パーシーは大得意で家に帰ってきた――いつもよりずっと大得意さ。そんなことがありうるならね――そして、親父に言った。ファッジの大臣室勤務を命ぜられたって。ホグワーツを卒業して一年目にしちゃ、すごくいい役職さ。大臣付下級補佐官。パーシーは親父が感心すると期待してたんだろうな」

「ところが親父はそうじゃなかった」フレッドが暗い声を出した。

「どうして？」ハリーが聞いた。

「うん。ファッジはどうやら、魔法省を引っかき回して、だれかダンブルドアと接触している者がいないかを調べてたらしい」ジョージが言った。

「ダンブルドアの名前は、近ごろじゃ魔法省の鼻摘（はなつま）みなんだ」フレッドが言った。

「ダンブルドアが『例のあの人』がもどったと言いふらして問題を大きくしようとしてるだけだって、魔法省じゃそう思ってる」

「ファッジが、ダンブルドアとつながっている者は机を片づけて出ていけとはっきり宣言したって、親父は言うんだ」ジョージが言った。

「問題は、ファッジが親父を疑ってるってこと。親父がダンブルドアと親しいって、ファッジは知ってる。それに、親父はマグル好きだから少し変人だって、ファッジはずっとそう思ってた」

「だけど、それがパーシーとどう関係するの?」ハリーは混乱した。

「そのことさ。ファッジがパーシーを大臣室に置いたのは、家族を――それとダンブルドアを――スパイするためでしかないって、親父はそう考えてる」

ハリーは低く口笛を吹いた。

「そりゃ、パーシーはさぞかし喜んだろうな」

ロンが虚ろな笑い方をした。

「パーシーは完全に頭にきたよ。それでこう言ったんだ――うーん、ずいぶんひどいことをいろいろ言ったな。魔法省に入って以来、父さんの評判がぱっとしないから、それと戦うのに苦労したとか、父さんはなんにも野心がないとか、それだからいつも――ほら――僕たちにはあんまりお金がないとか、つまり――」

「なんだって?」

ハリーは信じられないという声を出し、ジニーは怒った猫のような声を出した。

「そうなんだ」ロンが声を落とした。「そして、ますますひどいことになってさ。パーシーが言うんだ。父さんがダンブルドアと連んでいるのは愚かだとか、ダンブルドアは大きな問題を引き起こそうとしているとか、父さんはダンブルドアと落ちるところまで落ちるんだとか。そして、自分は――パーシーのことだけど――どこに忠誠を誓うかわかっている、魔法省だ。もし父さんと母さんが魔法省を裏切るなら、もう自分はこの家の者じゃないってことを、みんなにはっきりわからせてやるって。そしてパーシーはその晩、荷物をまとめて出ていったんだ。いま、ここ、ロンドンに住んでるよ」

ハリーは声をひそめて毒づいた。ロンの兄弟の中では、ハリーは昔からパーシーとは一番気が合わなかった。しかし、パーシーが、ウィーズリーおじさんにそんなことを言うとは、考えもしなかった。

「ママは気が、いわゆる〝千々に乱れ〟ちゃってさ」ロンが言った。「わかるだろ――泣いたりとか。ママはロンドンに出てきて、パーシーと話をしようとしたんだ。ところがパーシーはママの鼻先でドアをピシャリさ。職場でパパに出会ったら、パーシーがどうするかは知らないけど――無視するんだろうな、きっと」

「だけど、パーシーは、ヴォルデモートがもどってきたことを知ってるはずだ」ハリーが考え考え言った。「ばかじゃないもの。君のパパやママが、なんの証拠もないのにすべてを懸けたりしないとわかるはずだ」

「ああ、うーん、君の名前も争いの引き合いに出された」ロンがハリーを盗み見ながらつけ加えた。

「パーシーが言うには、証拠は君の言葉だけだ……なんて言うのかな……パーシーはそれじゃ不十分だって」

「パーシーは『日刊予言者新聞』を真に受けてるのよ」ハーマイオニーが辛辣な口調で言った。すると、全員が首をこっくりした。

「いったいなんのこと？」ハリーがみなを見回しながら聞いた。どの顔もはらはらしてハリーを見ていた。

「あなた――あなた、読んでなかったの？『日刊予言者新聞』？」ハーマイオニーが恐る恐る聞いた。

「読んでたさ！」ハリーが言った。

「読んでたって――あの――頭からお終いまで？」ハーマイオニーがますます心配そうに聞いた。

「全部じゃないさ」ハリーは言い訳がましく言った。「ヴォルデモートの記事が載るなら、一面大見出しだろう？　ちがう？」

全員がその名を聞いてぎくりとした。ハーマイオニーが急いで言葉を続けた。

「そうね、隅から隅まで読まないと気がつかないけど、でも、新聞に――うーん――一週間に数回はあなたのことが載ってるわ」

「でも、僕、見なかったけど――」

「一面だけ読んでたらそうね。見ないでしょう」ハーマイオニーが首を振りながら言った。

「大きな記事のことじゃないの。決まり文句のジョークみたいに、あちこちに潜り込んでるのよ」

「どういう――？」

「かなり悪質ね、はっきり言って」ハーマイオニーはむりに平静を装った声で言った。「リータの記事を利用してるの」

「だけど、リータはもうあの新聞に書いていないんだろ？」

「ええ、書いてないわ。約束を守ってる――選択の余地はないけどね」ハーマイオニーは満足そうにつけ加えた。「でも、リータが書いたことが、新聞がいまやろうとしていることの足掛かりになっているの」

「やるって、なにを？」ハリーは焦った。

「あのね、リータは、あなたがあちこちで失神するとか、傷が痛むと言ったとか書いたわよね？」

「ああ」リータ・スキーターが自分について書いた記事を、ハリーがそんなにすぐ忘れられるわけがない。

「新聞は、そうね、あなたが思い込みの激しい目立ちたがり屋で、自分を悲劇のヒーローだと思っている、みたいな書き方をしているの」

ハーマイオニーは一気に言い切った。こういう事実は大急ぎで聞くほうが、ハリーにとって不快感が少ないとでもいうかのようだった。

「新聞はあなたを嘲る言葉を、しょっちゅう潜り込ませるの。信じられないような突飛な記事の場合だと、『ハリー・ポッターにふさわしい話』だとか、だれかがおかしな事故にあうと、『この人の額に傷が残らないように願いたいものだ。そうしないと、次に我々はこの人を拝めと言われかねない』――」

「僕はだれにも拝んで欲しくない――」ハリーが熱くなってしゃべりはじめた。

「わかってるわよ」ハーマイオニーは、びくっとした顔であわてて言った。

「私にはわかってるのよ、ハリー。だけど新聞がなにをやってるか、わかるでしょう？　あなたのことを、まったく信用できない人間に仕立て上げようとしてるのよ。ファッジが裏で糸を引いているんだわ。そうに決まってる。一般の魔法使いに、あなたのことをこんなふうに思い込ませようとしてるのよ――ハリー・ポッターは愚かな少年で、お笑い種。ありえないばかげた話をする。なぜなら、有名なのが得意で、ずっと有名でいたいから――」

「僕が頼んだわけじゃない――望んだわけじゃない――ヴォルデモートは僕の両親を殺したんだ！」ハリーは急き込んだ。「僕が有名になったのは、あいつが僕の家族を殺して、僕を殺せなかったからだ！　だれがそんなことで有名になりたい？　みんなにはわからないのか？　僕は、あんなことが起こらなかったらって――」

「わかってるわ、ハリー」ジニーが心から言った。

「それにもちろん、吸魂鬼があなたを襲ったことについては一言も書いてない」ハーマイオニーが言った。「だれかが口止めしたのよ。ものすごく大きな記事になるはずだもの、制御できない吸魂鬼なんて。その上、あなたが『国際機密保持法』を破ったことさえ書いてないわ。書くと思ったんだけど。あなたが愚かな目立ちたがり屋だっていうイメージとぴったり合うもの。あなたが退校処分になるまでがまんして待っているんだと思うわ。そのときに大々的に騒ぎ立てるつもりなのよ――もしも退校になったらっていう意味よ。当然だけど」ハーマイオニーが急いで言葉をつけ加えた。「退校になるはずがないわ。魔法省が自分の法律を守るなら、あなたにはなんにも罪はないもの」

話が尋問にもどってきた。ハリーはそのことを考えたくなかった。ほかの話題はないかと探しているうちに、階段を上がってくる足音で救われた。

「う、わ」

フレッドが「伸び耳」をぐっと引っ張り、ふたたび大きなバシッという音とともにフレッドとジョージは消えた。次の瞬間、ウィーズリーおばさんが部屋の戸口に現れた。

「会議は終わりましたよ。下りてきていいわ。夕食にしましょう。ハリー、みんながあなたにとっても会いたがってるわ。ところで、厨房の扉の外に糞爆弾をごっそり置いたのはだれなの？」

「クルックシャンクスよ」ジニーがけろりとして言った。「あれで遊ぶのが大好きなの」

「そう」ウィーズリーおばさんが言った。「私はまた、クリーチャーかと思ったわ。あんな変なことばかりするし。さあ、ホールでは声を低くするのを忘れないでね。ジニー、手が汚れてるわよ。なにしてたの？　お夕食の前に手を洗ってきなさい」

ジニーはみんなにしかめ面をして見せ、母親について部屋を出た。部屋にはハリーとロン、ハーマイオニーだけが残った。他のみながいなくなったので、ハリーがまたさけび出すかもしれないと恐れているかのように、二人は心配そうにハリーを見つめていた。二人があまりにも神経を尖らせているのを見て、ハリーは少し恥ずかしくなった。

「あのさ……」ハリーがぼそりと言った。

しかし、ロンは首を振り、ハーマイオニーは静かに言った。

「ハリー、あなたが怒ることはわかっていた。むりもないわ。でも、わかって欲しい。私たち、ほんとに努力したのよ。ダンブルドアを説得するのに――」

「うん、わかってる」ハリーは言葉少なに答えた。

ハリーは、校長がかかわらない話題はないかと探した。ダンブルドアのことを考えるだけで、またもや怒りで腸が煮えくり返る思いがするからだ。

「クリーチャーってだれ？」ハリーが聞いた。

「ここに棲んでる屋敷しもべ妖精」ロンが答えた。「いかれぽんちさ。あんなの見たことない」

ハーマイオニーがロンを睨んだ。

「いかれぽんちなんかじゃないわ、ロン」

「あいつの最大の野望は、首を切られて、母親と同じように盾に飾られることなんだぜ」ロンが焦れったそうに言った。「ハーマイオニー、それでもまともかい？」

「それは――それは、ちょっと変だからって、クリーチャーのせいじゃないわ」

ロンはやれやれという目でハリーを見た。

「ハーマイオニーはまだ反吐をあきらめてないんだ」

「反吐じゃないってば！」ハーマイオニーが熱くなった。「S・P・E・W、しもべ妖精福祉振興協会です。それに、私だけじゃないのよ。ダンブルドアもクリーチャーにやさしくしなさいっておっしゃってるわ」

「はい、はい」ロンが言った。「行こう。腹ぺこだ」

ロンは先頭に立ってドアから踊り場に出た。しかし、三人が階段を下りようとする前に――。

「ストップ！」ロンが声をひそめ、片腕を伸ばしてハリーとハーマイオニーを押し止めた。

「みんな、まだホールにいるよ。なにか聞けるかもしれない」

三人は慎重に階段の手すりから覗き込んだ。階下の薄暗いホールは、魔法使いと魔女たちで一杯だった。ハリーの護衛隊もいた。興奮してささやき合っている。グループの真ん中に、脂っこい黒髪で鼻の目立つ魔法使いが見えた。ホグワーツでハリーが一番嫌いな、スネイプ先生だ。ハリーは階段の手すりから身を乗り出した。スネイプが不死鳥の騎士団でなにをしているのかがとても気になる……。

細い薄だいだい色のひもが、ハリーの目の前を下りていった。見上げると、フレッドとジョージが上の踊り場にいて、下の真っ黒な集団に向かってそろりそろりと「伸び耳」を下ろしていた。しかし次の瞬間、集団は全員、玄関の扉に向かい、姿が見えなくなった。

「ちっきしょう」ハリーは、「伸び耳」を引き上げながらフレッドが小声で言うのを聞いた。

玄関の扉が開き、また閉まる音が聞こえた。

「スネイプは絶対ここで食事しないんだ」ロンが小声でハリーに言った。「ありがたいことにね。さあ」

「それと、ホールでは声を低くするのを忘れないでね、ハリー」ハーマイオニーがささやいた。

しもべ妖精の首がずらりと並ぶ壁の前を通り過ぎるとき、ルーピン、ウィーズリーおばさん、トンクスが玄関の戸口にいるのが見えた。みなが出ていったあとで、魔法の錠前や閂をいくつもかけているところだった。

「厨房で食べますよ」階段下で三人を迎え、ウィーズリーおばさんが小声で言った。「さあ、ハリー、忍び足でホールを横切って、ここの扉から――」

バタッ。

「トンクス！」おばさんがトンクスを振り返り、呆れたようにさけんだ。

「ごめん！」トンクスは情けない声を出した。床に這いつくばっている。「このばかばかしい傘立てのせいよ。つまずいたのはこれで二度目――」

あとの言葉は、耳をつんざき血も凍るような、恐ろしいさけびに呑み込まれてしまった。

さっきハリーがその前を通った、虫食いだらけのビロードのカーテンが、左右に開かれていた。その裏にあったのは扉ではなかった。一瞬、ハリーは窓の向こう側が見えるのかと思った。窓の向こうに黒い帽子をかぶった老女がいて、さけんでいる。まるで拷問を受けているかのようなさけびだ――次の瞬間、ハリーはそれが等身大の肖像画だということに気づいた。ただし、ハリーがいままで見た中で一番生々しく、一番不快な肖像画だった。

老女は涎を垂らし、白目をむいてさけんでいるせいで、黄ばんだ顔の皮膚が引きつっている。ホール全体に掛かっている他の肖像画も目を覚ましてさけび出した。あまりの騒音に、ハリーは目をぎゅっとつぶり、両手で耳を塞いだ。

ルーピンとウィーズリーおばさんが飛び出して、カーテンを引き老女を閉め込もうとした。しかしカーテンは閉まらず、老女はますます鋭いさけび声を上げて、二人の顔を引き裂こうとするかのように、両手の長い爪を振り回した。

「穢らわしい！　くずども！　塵芥の輩！　雑種、異形、できそこないども。ここから立ち去れ！　わが祖先の館を、よくも汚してくれたな――」

トンクスは何度も何度も謝りながら、巨大などっしりしたトロールの足を引きずって立てなおしていた。ウィーズリーおばさんはカーテンを閉めるのをあきらめ、ホールを駆けずり回って、ほかの肖像画に杖で「失神術」をかけていた。すると、ハリーの行く手の扉から、黒い長い髪の男が飛び出してきた。

「黙れ。この鬼婆。黙るんだ！」男は、ウィーズリーおばさんがあきらめたカーテンをつかんで吠えた。

老女の顔が血の気を失った。

「こいつぅぅぅぅぅぅ！」老女がわめいた。男の姿を見て、両眼が飛び出していた。

「血を裏切る者よ。忌まわしや。わが骨肉の恥！」

「聞こえないのか――だ――ま――れ！」男がもう一度吠えた。そして、ルーピンと二人がかりの金剛力で、やっとカーテンを元のように閉じた。

老女のさけびが消え、しんと沈黙が広がった。

少し息をはずませ、長い黒髪を目の上からかき揚げ、男がハリーを見た。ハリーの名付け親、シリウスだ。

「やあ、ハリー」シリウスが暗い顔で言った。

「どうやらわたしの母親に会ったようだね」

第5章　不死鳥の騎士団

「だれに――?」

「わが親愛なる母上にだよ」シリウスが言った。「かれこれ一か月もこれを取り外そうとしているんだが、この女は、カンバスの裏に『永久粘着呪文』をかけたらしい。さあ、下に行こう。急いで。ここの連中がまた目を覚まさないうちに」

「だけど、お母さんの肖像画がどうしてここにあるの?」

ホールから階下に降りる扉を開けると、狭い石の階段が続いていた。その階段を下りながら、わけがわからずハリーが聞いた。他のみなも、二人のあとから下りてきた。

「だれも君に話していないのか?　ここはわたしの両親の家だった」シリウスが答えた。「しかし、わたしがブラック家の最後の生き残りだ。だから、いまはわたしの家というわけだ。わたしがダンブルドアに本部として提供した――わたしには、それぐらいしか役に立つことがないんでね」

シリウスはハリーが期待していたような温かい歓迎はしてくれなかった。その上、シリウスの言い方がなぜか苦渋に満ちていることに、ハリーは気がついた。ハリーは名付け親に続いて階段を一番下まで下り、地下の厨房に入る扉を通った。

そこは、上のホールとほとんど同じように暗く、粗い石壁のがらんとした広い部屋だった。明かりと言えば、厨房の奥にある大きな暖炉の火ぐらいだ。パイプの煙が、戦場の焼け跡の煙のように漂い、その煙の向こうに、暗い天井から下がった重い鉄鍋や釜が不気味な姿を見せていた。会議用に椅子がたくさん詰め込まれていたらしい。その真ん中に長い木のテーブルがあり、羊皮紙の巻紙やゴブレット、ワインの空き瓶、それにボロ布の山のようなものが散らかっていた。ウィーズリーおじさんは、テーブルの端のほうで長男のビルと額を寄せ合い、ひそひそ話している。

ウィーズリーおばさんが咳ばらいをした。四角い縁のメガネをかけ、やせて、赤毛が薄くなりかかったウィーズリーおじさんが振り返って、勢いよく立ち上がった。

「ハリー！」おじさんは急ぎ足で近づいてきてハリーの手をにぎり、激しく振った。「会えてうれしいよ！」

おじさんの肩越しに、ビルが見えた。相変わらず長髪をポニーテールにしている。ビルがテーブルに残っていた羊皮紙をさっと丸めるのが見えた。

「ハリー、旅は無事だったかい？」

十本以上もの巻紙を一度に集めようとしながら、ビルが声をかけた。

「それじゃ、マッド-アイは、グリーンランド上空を経由しなかったんだね？」

「そうしようとしたわよ」

トンクスがそう言いながら、ビルを手伝いにすたすた近づいてきたが、たちまち、最後に一枚残っていた羊皮紙の上に蠟燭（ろうそく）をひっくり返した。

「あ、しまった――ごめん――」

「まかせて」

ウィーズリーおばさんが、呆（あき）れ顔で言いながら、杖（つえ）の一振りで羊皮紙を元にもどした。おばさんの呪文が放った閃光（せんこう）で、ハリーには建物の見取り図のようなものがちらりと見えた。

ウィーズリーおばさんはハリーが見ていることに気づき、見取り図をテーブルからさっと取り上げ、すでにあふれそうになっているビルの腕の中に押し込んだ。

「こういうものは、会議が終わったら、さっさと片づけないといけません」

おばさんはぴしゃりと言うと、さっさと古びた食器棚のほうに行き、中から夕食用の皿を取り出しはじめた。

ビルは杖を取り出し、「エバネスコ　消えよ」とつぶやいた。巻紙が消え去った。

「掛けなさい、ハリー」シリウスが言った。「マンダンガスには会ったことがあるね？」

ハリーがボロ布の山だと思っていたものが、クウーッと長いいびきをかいたと思うと、がばっと目を覚ました。

「だンか、おンの名、呼んだか？」マンダンガスが眠そうにボソボソ言った。「おれは、シリウスンさン成する……」

マンダンガスは投票でもするように、汚らしい手を挙げた。血走った垂れ目はどろんとして焦点が合っていない。

ジニーがくすくす笑った。

「会議は終わってるんだ、ダング」シリウスが言った。まわりのみんなもテーブルに着いていた。

「ハリーが到着したんだよ」

「はぁ？」マンダンガスは赤茶けたくしゃくしゃの髪の毛を透かして、ハリーを惨めっぽく見た。「ほー。着いたンか。ああ……元気か、アリー？」

「うん」ハリーが答えた。

マンダンガスは、ハリーを見つめたままそわそわとポケットをまさぐり、煤けたパイプを引っ張り出した。パイプを口に突っ込み、杖で火を点け、深く吸い込んだ。緑がかった煙がもくもくと立ち昇り、たちまちマンダンガスの顔に煙幕を張った。

「あんたにゃ、あやまンにゃならん」

臭い煙の中から、ブッブツ言う声が聞こえた。

「マンダンガス、何度言ったらわかるの」

ウィーズリーおばさんが向こうのほうから注意した。

「お願いだから、厨房(ちゅうぼう)ではそんなもの吸わないで。とくにこれから食事っていうときに！」

「あー」マンダンガスが言った。「うン。モリー、すまン」

マンダンガスがポケットにパイプをしまうと、もくもくは消えた。しかし、靴下の焦げるような刺激臭が漂っていた。

「それに、真夜中にならないうちに夕食を食べたいなら、手を貸してちょうだいな」ウィーズリーおばさんがみなに声をかけた。「あら、ハリー、あなたはじっとしてていいのよ。長旅だったもの」

「モリー、なにすればいい？」トンクスが、なんでもするわとばかり、はずむように進み出た。

ウィーズリーおばさんが、心配そうな顔で戸惑った。

「えぇと――いいえ、結構よ、トンクス。あなたも休んでらっしゃいな。今日は十分働いたし」

「ううん。わたし、手伝いたいの！」トンクスが明るく言い、ジニーがナイフやフォークを取り出している食器棚のほうに急いで行こうとして、途中の椅子を蹴飛ばして倒した。

まもなく、ウィーズリーおじさんの指揮下で、大きな包丁が何丁も勝手に肉や野菜を刻みはじめた。おばさんは火にかけた大鍋（おおなべ）をかき回し、他のみなは皿や追加のゴブレット、貯蔵室からの食べ物を運んでいた。ハリーはシリウス、マンダンガスとテーブルに取り残され、マンダンガスは相変わらず申し訳なさそうに目をしょぼつかせていた。

「フィギーばあさんに、あのあと会ったか？」マンダンガスが聞いた。

「ううん」ハリーが答えた。「だれにも会ってない」

「なあ、おれ、持ち場をあ（は）なれたンは」すがるような口調で、マンダンガスは身を乗り出した。「商売のチャンスがあったンで――」

ハリーは、膝（ひざ）をなにかでこすられたような気がしてびっくりした。なんのことはない、ハーマイオニーのペットでオレンジ色の毛足の長い猫、ガニ股のクルックシャンクスだった。甘え声を出してハリーの足のまわりをひと巡りし、それからシリウスの膝に跳び乗って丸くなった。シリウスは無意識に猫の耳の後ろをカリカリ掻（か）きながら、相変わらず硬い表情でハリーを見た。

「夏休みは、楽しかったか？」

「ううん、ひどかった」ハリーが答えた。

シリウスの顔に、はじめてニヤッと笑みが走った。

「わたしに言わせれば、君がなんで文句を言うのかわからないね」

「えっ？」ハリーは耳を疑った。

「わたしなら、吸魂鬼に襲われるのは歓迎だったろう。命を賭けた死闘でもすれば、この退屈さも見事に破られたろうに。君はひどい目にあったと思っているだろうが、少なくとも外に出て歩き回ることができた。手足を伸ばせたし、けんかも戦いもやった……わたしはこの一か月、ここに缶詰めだ」

「どうして？」ハリーは顔をしかめた。

「魔法省がまだわたしを追っているからだよ。それに、ヴォルデモートはもうわたしが『動物もどき』だと知っているはずだ。ワームテールが話してしまったろうからね。だからわたしのせっかくの変装も役に立たない。不死鳥の騎士団のためにわたしができることはほとんどない……少なくともダンブルドアはそう思っている」

ダンブルドアの名前を言うとき、シリウスの声がわずかに曇った。それが、シリウスもダンブルドア校長に不満があることを物語っていた。名付け親のシリウスに対して、ハリーは急に熱い気持ちが込み上げてきた。

「でも、少なくとも、なにが起きているかは知っていたでしょう?」ハリーは励ますように言った。

「ああ、そうとも」シリウスは自嘲的な言い方をした。「スネイプの報告を聞いて、あいつが命を懸けているのに、わたしはここでのうのうと居心地よく暮らしているなどと、嫌味な当てこすりをたっぷり聞かされて……大掃除は進んでいるか、なんてやつに聞かれて――」

「大掃除って?」ハリーが聞いた。

「ここを人間が住むのにふさわしい場所にしている」シリウスは、手を振るようにして陰気な厨房全体を指した。「ここには十年間だれも住んでいなかった。親愛なる母上が死んでからはね。年寄りの屋敷しもべ妖精を別にすればだが。やつはひねくれている――何年もまったく掃除をしていない」

「シリウス」

マンダンガスは、いまの話にはまったく耳を傾けていなかったようで、空のゴブレットをしげしげと眺めていた。

「こりゃ、純銀かね、おい?」

「そうだ」シリウスはいまいましげにゴブレットを調べた。「十五世紀にゴブリンが鍛えた最高級の銀だ。ブラック家の家紋が型押ししてある」

「どっこい、そいつは消せるはずだ」マンダンガスは袖口で磨きをかけながらつぶやいた。

「フレッド――ジョージ、おやめっ、普通に運びなさい！」ウィーズリーおばさんが悲鳴を上げた。

ハリー、シリウス、マンダンガスが振り返り、間髪を入れず、三人ともテーブルから飛び退いた。フレッドとジョージが、シチューの大鍋、バタービールの大きな鉄製の広口ジャー、重い木製のパン切り板、しかもナイフつきを、一緒くたにテーブルめがけて飛ばせたのだ。シチューの大鍋は、木製のテーブルの端から端まで長い焦げ跡を残して滑り、落ちる寸前で止まった。バタービールの広口ジャーがガシャンと落ちて、中身があたりに飛び散った。パン切りナイフは切り板から滑り出て、切っ先を下にしてテーブルに着地し、不気味にプルプル振動している。いましがたシリウスの右手があった、ちょうどその場所だ。

「まったくもう！」ウィーズリーおばさんがさけんだ。「そんな必要ないでしょっ――もうたくさん――おまえたち、もう魔法を使ってもいいからってなんでもかんでもいちいち杖を振る必要はないのっ！」

「僕たち、ちょいと時間を節約しようとしたんだよ」フレッドが急いで進み出て、テーブルからパンナイフを抜き取った。「ごめんよ、シリウス――わざとじゃないぜ――」

ハリーもシリウスも笑っていた。マンダンガスは椅子から仰向けに転げ落ちていたが、悪態をつきながら立ち上がった。クルックシャンクスはシャーッと怒り声を出して食器棚の下に飛び込み、真っ暗な所で大きな黄色い目をぎらつかせていた。

「おまえたち」シチューの鍋をテーブルの真ん中にもどしながら、ウィーズリーおじさんが言った。「母さんが正しい。おまえたちも成人したんだから、責任感というものを見せないと――」

「兄さんたちはこんな問題を起こしたことがなかったわ！」

ウィーズリーおばさんが二人を叱りつけながら、バタービールの新しい広口ジャーを勢いよくテーブルにドンとたたきつけた。中身がさっきと同じくらいこぼれた。

「ビルは、一メートルごとに『姿現わし』をするようなむだはしなかったわ！　チャーリーは、なんにでも見境なしに呪文をかけたりはしなかった！　パーシーは――」

突然おばさんの言葉が途切れ、息を殺して怖々ウィーズリーおじさんの顔を見た。おじさんは、急に無表情になっていた。

「さあ、食べよう」ビルが急いで言った。

「モリー、おいしそうだよ」おばさんのために皿にシチューをよそい、テーブル越しに差し出しながら、ルーピンが言った。

しばらくの間、皿やナイフ、フォークのカチャカチャ言う音や、みながテーブルに椅子を引き寄せる音がするだけで、だれも話をしなかった。そして、ウィーズリーおばさんがシリウスに話しかけた。

「ずっと話そうと思ってたんだけどね、シリウス。客間の文机になにか閉じ込められているの。しょっちゅうガタガタ揺れているわ。もちろん単なる『まね妖怪』かもしれないけど、出してやる前に、アラスターに頼んで見てもらわないといけないと思うの」

「お好きなように」シリウスはどうでもいいというような口調だった。

「客間のカーテンは噛みつき妖精のドクシーがいっぱいだし」ウィーズリーおばさんはしゃべり続けた。「明日あたりみんなで退治したいと思ってるんだけど」

「楽しみだね」シリウスが答えた。ハリーは、その声に皮肉な響きを聞き取ったが、他の人もそう聞こえたかどうかはわからなかった。

ハリーの向かい側ではトンクスが、食べ物を頬張る合間に鼻の形を変えてハーマイオニーとジニーを楽しませていた。ハリーの部屋でやって見せたように、「痛いっ」という表情で目をぎゅっとつぶったかと思うと、トンクスの鼻がふくれ上がってスネイプの鉤鼻のように盛り上がったり、縮んで小さなマッシュルームのようになったり、鼻の穴からわっと鼻毛が生えたりしている。どうやら、食事のときのおなじみの余興になっているらしく、ハーマイオニーとジニーがお気に入りの鼻をせがみはじめた。

「豚の鼻みたいの、やって。トンクス」

トンクスがリクエストに応えた。目を上げたハリーは、一瞬、女性のダドリーがテーブルの向こうから笑いかけているような気がした。

ウィーズリーおじさん、ビル、ルーピンは小鬼について話し込んでいた。

「連中はまだなにも漏らしていないんですよ」ビルが言った。『例のあの人』がもどってきたことを連中が信じているのかいないのか、僕にはまだ判断がつかない。むろん連中にしてみれば、どちらにも味方しないでいるほうがいいんだ。なんにもかかわらずに」

「連中が『例のあの人』側につくことはないと思うね」ウィーズリーおじさんが頭を振りながら言った。「連中も痛手を被ったんだ。前回、ノッティンガムの近くで『あの人』に殺された小鬼の一家のことを憶えてるだろう？」

「私の考えでは、見返りがなにかによるでしょう」ルーピンが言った。「金のことじゃないんですよ。我々魔法使いが、連中に対して何世紀にもわたって拒んできた自由を提供すれば、連中も気持ちが動くでしょう。ビル、ラグノックの件はまだ上手くいかないのかね？」

「いまのところ、魔法使いへの反感が相当強いですね」ビルが言った。「バグマンの件で、まだ罵(ののし)り続けていますよ。ラグノックは、魔法省が隠蔽(いんぺい)工作をしたと考えています。例の小鬼たちは、結局バグマンから金をせしめることができなかったんです。それで――」

テーブルの真ん中から、大爆笑が上がりビルの言葉をかき消してしまった。フレッド、ジョージ、ロン、マンダンガスが椅子の上で笑い転げていた。

「……それでよぅ」マンダンガスが涙を流し、息を詰まらせながらしゃべっていた。「そンで、信じらンねえかもしンねえけどよぅ、あいつがおれに、おれによぅ、こう言うんだ。『あー、ダング、ヒキガエルをそんなに、どっから手に入れたね？　なにせ、どっかのならずもンが、おれのヒキガエルを全部盗みやがったんで』おれは言ってやったね。『ウィル、おめえのヒキガエルを全部？　次はなにが起こるかわかったもんじゃねえなぁ？　そンで、おめえは、ヒキガエルを何匹かほしいってぇわけだな？』そンでよぅ、信じられるけぇ？　あの脳たりんのガーゴイルめ、おれが持ってた、やつのヒキガエルをそっくり買いもどしやがった。最初にやつが払った値段よりずんと高い金でよぅ――」

ロンがテーブルに突っ伏して、大笑いした。

「マンダンガス、あなたの商売の話は、もうこれ以上聞きたくありません。もう結構」ウィーズリーおばさんが厳しい声で言った。

「ごめんよ、モリー」マンダンガスが涙を拭い、ハリーにウィンクしながら謝った。「だけンどよぅ、もともとそのヒキガエル、ウィルのやつがウォーティ・ハリスから盗んだんだぜ。だから、おれはなンも悪いことはしちゃいねえ」

「あなたが、いったいどこで善悪を学んだかは存じませんがね、マンダンガス、でも、大切な授業をいくつか受けそこねたようね」ウィーズリーおばさんは冷たく突き放した。

フレッドとジョージはバタービールのゴブレットに顔を隠し、ジョージはしゃっくりしていた。ウィーズリーおばさんは、立ち上がってデザートの大きなルバーブ・クランブルを取りにいく前に、なぜかいやな顔をしてシリウスをちらりと睨みつけた。

ハリーは名付け親を振り返った。

「モリーはマンダンガスを認めていないんだ」シリウスが低い声で言った。

「どうしてあの人が騎士団に入ってるの？」ハリーもこっそり聞いた。

「あいつは役に立つ」シリウスがつぶやいた。「ならず者を全部知っている――そりゃ、知っているだろう。あいつもその一人だしな。しかし、あいつはダンブルドアに忠実だ。一度危ないところを救われたからな。ダングのようなのが一人いると、それなりに価値がある。あいつはわたしたちの耳に入ってこないようなことを聞き込んでくる。しかしモリーは、あいつを夕食に招待するのはやりすぎだと思ってる。君を見張るべきときに、任務を放ったらかしにして消えたことで、モリーはまだあいつを許していないんだよ」

ルバーブ・クランブルにカスタードクリームをかけて、三回もお代わりしたあと、ハリーは、ジーンズのベルトが気持ち悪いほどきつく感じた（これはただごとではなかった。なにしろダドリーのお下がりジーンズなのだから）。ハリーがスプーンを置くころには、会話もだいたい一段落していた。ウィーズリーおじさんは、満ち足りて寛いだ様子で椅子に寄りかかり、トンクスは元どおりの鼻になって大あくびをしていた。ジニーはクルックシャンクスを食器棚の下から誘い出し、床にあぐらをかき、バタービールのコルク栓を転がして猫に追わせていた。

「もうおやすみの時間ね」ウィーズリーおばさんが、あくびしながら言った。

「いや、モリー、まだだ」シリウスが空になった自分の皿を押し退け、ハリーのほうを向いて言った。「いいか、君には驚いたよ。ここに着いたとき、君は真っ先にヴォルデモートのことを聞くだろうと思っていたんだが」

部屋の雰囲気がさっと変わった。吸魂鬼が現れたときのような急激な変化だとハリーは思った。一瞬前は、眠たげでくつろいでいたのに、いまや警戒し、張りつめている。ヴォルデモートの名前が出たとたん、テーブル全体に戦慄が走った。ちょうどワインを飲もうとしていたルーピンは、緊張した面持ちで、ゆっくりとゴブレットを下に置いた。

「聞いたよ！」ハリーは憤慨した。「ロンとハーマイオニーに聞いた。でも、二人が言ったんだ。僕たちは騎士団に入れてもらえないから、だから――」

「二人の言うとおりよ」ウィーズリーおばさんが言った。「あなたたちはまだ若すぎるの」

おばさんは背筋をぴんと伸ばして椅子に掛けていた。椅子の肘掛けに置いた両手を固くにぎりしめ、眠気などひとかけらも残っていない。

「騎士団に入っていなければ質問してはいけないと、いつからそう決まったんだ？」シリウスが聞いた。「ハリーはあのマグルの家に一か月も閉じ込められていた。なにが起こったのかを知る権利がある――」

「ちょっと待った！」ジョージが大声で遮った。

「なんでハリーだけが質問に答えてもらえるんだ？」フレッドが怒ったように言った。

「僕たちだって、この一か月、みんなから聞き出そうとしてきた。なのに、だれもなにひとつ教えてくれやしなかった！」ジョージが言った。

「『あなたはまだ若すぎます。あなたは騎士団に入っていません』って」フレッドがまぎれもなく母親の声だとわかる高い声を出した。「ハリーはまだ成人にもなってないんだぜ！」

「騎士団がなにをしているのか、君たちが教えてもらえなかったのは、わたしの責任じゃない」シリウスが静かに言った。「それは、君たちのご両親の決めることだ。ところが、ハリーのほうは――」

「ハリーにとってなにがいいかを決めるのは、あなたではないわ！」ウィーズリーおばさんが鋭く言った。いつもはやさしいおばさんの顔が、険しくなっていた。「ダンブルドアがおっしゃったことを、よもやお忘れじゃないでしょうね？」

「どのお言葉でしょうね？」シリウスは礼儀正しかったが、戦いに備えた男の雰囲気を漂わせていた。

「ハリーが知る必要があること以外は話してはならない、とおっしゃった言葉です」ウィーズリーおばさんは最初のくだりをことさらに強調した。

ロン、ハーマイオニー、フレッド、ジョージの四人の頭が、シリウスとウィーズリー夫人の間を、テニスのラリーを見るように往復した。ジニーは、散らばったバタービールのコルク栓の山の中に膝をつき、口をわずかに開けて二人のやり取りを見つめている。ルーピンの目は、シリウスに釘づけになっていた。

「わたしは、ハリーが知る必要があること以外に、この子に話してやるつもりはないよ、モリー」シリウスが言った。「しかし、ハリーがヴォルデモートの復活を目撃した者である以上（ヴォルデモートの名が、またしてもテーブル中を一斉に身震いさせた）、ハリーは大方の人間以上に――」

「この子は不死鳥の騎士団のメンバーではありません！」ウィーズリーおばさんが言った。「この子はまだ十五歳です。それに――」

「それに、ハリーは騎士団の大多数のメンバーに匹敵するほどの、いや、何人かを凌ぐほどのことをやり遂げてきた」

「だれも、この子がやり遂げたことを否定しやしません！」

ウィーズリーおばさんの声が一段と高くなり、拳が椅子の肘掛けの上で震えていた。

「でも、この子はまだ――」

「ハリーは子供じゃない！」シリウスがいらだちを表に出した。

「おとなでもありませんわ！」ウィーズリーおばさんは、頬を紅潮させていた。「シリウス、この子はジェームズじゃないのよ！」

「お言葉だが、モリー、わたしは、この子がだれか、はっきりわかっているつもりだ」シリウスが冷たく言った。

「私にはそう思えないわ！」ウィーズリーおばさんが言った。「ときどき、あなたがハリーのことを話すとき、まるで親友がもどってきたかのような口ぶりだわ！」

「そのどこが悪いの？」ハリーが言った。

「どこが悪いかと言うとね、ハリー、あなたはお父さんとはちがうからですよ。どんなにお父さんにそっくりでも！」

ウィーズリーおばさんが、抉るような目でシリウスを睨みながら言った。

「あなたはまだ学生です。あなたに責任を持つべきおとなが、それを忘れてはいけないわ！」

「わたしが無責任な名付け親だという意味ですかね？」シリウスが、声を荒らげて問いただした。

「あなたは向こう見ずな行動を取ることもあるという意味ですよ、シリウス。だからこそ、ダンブルドアがあなたに、家の中にいるようにと何度もおっしゃるんです。それに――」

「ダンブルドアがわたしに指図することは、よろしければ、この際別にしておいてもらいましょう！」シリウスが大声を出した。

「アーサー！」おばさんは歯痒そうにウィーズリーおじさんを振り返った。「アーサー、なんとか言ってくださいな！」

ウィーズリーおじさんはすぐには答えなかった。メガネを外し、妻のほうを見ずに、ローブでゆっくりとメガネを拭いた。そのメガネを慎重に鼻に載せなおしてから、はじめておじさんが口を開いた。

「モリー、ダンブルドアは立場が変化したことをご存知だ。いまハリーは、本部にいるわけだし、ある程度は情報を与えるべきだと認めていらっしゃる」

「そうですわ。でも、それと、ハリーになんでも好きなことを聞くようにと促すのとは、全然別です」

「私個人としては――」

シリウスから目を離したルーピンが、静かに話し出した。ウィーズリーおばさんは、やっと味方ができそうだと、急いでルーピンを振り返った。

「ハリーは事実を知っておいたほうがよいと思うね――なにもかもというわけじゃないよ、モリー。でも、全体的な状況を、私たちから話したほうがよいと思う――歪曲された話を、だれか……ほかの者から聞かされるよりは」

ルーピンの表情は穏やかだったが、ウィーズリーおばさんの追放を免れた「伸び耳」がまだ残っていることを、少なくともルーピンは知っているとハリーははっきりそう思った。

「そう」

ウィーズリーおばさんは息を深く吸い込み、支持を求めるようにテーブルをぐるりと見回したが、だれもいなかった。

「そう……どうやら私は却下されるようね。これだけは言わせていただくわ。ダンブルドアがハリーにあまり多くを知って欲しくないとおっしゃるからには、ダンブルドアなりの理由がおありのはず。それに、ハリーにとってなにが一番よいことかを考えている者として――」

「ハリーはあなたの息子じゃない」シリウスが静かに言った。

「息子も同然です」ウィーズリーおばさんが激しい口調で言った。「ほかにだれがいるって言うの？」

「わたしがいる！」

「そうね」ウィーズリーおばさんの口元がくいっと上がった。「ただし、あなたがアズカバンに閉じ込められていた間は、この子の面倒をみるのが少し難しかったのじゃありません？」

シリウスは椅子から立ち上がりかけた。

「モリー、このテーブルに着いている者でハリーのことを気遣っているのは、君だけじゃない」ルーピンは厳しい口調で言った。「シリウス、座るんだ」

ウィーズリーおばさんの下唇が震えていた。シリウスは蒼白な顔のまま、ゆっくりと椅子に腰掛けた。

「ハリーも、このことで意見を言うのを許されるべきだろう」ルーピンが言葉を続けた。「もう自分で判断できる年齢だ」

「僕、知りたい。なにが起こっているのか」ハリーは即座に答えた。

ハリーはウィーズリーおばさんを見なかった。おばさんがハリーを息子同然だと言ったことには胸を打たれていた。しかし、おばさんに子供扱いされることにがまんできなかったのも確かだ。シリウスの言うとおりだ。僕は子供じゃない。

「わかったわ」ウィーズリーおばさんの声が怒りと失望でかすれていた。「ジニー――ロン――ハーマイオニー――フレッド――ジョージ――。みんな厨房から出なさい。いますぐに」

たちまちどよめきが上がった。

「おれたち成人だ！」フレッドとジョージが同時にわめいた。

「ハリーがよくて、どうして僕はだめなんだ？」ロンがさけんだ。

「ママ、あたしも聞きたい！」ジニーが鼻声を出した。

「だめ！」ウィーズリーおばさんがさけんで立ち上がった。目がらんらんと光っている。「絶対に許しません――」

「モリー、フレッドとジョージを止めることはできないよ」ウィーズリーおじさんが疲れたように言った。

「二人ともたしかに成人だ」

「まだ学生だわ」

「しかし、法律ではもうおとなだ」おじさんが、また疲れた声で言った。

おばさんは真っ赤な顔をしている。

「私は――ああ――しかたがないでしょう。フレッドとジョージは残ってよろしい。でもロン――」

「どうせハリーが、僕とハーマイオニーに、みんなの言うことを全部教えてくれるよ！」ロンが熱くなって言った。「そうだよね？――ね？」ロンはハリーの目を見ながら、不安げに言った。

ハリーは一瞬、ロンに、一言も教えてやらないと言ってやろうかと思った。なんにも知らされずにいることがどんな気持ちか味わってみればいい、と言おうかと思った。しかし意地悪な衝動は、互いの目が合ったとき、消え去った。

「もちろんさ」ハリーが言った。

ロンとハーマイオニーがにっこりした。

「そう！」おばさんがさけんだ。「そう！　ジニー――寝なさい！」

ジニーはおとなしく引かれては行かなかった。階段を上がる間ずっと、母親にわめき散らし、暴れているのが聞こえた。二人がホールに着いたとき、ブラック夫人の耳をつんざくさけび声が騒ぎにつけ加わった。ルーピンは静寂を取りもどすため、肖像画に向かって急いだ。ルーピンがもどり、厨房の扉を閉めてテーブルに着いたとき、シリウスがやっと口を開いた。

「オーケー、ハリー……なにが知りたい？」

ハリーは深く息を吸い込み、この一か月間ずっと自分を悩ませていた質問をした。

「ヴォルデモートはどこにいるの？」

名前を口にしたとたん、またみながぎくりとし、身震いするのをハリーは無視した。

「あいつはなにをしているの？　マグルのニュースをずっと見てたけど、それらしいものはまだなんにもないんだ。不審な死とか」

「それは、不審な死がまだないからだ」シリウスが言った。「我々が知るかぎりではということだが……そう、我々は、相当いろいろ知っている」

「とにかく、あいつの想像以上にいろいろ知っているんだがね」ルーピンが言葉を引き取った。

「どうして人殺しをやめたの？」ハリーが聞いた。

去年一年だけでも、ヴォルデモートが一度ならず人を殺したことをハリーは知っていた。

「それは、自分に注意を向けたくないからだ」シリウスが答えた。「あいつにとって、それが危険だからだ。あいつの復活は、自分の思いどおりにはいかなかった。わかるね。しくじったんだ」

「というより、君がしくじらせた」ルーピンが、満足げにほほえんだ。

「どうやって？」ハリーは当惑した。

「君は生き残るはずじゃなかったんだ！」シリウスが言った。「『死喰い人』以外には、あいつの復活を知っている者はいないはずだったんだ。ところが、君は証人として生き残った」

「しかも、蘇ったことを一番知られたくない人物がダンブルドアだった」ルーピンが言った。「ところが、君がすぐさま、確実にダンブルドアに知らせた」

「それがどういう役に立ったの？」ハリーが聞いた。

「役立ったどころじゃない」ビルが信じられないという声を出した。「ダンブルドアは、『例のあの人』が恐れる唯一の人物だよ！」

「君のおかげで、ダンブルドアは、ヴォルデモートの復活から一時間後には、不死鳥の騎士団を呼び集めることができた」シリウスが言った。

「それで、騎士団はなにをしているの？」ハリーが、全員の顔をぐるりと見渡しながら聞いた。

「ヴォルデモートが計画を実行に移せないよう、できるかぎりの手を打っている」シリウスが言った。

「あいつの計画がどうしてわかるの？」ハリーがすぐ聞き返した。

「ダンブルドアは洞察力が鋭い」ルーピンが言った。「しかも、その洞察は、結果的に正しいことが多い」

「じゃ、ダンブルドアは、あいつの計画がどんなものだと考えてるの？」

「そう、まず、自分の軍団を再構築すること」シリウスが言った。「かつて、あいつは膨大な数を指揮下に収めた。脅したり、魔法をかけたりして従わせた魔法使いや魔女、忠実な『死喰い人』、ありとあらゆる闇の生き物たち。やつが巨人を招集しようと計画していたことは聞いたはずだ。そう、巨人は、やつが目をつけているグループの一つにすぎない。やつが、ほんの一握りの『死喰い人』だけで、魔法省を相手に戦うはずがない」

「それじゃ、みんなは、あいつが手下を集めるのを阻止しているわけ？」

「できるだけね」ルーピンが言った。

「どうやって？」

「そう、一番重要なのは、なるべく多くの魔法使いたちに、『例のあの人』が本当にもどってきたのだと信じさせ、警戒させることだ」ビルが言った。「だけど、これがなかなかやっかいだ」

「どうして？」

「魔法省の態度のせいよ」トンクスが答えた。「『例のあの人』がもどった直後のコーネリウス・ファッジの態度を、ハリー、君は見たよね。そう、大臣はいまだにまったく立場を変えていないの。そんなことは起こらなかったと、頭っから否定してる」

「でも、どうして？」ハリーは必死の思いだった。「どうしてファッジはそんなにまぬけなんだ？　だって、ダンブルドアが――」

「ああ、そうだ。君はまさに問題の核心を突いた」ウィーズリーおじさんが苦笑いした。「ダンブルドアだ」

「ファッジはダンブルドアが恐いのよ」トンクスが悲しそうに言った。

「ダンブルドアが恐い？」ハリーは納得がいかなかった。

「ファッジは、ダンブルドアが企てていることが恐いんだよ」ウィーズリーおじさんが言った。「ファッジは、ダンブルドアが自分の失脚を企んでいると思っている。ダンブルドアが魔法省乗っ取りを狙っているとね」

「でもダンブルドアはそんなこと望んで――」

「いないよ、もちろん」ウィーズリーおじさんが言った。「ダンブルドアは一度も大臣職を望まなかった。ミリセント・バグノールドが引退したとき、ダンブルドアを大臣にと願った者が大勢いたにもかかわらずだ。代わりにファッジが権力をにぎった。しかし、ダンブルドアがけっしてその地位を望まなかったにもかかわらず、いかに人望が厚かったかを、ファッジが完全に忘れたわけではない」

「心の奥で、ファッジはダンブルドアが自分より賢く、ずっと強力な魔法使いだと知っている。就任当初は、しょっちゅうダンブルドアの援助と助言を求めていた」ルーピンが言った。「しかし、ファッジは権力の味を覚え、自信をつけてきた。魔法大臣であることに執着し、自分が賢いと信じ込もうとしている。そして、ダンブルドアは単に騒動を引き起こそうとしているだけなんだとね」

「いったいどうして、そんなことを考えられるんだ?」ハリーは腹が立った。「ダンブルドアがすべてをでっち上げてるなんて――僕がでっち上げてるなんて?」

「それは、ヴォルデモートがもどってきたことを受け入れれば、魔法省はここ十四年ほど遭遇したことのないような大問題になるからだ」シリウスが苦々しげに言った。「ファッジはどうしても正面切ってそれと向き合えない。ダンブルドアが嘘をついて、自分の政権を転覆させようとしていると信じ込むほうが、どんなに楽かしれない」

「なにが問題かわかるだろう?」ルーピンが言った。「魔法省が、ヴォルデモートのことはなにも心配する必要がないと主張し続けるかぎり、やつがもどってきたと説得するのは難しい。そもそも、そんなことはだれも信じたくないのだから。その上、魔法省は『日刊予言者新聞』に圧力をかけて、いわゆる『ダンブルドアのガセネタ』はいっさい報道しないようにさせている。だから、一般の魔法族は、真になにが起こっているかまったく気がつきもしない。『死喰い人』にとっては、それがもっけの幸いで、『服従の呪い』をかけようとすれば、いいカモになる」

「でも、みんなが知らせているんでしょう?」

ハリーは、ウィーズリーおじさん、シリウス、ビル、マンダンガス、ルーピン、トンクスの顔を見回した。

「みんなが、あいつがもどってきたって、知らせてるんでしょう?」

全員が、冗談抜きの顔でほほえんだ。

「さあ、わたしは気の触れた大量殺人者だと思われているし、魔法省がわたしの首に一万ガリオンの懸賞金を賭けているとなれば、街に出てビラ配りを始めるわけにもいかない。そうだろう?」シリウスが焦り焦りしながら言った。

「私はと言えば、魔法族の間ではとくに夕食に招きたい客じゃない」ルーピンが言った。「狼人間につきものの職業上の障害でね」

「トンクスもアーサーも、そんなことを触れ回ったら、職を失うだろう」シリウスが言った。「それに、魔法省内にスパイを持つことは、我々にとって大事なことだ。なにしろ、ヴォルデモートのスパイもいることは確かだからね」

「それでもなんとか、何人かを説得できた」ウィーズリーおじさんが言った。「このトンクスもその一人——前回は不死鳥の騎士団に入るには若すぎたんだ。それに、闇祓い(やみばらい)を味方につけるのは大いに有益だ——キングズリー・シャックルボルトもまったく貴重な財産だ。シリウスを追跡する責任者でね。だから魔法省に、シリウスがチベットにいると吹聴している」

「でも、ヴォルデモートがもどってきたというニュースを、この中のだれも広めてないのなら——」ハリーが言いかけた。

「一人もニュースを流していないなんて言ったか？」シリウスが遮(さえぎ)った。「ダンブルドアが苦境に立たされているのはなぜだと思う？」

「どういうこと？」ハリーが聞いた。

「連中はダンブルドアの信用を失墜させようとしている」ルーピンが言った。「先週の『日刊予言者新聞(にっかんよげんしゃしんぶん)』を見なかったかね？　国際魔法使い連盟の議長職を投票で失った、という記事だ。老いぼれて判断力を失ったからと言うんだが、本当のことじゃない。ヴォルデモートが復活したという演説をしたあとで、魔法省の役人たちの投票で職を追われた。ウィゼンガモット法廷――魔法使いの最高裁だが――そこの主席魔法戦士からも降ろされた。それに、勲一等マーリン勲章を剥奪する話もある」

「でも、ダンブルドアは蛙チョコレートのカードにさえ残れば、なんにも気にしないって言うんだ」ビルがニヤッとした。

「笑い事じゃない」ウィーズリーおじさんが語気強く言った。「ダンブルドアがこんな調子で魔法省に楯突き続けていたら、アズカバン行きになるかもしれない。ダンブルドアが幽閉されれば、我々としては最悪の事態だ。ダンブルドアが立ちはだかり、企みを見抜いていると知っていればこそ、『例のあの人』も慎重になる。ダンブルドアが取り除かれたとなれば――そう、『例のあの人』にもはや邪魔者はいない」

「でも、ヴォルデモートが『死喰い人』をもっと集めようとすれば、どうしたって復活したことが表ざたになるでしょう？」ハリーは必死の思いだった。

「ハリー、ヴォルデモートは魔法使いの家を個別訪問して、正面玄関をノックするわけじゃない」シリウスが言った。「騙し、呪いをかけ、恐喝する。隠密工作は手馴れたものだ。いずれにせよ、やつの関心は、配下を集めることだけじゃない。ほかにも求めているものがある。やつがまったく極秘で進めることができる計画だ。いまはそういう計画に集中している」

「配下集め以外に、なにを？」ハリーがすぐ聞き返した。シリウスとルーピンが、ほんの一瞬目配せしたような気がした。それからシリウスが答えた。

「極秘にしか手に入らないものだ」

ハリーがまだきょとんとしていると、シリウスが言葉を続けた。「武器のようなものというかな。前のときには持っていなかったものだ」

「前に勢力を持っていたときってこと?」

「そうだ」

「それ、どんな種類の武器なの?」ハリーが聞いた。「『アバダ ケダブラ』呪文より悪いもの――?」

「もうたくさん!」

扉の脇の暗がりから、ウィーズリーおばさんの声がした。ハリーは、ジニーを上に連れていったおばさんがもどってきていたのに気づかなかった。腕組みをして、カンカンに怒った顔だ。

「いますぐベッドに行きなさい。全員です」おばさんはフレッド、ジョージ、ロン、ハーマイオニーをぐるりと見渡した。

「僕たちに命令はできない――」フレッドが抗議を始めた。

「できるかできないか、見ててごらん」おばさんがうなるように言った。シリウスを見ながら、おばさんは小刻みに震えていた。「あなたはハリーに十分な情報を与えたわ。これ以上なにか言うなら、いっそハリーを騎士団に引き入れたらいいでしょう」

「そうして！」ハリーが飛びつくように言った。「僕、入る。入りたい。戦いたい」

「だめだ」

答えたのは、ウィーズリーおばさんではなく、ルーピンだった。

「騎士団は、成人の魔法使いだけで組織されている」ルーピンが続けた。「学校を卒業した魔法使いたちだ」フレッドとジョージが口を開きかけたので、ルーピンがつけ加えた。「危険が伴う。君たちには考えも及ばないような危険が……シリウス、モリーの言うとおりだ。私たちはもう十分話した」

シリウスは中途半端に肩をすくめたが、言い争いはしなかった。ウィーズリーおばさんは威厳たっぷりに息子たちとハーマイオニーを手招きした。一人また一人と立ち上がった。ハリーは敗北を認め、みなに従った。

第6章　高貴なる由緒正しきブラック家

ウィーズリーおばさんは、みなのあとからむっつりと階段を上った。

「まっすぐベッドに行くんですよ。おしゃべりしないで」

最初の踊り場に着くとおばさんが言った。

「明日は忙しくなるわ。ジニーは眠っていると思います」最後の言葉はハーマイオニーに向かって言った。「だから、起こさないようにしてね」

「眠ってる。ああ、絶対さ」ハーマイオニーがおやすみを言って別れ、あとの子供たちが上の階に上るとき、フレッドが小声で言った。「ジニーは目をぱっちり開けて寝てる。下でみんながなにを言ったか、ハーマイオニーが全部教えてくれるのを待ってるさ。もしそうじゃなかったら、おれ、レタス食い虫並みだ」

「さあ、ロン、ハリー」二つ目の踊り場で、二人の部屋を指さしながらおばさんが言った。

「寝なさい。二人とも」

「おやすみ」ハリーとロンが双子に挨拶した。

「ぐっすり寝ろよ」フレッドがウィンクした。

おばさんはハリーが部屋に入ると、ピシャッと勢いよくドアを閉めた。寝室は、最初に見たときより、一段と暗くじめじめしていた。絵のないカンバスは、まるで姿の見えない絵の主が眠っているかのように、ゆっくりと深い寝息を立てていた。ハリーはパジャマに着替え、メガネを取って、ひやっとするベッドに潜り込んだ。ヘドウィグとピッグウィジョンが洋箪笥の上でカタカタ動き回り、落ち着かない様子で羽をこすり合わせていたので、ロンがおとなしくさせるのに「ふくろうフーズ」を投げてやった。

「あいつらを毎晩狩に出してやるわけにはいかないんだ」栗色のパジャマに着替えながら、ロンが説明した。「ダンブルドアが、この広場のあたりであんまりたくさんふくろうが飛び回るのはよくないって言うんだ。怪しまれるから。あ、そうだ……忘れてた……」

ロンはドアのところまで行って、鍵をかけた。

「どうしてそうするの？」

「クリーチャーさ」ロンが明かりを消しながら言った。「僕がここにきた最初の夜、クリーチャーが夜中の三時にふらふら入ってきたんだ。目が覚めたとき、あいつが部屋の中をうろついてるのを見たらさ、まじ、いやだぜ。――ところで……」

ロンはベッドに潜り込んで上掛けをかけ、暗い中でハリーのほうを向いた。煤けた窓を通して入ってくる月明かりで、ハリーはロンの輪郭を見ることができた。

「どう思う?」

ロンがなにを聞いたのか、聞き返す必要もなかった。

「うーん、僕たちが考えつかないようなことは、あんまり教えてくれなかったよね?」ハリーは、地下で聞いたことを思い出しながら言った。「つまり、結局なにを言ったかというと、騎士団が阻止しようとしてるってこと――みんながヴォル――」

ロンが突然息を呑む音がした。

「――デモートに与するのを」ハリーははっきり言い切った。「いつになったら、あいつの名前を言えるようになるんだい? シリウスもルーピンも言ってるよ」

ロンはその部分は無視した。

「うん、君の言うとおりだ」ロンが言った。「みんなが話したことは、僕たち、だいたいもう知ってた。『伸び耳』を使って。ただ、一つだけ初耳だったのは――」

バシッ。

「あいたっ!」

「大きな声を出すなよ、ロン。お袋がもどってくるじゃないか」

「二人とも、僕の膝の上に『姿現わし』してるぞ！」

「そうか、まあ、暗いとこじゃ、少し難しいもんだ」

フレッドとジョージのぼやけた輪郭が、ロンのベッドから飛び降りるのを、ハリーは見ていた。ハリーのベッドのバネがうめくような音を出したかと思うと、ベッドが数センチ沈み込んだ。ジョージがハリーの足元に座ったのだ。

「それで、もうわかったか？」ジョージが急き込んで言った。

「シリウスが言ってた武器のこと？」ハリーが言った。

「うっかり口が滑ったって感じだったな」今度はロンの隣に座ったフレッドがうれしそうに言った。「いとしの『伸び耳』さまでも、そいつは聞かなかったな？　そうだよな？」

「なんだと思う？」ハリーが聞いた。

「なんでもありだな」フレッドが言った。

「だけど、『アバダ　ケダブラ』の呪いより恐ろしいものなんてありえないだろ？」ロンが言った。「死ぬより恐ろしいもの、あるか？」

「なにか、一度に大量に殺せるものかもしれないな」ジョージが推量する。

「なにか、とっても痛い殺し方かも」ロンが怖そうに言った。

「痛めつけるなら、『磔(はりつけ)呪文』が使えるはずだ」ハリーが反論した。「やつには、あれより強力なものはいらない」

しばらくの間、みな黙った。ハリーと同じように、みな、いったいその武器がどんな恐ろしいことをするのか考えている。

「それじゃ、いまはだれがそれを持ってると思う？」ジョージが聞いた。

「僕たちの側にあればいいけど」ロンが少し心配そうに言った。

「もしそうなら、たぶんダンブルドアが持ってるな」フレッドが言った。

「どこに？」ロンがすぐに聞いた。「ホグワーツか？」

「きっとそうだ」ジョージが言った。「『賢者の石』を隠したところだし」

「だけど、武器はあの石よりずっと大きいぞ！」ロンが言った。

「そうとはかぎらない」フレッドが言った。

「うん。大きさで力は測れない」ジョージが言った。「ジニーを見ろ」

「どういうこと？」ハリーが聞いた。

「あの子の『コウモリ鼻糞(はなくそ)の呪い』を受けたことがないだろう？」

「しーっ」フレッドがベッドから腰を浮かしながら言った。「静かに！」

寝室がしんとなった。階段を上がってくる足音がする。

「お袋だ」ジョージが言った。間髪(かんはつ)を入れず、バシッという大きな音がして、ハリーはベッドの端から重みが消えたのを感じた。二、三秒後、ドアの外で床が軋む音が聞こえた。ウィーズリーおばさんが、二人がしゃべっていないかどうか、聞き耳を立てているのだ。

ヘドウィグとピッグウィジョンが哀れっぽく鳴いた。床板がまた軋み、おばさんはフレッドとジョージを調べに上がっていった。

「ママは僕たちのこと全然信用してないんだ」ロンが悔しそうに言う。

ハリーはとうてい眠れそうにないと思った。今夜は考えることがあまりにいろいろ起こって、悶々と何時間も目を覚ましたままでいることだろう。ロンと話を続けたかったが、ウィーズリーおばさんがまた床を軋ませながら階段を下りていく音がする。おばさんが行ってしまうと、なにか別なものが階段を上がってくる音をはっきり聞いた……それは、肢が何本もある生き物で、カサコソと寝室の外を駆け回っている。魔法生物飼育学の先生、ハグリッドの声が聞こえる。「どうだ、美しいじゃねえか、え？　ハリー？　今学期は、武器を勉強するぞ……」ハリーはその生き物が頭に大砲を持っていて、自分のほうを振り向いたのを見た……ハリーは身をかわした……。

次に気がついたときは、ハリーはベッドの中でぬくぬくと丸まっていた。ジョージの大声が部屋中に響いた。

「お袋が起きろって言ってるぞ。朝食は厨房だ。それから客間にこいってさ。ドクシーが、思ったよりどっさりいるらしい。それに、ソファーの下に死んだパフスケインの巣を見つけたんだって」

三十分後、急いで服を着て朝食をすませたハリーとロンは、客間に入っていった。二階にある天井の高い長い部屋で、オリーブグリーンの壁は汚らしいタペストリーで覆われていた。絨毯（じゅうたん）は、だれかが一歩踏みしめるたびに小さな雲のような埃（ほこり）を巻き上げ、モスグリーンの長いビロードのカーテンは、まるで姿の見えない蜂が大量に群がっているみたいにブンブンうなっている。そのまわりに、ウィーズリーおばさんの指揮の下、ハーマイオニー、ジニー、フレッド、ジョージが集まっていた。みな鼻と口を布で覆った、奇妙な格好だ。手に手に、黒い液体が入った噴射用ノズルつきの瓶（びん）を持っている。

「顔を覆って、スプレーを持って」

ハリーとロンの顔を見るなり、おばさんが言った。紡錘形（ぼうすいけい）の脚をしたテーブルに、黒い液体の瓶があと二つあり、それを指さしている。

「ドクシー・キラーよ。こんなにひどく蔓延（はびこ）っているのははじめて見たわ――あの屋敷しもべ妖精は、この十年間、いったいなにをしてたことやら――」

ハーマイオニーの顔は、キッチンタオルで半分隠れていたが、ウィーズリーおばさんにまちがいなく咎（とが）めるような目を向けたのを、ハリーは見てしまった。

「クリーチャーはとってても年を取ってるもの、とうてい手が回らなくって――」

「ハーマイオニー、クリーチャーが本気になれば、君が驚くほどいろいろなことに手が回るよ」

ちょうど部屋に入ってきたシリウスが言った。血に染まった袋を抱えている。死んだネズミが入っているらしい。

「バックビークに餌をやっていたんだ」ハリーが怪訝そうな顔をしているので、シリウスが言った。「上にあるお母上さまの寝室で飼ってるんでね。ところで……この文机か……」

シリウスはネズミ袋を肘掛椅子に置き、鍵のかかった文机の上からかがみ込むようにして調べた。机が少しガタガタ揺れていることに、ハリーはそのときはじめて気づいた。

「うん、モリー、わたしもまね妖怪にまちがいないと思う」鍵穴から覗き込みながら、シリウスが言った。「だがやっぱり、中から出す前にマッド-アイの目で覗いてもらったほうがいい――なにしろわたしの母親のことだから、もっと悪質なものかもしれない」

「わかったわ、シリウス」ウィーズリーおばさんが言った。

二人とも、慎重に、何気ない、丁寧な声で話をしていたが、それがかえって、どちらも昨夜の諍いを忘れてはいないことをはっきり物語っていた。

下の階で、カランカランと大きなベルの音がした。とたんに、耳を覆いたくなる大音響で嘆きさけぶ声が聞こえてきた。昨夜、トンクスが傘立てをひっくり返したときに引き起こした、あの声だ。

「扉のベルは鳴らすなと、あれほど言ってるのに」

シリウスは憤慨して、急いで部屋から出ていった。シリウスが嵐のように階段を下りていくと同時に、ブラック夫人の金切り声が家中に響き渡るのが聞こえてきた。

「不名誉な汚点、穢らわしい雑種、血を裏切る者、汚れた子らめ……」

「ハリー、扉を閉めてちょうだい」ウィーズリーおばさんが言った。

ハリーは、変に思われないぎりぎりの線で、できるだけゆっくり客間の扉を閉めていく。下でなにが起こっているのかを聞きたかった。シリウスは母親の肖像画を、なんとかカーテンで覆ったようだ。肖像画がさけぶのをやめた。シリウスがホールを歩く足音が聞こえ、玄関の鎖が外れるカチャカチャという音、そして聞き覚えのあるキングズリー・シャックルボルトの深い声が聞こえた。「ヘスチアが、いま私と代わってくれたんだ。だからムーディのマントはいまヘスチアが持っている。ダンブルドアに報告を残しておこうと思って……」

頭の後ろにウィーズリーおばさんの視線を感じたハリーは、しかたなく客間の扉を閉め、ドクシー退治部隊にもどった。

ウィーズリーおばさんは、ソファの上に開いて置いてある『ギルデロイ・ロックハートのガイドブック――一般家庭の害虫』を覗き込み、ドクシーに関するページを確かめていた。

「さあ、みんな、気をつけるんですよ。ドクシーは噛みつくし、歯に毒があるの。毒消しはここに一本用意してあるけど、できればだれにも使わなくてすむようにしたいわ」

おばさんは体を起こし、カーテンの真正面で身構え、みなに前に出るように合図した。

「私が合図したら、すぐに噴射してね」おばさんが言った。「ドクシーはこっちをめがけて飛んでくるでしょう。でも、たっぷり一回シューッとやれば麻痺するって、スプレー容器にそう書いてあるわ。動けなくなったところを、このバケツに投げ入れてちょうだい」

おばさんは、ずらりと並んだ六つの噴射線から慎重に一歩踏み出し、自分のスプレー瓶を高く掲げた。

「用意――噴射！」

ハリーがほんの数秒噴霧しただけで、成虫のドクシーが一匹、カーテンの襞から飛び出してきた。妖精に似た胴体はびっしりと黒い毛で覆われ、輝くコガネムシのような羽を震わせて、針のように鋭く小さな歯をむき出し、怒りで四つの小さな拳をぎゅっとにぎりしめて飛んでくる。ハリーは、その顔にまともにドクシー・キラーを噴きつけた。ドクシーは空中で固まり、そのままズシンとびっくりするほど大きな音を立てて、すり切れた絨毯の上に落ちた。ハリーはそれを拾い、バケツに投げ込んだ。

「フレッド、なにやってるの？」おばさんが鋭い声を出した。「すぐそれに薬をかけて、投げ入れなさい！」

ハリーが振り返ると、フレッドが親指と人差し指でバタバタ暴れるドクシーを摘んでいた。

「がってん承知」

フレッドが朗らかに答えて、ドクシーの顔に薬を噴きかけて気絶させた。しかし、おばさんが向こうを向いたとたん、フレッドはそれをポケットに突っ込んでウィンクした。

「『ずる休みスナックボックス』のためにドクシーの毒液を実験したいのさ」ジョージがひそひそ声でハリーに言った。

鼻めがけて飛んできたドクシーを器用に二匹まとめて仕留め、ハリーはジョージのそばに移動して、こっそり聞いた。

「『ずる休みスナックボックス』って、なに？」

「病気にしてくれる菓子、もろもろ」おばさんの背中を油断なく見張りながら、ジョージがささやいた。「と言っても、重い病気じゃないさ。さぼりたいときにクラスを抜け出すくらいには十分な程度に気分が悪くなる。フレッドと二人で、この夏ずっと開発してたんだ。二色の噛みキャンディで、両半分の色が暗号になってる。『ゲーゲー・トローチ』はオレンジ色の半分を噛むと、ゲーゲー吐く。あわてて教室から出され、医務室に急ぐ道すがら残り半分の紫色を飲み込む――」

「『――すると、たちまちあなたは元気一杯。無益な退屈さに奪われるはずの一時間、お好みどおりの趣味の活動に従事できるという優れもの』とにかく広告の謳い文句にはそう書く」

　おばさんの視界からじりじりと抜け出してきたフレッドがささやいた。フレッドは床にこぼれ落ちたドクシーを二、三匹、さっと拾ってポケットに入れるところだった。

「だけどもうちょい作業が残ってるんだ。いまのところ、実験台にちょいと問題があってね。ゲーゲー吐き続けなもんだから、紫のほうを飲み込む間がないのさ」

「実験台？」

「おれたちさ」フレッドが言った。「代わりばんこに飲んでる。ジョージは『気絶キャンディ』をやったし――『鼻血ヌルヌル・ヌガー』は二人とも試したし――」

「お袋は、おれたちが決闘したと思ってるんだ」ジョージが言った。

「それじゃ、『悪戯専門店』は続いてるんだね？」ハリーはノズルの調節をするふりをしながらこっそり聞いた。

「うーん、まだ店を持つチャンスがないけど」フレッドが油断なくさらに声を落とした。ちょうどおばさんが、次の攻撃に備えてスカーフで額を拭ったところだった。「だからいまんとこ、通販でやってるんだ。先週『日刊予言者新聞』に広告を出した」

「みんな君のおかげだぜ、兄弟」ジョージが言った。「だけど、心配ご無用……お袋は全然気づいてない。もう『日刊予言者新聞』を読んでないんだ。君やダンブルドアのことで新聞が嘘八百だからって」

ハリーはにやりとした。三校対抗試合の賞金一千ガリオンをウィーズリーの双子にむりやり受け取らせ、「悪戯専門店」を開きたいという志の実現を助けたのは、ハリーだった。しかし、双子の計画を推進するのにハリーがかかわっているとウィーズリーおばさんにばれていないのはうれしかった。おばさんは、二人の息子の将来に、「悪戯専門店」経営はふさわしくないと考えている。

カーテンのドクシー駆除に、午前中まるまるかかった。ウィーズリーおばさんが覆面スカーフを取ったのは正午を過ぎてからだった。おばさんは、クッションのへこんだ肘掛け椅子にドサッと腰を下ろしたが、ギャッと悲鳴を上げて飛び上がった。死んだネズミの袋の上に座ってしまったのだ。カーテンはもうブンブン言わなくなり、スプレーの集中攻撃で、湿ってだらりと垂れ下がっている。その下のバケツには、気絶したドクシーが詰め込まれ、その横には黒い卵の入ったボウルが置かれていた。クルックシャンクスがボウルをフンフン嗅ぎ、フレッドとジョージは欲しくてたまらなそうにちらちら見ていた。

「こっちのほうは、午後にやっつけましょう」

ウィーズリーおばさんは、暖炉の両脇にある、埃をかぶったガラス扉の飾り棚を指さした。中には奇妙なものが雑多に詰め込まれている。錆びた短剣類、鉤爪、とぐろを巻いた蛇の抜け殻、ハリーの読めない文字を刻んだ黒く変色した銀の箱がいくつか、それに、一番気持ちの悪いのが、装飾的なクリスタルの瓶で、栓に大粒のオパールが一粒はめ込まれている。中にたっぷり入っているのは血にちがいないと、ハリーは思った。

玄関のベルがまたカランカランと鳴った。全員の目がウィーズリーおばさんに集まった。

またしても、ブラック夫人の金切り声が階下から聞こえてきた。

「ここにいなさい」おばさんがネズミ袋をひっつかみ、きっぱりと言い渡した。「サンドイッチを持ってきますからね」

おばさんは部屋から出るとき、きっちりと扉を閉めた。とたんにみな一斉に窓際に駆け寄り、玄関の石段を見下ろした。赤茶色のもじゃもじゃ頭のてっぺんと、積み上げた大鍋（おおなべ）が、危なっかしげにふらふら揺れているのが見えた。

「マンダンガスだわ！」ハーマイオニーが言った。「大鍋をあんなにたくさん、どうするつもりかしら？」

「安全な置き場所を探してるんじゃないかな」ハリーが言った。「僕を見張っているはずだったあの晩、取引してたんだろ？　胡散（うさん）くさい大鍋の？」

「うん、そうだ！」

フレッドが言ったとき、玄関の扉が開いた。マンダンガスがよっこらしょと大鍋を運び込み、窓からは見えなくなった。

「うへー、お袋はお気に召さないぞ……」

フレッドとジョージは扉に近寄り、耳を澄ませた。ブラック夫人の悲鳴は止まっていた。

「マンダンガスがシリウスとキングズリーに話してる」フレッドがしかめ面で耳をそばだてながらつぶやいた。「よく聞こえねえな……よし、『伸び耳』の危険を冒すか？」

「その価値ありかもな」ジョージが言った。「こっそり上まで行って、一組取ってくるか——」

しかし、まさにその瞬間、階下で大音響が炸裂し、「伸び耳」は用無しになった。声をかぎりにさけぶウィーズリーおばさんの声が、全員はっきり聞き取れた。

「ここは盗品の隠し場所じゃありません！」

「お袋がだれかほかのやつをどなりつけるのを聞くのは、いいもんだ」

フレッドが満足げににっこりしながら扉をわずかに開け、ウィーズリーおばさんの声がもっとよく部屋中に行き渡るようにした。

「気分が変わって、なかなかいい」

「——無責任もいいとこだわ。それでなくても、いろいろ大変なのに、その上あんたがこの家に盗品の大鍋を引きずり込むなんて——」

「あのばかども、お袋の調子を上げてるぜ」ジョージが頭を振り振り言った。「早いとこ矛先を逸らさないと、お袋さん、だんだん熱くなって何時間でも続けるぞ。しかもハリー、マンダンガスが君を見張っているはずだったのにドロンしちゃってから、お袋はあいつをどなりたくてどなりたくて、ずっとうずうずしてたんだ——ほーらきた、またシリウスのママだ」

てしまった。ウィーズリーおばさんの声は、ホールの肖像画の悲鳴とさけびの再開でかき消され

ジョージは騒音を抑えようと扉を閉めかけたが、閉め切る前に屋敷しもべ妖精が部屋に入り込んできた。

腹に腰布のように巻いた汚らしいボロ以外は、素っ裸だった。相当の年寄りに見える。皮膚は体格の数倍はあるかと思うほどだぶつき、しもべ妖精に共通の禿頭には、コウモリのような大耳から白髪がぼうぼうと生えていた。どんよりとした灰色の目は血走り、肉づきのいい大きな鼻は豚のようだ。

しもべ妖精は、ハリーにもほかのだれにもまったく関心を示さない。まるでだれも見えないかのように、背中を丸め、ゆっくり、執拗に、部屋の向こう端まで歩きながら、ひっきりなしに食用ガエルのようなかすれた太い声でなにかをブツブツつぶやいていた。

「……ドブ臭い、おまけに罪人だ。あの女も同類だ。いやらしい血を裏切る者。そのガキどもが奥様のお屋敷を荒らして。ああ、おかわいそうな奥様。お屋敷にカスどもが入り込んだことをお知りになったら、このクリーチャーめになんと仰せられることか。おお、なんたる恥辱。穢れた血、狼人間、裏切り者、泥棒めら。哀れなこのクリーチャーは、どうすればいいのだろう……」

「おーい、クリーチャー」フレッドが扉をピシャリと閉めながら、大声で呼びかけた。

屋敷しもべ妖精はぱたりと止まり、ブツブツをやめ、大げさな、しかし嘘くさい様子で驚いてみせた。

「クリーチャーめは、お若い旦那さまに気づきませんで」そう言うと、クリーチャーは後ろを向き、フレッドにお辞儀をした。うつむいて絨毯を見たまま、はっきりと聞き取れる声で、クリーチャーはそのあとを続けた。「血を裏切る者の、いやらしいガキめ」

「え？」ジョージが聞いた。「最後になんて言ったかわからなかったけど」

「クリーチャーめはなにも申しません」しもべ妖精が、今度はジョージにお辞儀しながら言った。そして、低い声ではっきりつけ加えた。「それに、その双子の片われ。異常な野獣め。こいつら」

ハリーは笑っていいやらどうやらわからなかった。しもべ妖精は体を起こして全員を憎々しげに見つめながら、だれも自分の言うことが聞こえないと信じ切っているらしく、ブツブツ言い続けた。

「……それに、穢れた血め。ずうずうしく鉄面皮で立っている。ああ、奥様がお知りになったら、ああ、どんなにお嘆きになることか。それに、一人新顔のガキがいる。クリーチャーは名前を知らない。ここでなにをしてるのか？　クリーチャーは知らない……」

「こちら、ハリーよ、クリーチャー」ハーマイオニーが遠慮がちに言った。「ハリー・ポッターよ」

クリーチャーの濁った目がかっと見開かれ、前よりもっと早口に、怒り狂ってつぶやいた。

「穢れた血が、クリーチャーに友達顔で話しかける。ああ、クリーチャーめがこんな連中と一緒にいるところを奥様がご覧になったら、ああ、奥様はなんと仰せられることか――」

「ハーマイオニーを穢れた血なんて呼ぶな！」ロンとジニーがカンカンになって同時に言った。

「いいのよ」ハーマイオニーがささやいた。「正気じゃないのよ。なにを言ってるのか、わかってないんだから――」

「甘いぞ、ハーマイオニー。こいつは、なにを言ってるのかちゃーんとわかってるんだ」

いやなやつ、とクリーチャーを睨みながらフレッドが言った。

クリーチャーはハリーを見ながら、まだブツブツ言っていた。

「本当だろうか？　ハリー・ポッター？　クリーチャーには傷痕が見える。本当にちがいない。闇の帝王を止めた男の子。どうやって止めたのか、クリーチャーは知りたい――」

「みんな知りたいさ、クリーチャー」フレッドが言った。

「ところで、いったいなんの用だい？」ジョージが聞いた。

クリーチャーの巨大な目が、さっとジョージに走った。

「クリーチャーめは掃除をしております」クリーチャーがごまかした。

「見えすいたことを」ハリーの後ろで声がした。

シリウスがもどってきていた。戸口から苦々しげにしもべ妖精を睨みつけている。ホールの騒ぎは静まっていた。ウィーズリーおばさんとマンダンガスの議論は、厨房にもつれ込んだのだろう。

シリウスの姿を見ると、クリーチャーは身を躍らせ、ばか丁寧に頭を下げて、豚の鼻を床に押しつけた。

「ちゃんと立つんだ」シリウスがいらだたしげに言った。「さあ、いったいなにが狙いだ？」

「クリーチャーめは掃除をしております」しもべ妖精は同じことを繰り返した。「クリーチャーめは高貴なブラック家にお仕えするために生きております――」

「そのブラック家は日に日にますますブラックになっている。汚らしい」シリウスが言った。

「ご主人様はいつもご冗談がお好きです」クリーチャーはもう一度お辞儀をし、低い声で言葉を続けた。「ご主人様は、母君の心をめちゃめちゃにした、ひどい恩知らずの卑劣漢でした」

「クリーチャー、わたしの母に、心などなかった」シリウスが断固として言った。「母は怨念だけで生き続けた」

クリーチャーはしゃべりながらまたお辞儀をした。

「ご主人様の仰せのとおりです」クリーチャーは憤慨してブツブツつぶやいた。「ご主人様は母君の靴の泥を拭くのにもふさわしくない。ああ、おかわいそうな奥様。クリーチャーがこの方にお仕えしているのをご覧になったら、なんと仰せられるか。どんなにこの人をお嫌いになられていたか。ああ、この方がどんなに奥様を失望させたか――」

「なにが狙いだと聞いている」シリウスが冷たく言った。「掃除をしているふりをして現れるときは、おまえは必ずなにかをくすねて自分の部屋に持っていくな。わたしたちが捨ててしまわないように」

「クリーチャーめは、ご主人様のお屋敷で、あるべき場所からなにかを動かしたことはございません」そう言ったすぐあとに、しもべ妖精は早口でつぶやいた。「タペストリーが捨てられてしまったら、奥様はクリーチャーめをけっしてお許しにはなりますまい。七世紀もこの家に伝わるものを、クリーチャーは守らなければなりません。クリーチャーはご主人様や血を裏切る者や、そのガキどもに、それを破壊させはいたしません――」

「そうじゃないかと思っていた」シリウスは蔑むような目つきで反対側の壁を見た。「あの女は、あの裏にも『永久粘着呪文』をかけているだろう。まちがいなくそうだ。しかしもし取りはずせるなら、わたしは必ずそうする。クリーチャー、さあ、立ち去れ」

クリーチャーはご主人様直々の命令にはとても逆らえないようだった。にもかかわらず、のろのろと足を引きずるようにしてシリウスのそばを通り過ぎるときに、ありったけの嫌悪感を込めてシリウスに一瞥を投げた。そして、部屋を出るまでブツブツ言い続けていた。

「――アズカバン帰りがクリーチャーに命令する。ああ、おかわいそうな奥様。いまのお屋敷の様子をご覧になったら、なんと仰せになることか。カスどもが住み、奥様のお宝を捨てて。奥様はこんなやつは自分の息子ではないと仰せられた。なのに、もどってきた。その上、人殺しだとみなが言う――」

「ブツブツ言い続けろ。本当に人殺しになってやるぞ！」しもべ妖精を締め出し、バタンと扉を閉めながら、シリウスがいらいらと言った。

「シリウス、クリーチャーは気が変なのよ」ハーマイオニーが弁護するように言った。「私たちには聞こえないと思っているのよ」

「あいつは長いことひとりでいすぎた」シリウスが言った。「母の肖像画からの狂った命令を受け、ひとり言を言って。しかし、あいつは前からずっと、腐ったいやな——」

「自由にしてあげさえすれば」ハーマイオニーが願いを込めて遮った。「もしかしたら——」

「自由にはできない。騎士団のことを知りすぎている」シリウスはにべもなく言った。「それに、いずれにせよショック死してしまうだろう。君からあいつに、この家を出てはどうかと言ってみるがいい。あいつがそれをどう受け止めるか」

シリウスが壁に向かって歩いていく。そこには、クリーチャーが守ろうとしたタペストリーが壁一杯に掛かっていた。ハリーをはじめ、みながシリウスについて行った。

タペストリーは古色蒼然としていた。色褪せ、ドクシーが食い荒らしたらしい跡があちこちにあった。しかし、縫い取りをした金の刺繍糸が、家系図の広がりをいまだに輝かせていた。時代は（ハリーの知るかぎり）、中世にまで遡（さかのぼ）っている。タペストリーの一番上に、大きな文字で次のように書かれている。

高貴なる由緒正しきブラック家
〝純血よ永遠なれ〟

「おじさんが載っていない！」家系図の一番下をざっと見て、ハリーが言った。

「かつてはここにあった」

シリウスが、タペストリーの小さな丸い焦げ跡を指さした。タバコの焼け焦げのように見えた。

「おやさしいわが母上が、わたしが家出したあとに抹消してくださってね――クリーチャーはその話をブツブツ話すのが好きなんだ」

「家出したの？」

「十六のころだ」シリウスが答えた。「もうたくさんだった」

「どこに行ったの？」ハリーはシリウスをじっと見つめた。

「君の父さんのところだ」シリウスが言った。「君のおじいさんおばあさんは、本当によくしてくれた。わたしを二番目の息子のように扱ってくれた。だから学校が休みになると、君の父さんのところに転がり込んだものだ。そして十七歳になると、ひとりで暮らしはじめた。おじのアルファードが、わたしにかなりの金貨を残してくれていた――このおじも、ここから抹消されているがね。たぶんそれが原因で――まあ、とにかく、それ以来自分ひとりでやってきた。ただ日曜日の昼食は、いつでもポッター家で歓迎された」

「だけど……どうして……？」

「家出したか？」

シリウスは苦笑いし、櫛（くし）の通っていない髪を指ですいた。

「なぜなら、この家の者全員を憎んでいたからだ。両親は狂信的な純血主義者で、ブラック家が事実上王族だと信じていた……愚かな弟は、軟弱にも両親の言うことを信じていた……それが弟だ」

シリウスは家系図の一番下の名前を突き刺すように指さした。

「レギュラス・ブラック」

生年月日のあとに、死亡年月日（約十五年ほど前だ）が書いてある。

「弟はわたしよりもよい息子だった」シリウスが言った。「わたしはいつもそう言われながら育った」

「でも、死んでる」ハリーが言った。

「そう」シリウスが言った。「ばかなやつだ……『死喰い人』に加わったんだ」

「嘘でしょう！」

「おいおい、ハリー、これだけこの家を見れば、わたしの家族がどんな魔法使いだったか、いいかげんわかるだろう？」シリウスはいらだたしげに言った。

「ご――ご両親も『死喰い人』だったの？」

「いや、ちがう。しかし、なんと、ヴォルデモートが正しい考え方をしていると思っていたんだ。魔法族の浄化に賛成だった。マグル生まれを排除し、純血の者が支配することにね。両親だけじゃなかった。ヴォルデモートが本性を現すまでは、ずいぶん多くの魔法使いが、やつの考え方が正しいと思っていた……そういう魔法使いは、やつが権力を得るためになにをしようとしているかに気づくと、怖気(おじけ)づいたんだがね。わたしの両親もはじめのうちは、やつらに加わったレギュラスのことを、まさに小さな英雄だと思ったんだろう」

「弟さんは闇祓(やみばら)いに殺されたの？」ハリーは遠慮がちに聞いた。

「いいや、ちがう」シリウスが言った。「ちがう。ヴォルデモートに殺された。というより、ヴォルデモートの命令で殺されたと言ったほうがいいかな。レギュラスはヴォルデモート自身が手を下すには小者すぎた。死んでからわかったことだが、弟はある程度まで入り込んだ後に、命令されて自分がやっていることに恐れをなし、身を引こうとした。一生涯仕えるか、さもなくば死だ」

ない。ましかし、ヴォルデモートに辞表を提出するなんていうわけにはいか

「お昼よ」ウィーズリーおばさんの声がした。

おばさんは杖を高く掲げ、その杖先にサンドイッチとケーキを山盛りにした大きな盆を載せて、バランスを取っていた。顔を真っ赤にして、まだ怒っているように見えた。みな、なにか食べたくて、一斉におばさんのほうに行った。しかしハリーは、さらに丹念にタペストリーを覗き込んでいるシリウスと一緒にいた。

「もう何年もこれを見ていなかったな。フィニアス・ナイジェラスがいる……曾祖父だ。わかるか？……ホグワーツの歴代の校長の中で、一番人望がなかった……アラミンタ・メリフルア……母のいとこだ……マグル狩を合法化する魔法省令を強行可決しようとした……親愛なるおばのエラドーラだ……屋敷しもべ妖精が年老いて、お茶の盆を運べなくなったら首を刎ねるというわが家の伝統を打ち立てた……当然、少しでもまともな魔法使いが出ると、勘当だ。どうやらトンクスはここにいないな。だからクリーチャーはトンクスの命令には従わないんだろう――家族の命令ならなんでも従わなければならないはずだから――」

「トンクスと親戚なの？」ハリーは驚いた。

「ああ、そうだ。トンクスの母親アンドロメダは、わたしの好きないとこだった」

シリウスはタペストリーを入念に調べながら言った。「いや、アンドロメダも載っていない。見てごらん――」

シリウスはもう一つの小さい焼け焦げを指した。ベラトリックスとナルシッサという二つの名前の間にあった。

「アンドロメダのほかの姉妹は載っている。すばらしい、きちんとした純血結婚をしたからね。しかし、アンドロメダはマグル生まれのテッド・トンクスと結婚した。だから――」

シリウスは杖でタペストリーを撃つまねをして、自嘲的に笑った。しかし、ハリーは笑わなかった。アンドロメダの焼け焦げの右にある名前に気を取られて、じっと見つめていた。金の刺繍の二重線がナルシッサ・ブラックとルシウス・マルフォイを結び、その二人の名前から下に金の縦線が一本、ドラコという名前につながっている。

「マルフォイ家と親戚なんだ！」

「純血家族はみんな姻戚関係だ」シリウスが言った。「娘も息子も純血としか結婚させないというのなら、あまり選択の余地はない。純血種はほとんど残っていないのだから。モリーも結婚によってわたしといとこ関係になった。アーサーは、わたしのまたいとこの子供かなにかに当たるかな。しかし、ウィーズリー家をこの図で探すのはむだだ――血を裏切る者ばかりを輩出した家族がいるとすれば、それがウィーズリー家だからな」

しかしハリーは、今度はアンドロメダの焼け焦げの左の名前を見ていた。ベラトリックス・ブラック。二重線で、ロドルファス・レストレンジと結ばれている。

「レストレンジ……」

ハリーが読み上げた。この名前は、なにかハリーの記憶を刺激する。どこかで聞いた名だ。しかしどこだったか、とっさには思い出せない。ただ、胃の腑に奇妙なぞっとするような感触がうごめいた。

「この二人はアズカバンにいる」シリウスはそれしか言わなかった。

ハリーはもっと知りたそうにシリウスを見た。

「ベラトリックスと夫のロドルファスは、バーティ・クラウチの息子と一緒に入ってきた」シリウスは、相変わらずぶっきらぼうな声だ。「ロドルファスの弟のラバスタンも一緒だった」

そこでハリーは思い出した。ベラトリックス・レストレンジを見たのは、ダンブルドアの「憂いの篩」だった。想いや記憶を蓄えておける、あの不思議な道具の中だ。背の高い黒髪の女性で、厚ぼったい瞼の半眼の魔女だった。裁判の終わりに立ち上がり、ヴォルデモート卿への変わらぬ恭順を誓い、ヴォルデモートが失脚したあとも卿を探し求めたことを誇り、その忠誠ぶりを褒めてもらえる日がくると宣言した、あの魔女だ。

「いままで一度も言わなかったね。この魔女が――」

「わたしのいとこだったらどうだって言うのかね？」シリウスがぴしゃりと言った。「わたしに言わせれば、ここに載っている連中はわたしの家族ではない。この魔女は、絶対に家族ではない。君ぐらいの年のときから、この女には一度も会っていない。アズカバンでちらりと見かけたことを勘定に入れなければだが。こんな魔女を親戚に持ったことを、わたしが誇りにするとでも思うのか？」

「ごめんなさい」ハリーは急いで謝った。「そんなつもりじゃ――僕、ただ驚いたんだ。それだけ――」

「気にするな。謝ることはない」

シリウスが口ごもった。シリウスは両手をポケットに深く突っ込み、タペストリーから顔を背けた。

「ここにもどってきたくなかった」客間を見渡しながら、シリウスが言った。「またこの屋敷に閉じ込められるとは思わなかった」

ハリーにはよくわかった。自分が大きくなって、プリベット通りから完全に解放されたと思ったとき、またあの四番地にもどって住むことになったら、どんな思いがするかわかる気がした。

「もちろん、本部としては理想的だ」シリウスが言った。「父がここに住んでいたときに、魔法使いが知るかぎりのあらゆる安全対策をこの屋敷に施した。位置探知は不可能だ。だから、マグルは絶対にここを訪れたりはしない――もっともそうしたいと も思わないだろうが――それに、いまはダンブルドアが追加の保護策を講じている。ここより安全な屋敷はどこにもない。ダンブルドアがほら、『秘密の守人』だ――ダンブルドア自身がだれかにこの場所を教えないかぎり、だれも本部を見つけることはできない――ムーディが昨晩君に見せたメモだが、あれはダンブルドアからだ……」シリウスは、犬が吠えるような声で短く笑った。「わたしの両親が、いまこの屋敷がどんなふうに使われているかを知ったら……まあ、母の肖像画で、君も少しはわかるだろうがね……」

シリウスは一瞬顔をしかめ、それからため息をついた。

「ときどきちょっと外に出て、なにか役に立つことができるなら、わたしも気にしないんだが。ダンブルドアに、君の尋問について行くことはできないかと聞いてみた――もちろん、スナッフルズとしてだが――君を精神的に励ましたいんだが、どう思うかね？」

ハリーは胃袋が埃っぽい絨毯の下まで沈み込んだような気がした。尋問のことは、昨夜の夕食のとき以来、考えていなかった。一番好きな人たちと再会した喜びと、なにが起こっているかを聞いた興奮で、尋問は完全に頭から吹き飛んでいた。しかし、シリウスの言葉で、押しつぶされそうな恐怖感がもどってきた。ハリーはサンドイッチを貪っているウィーズリー兄弟妹とハーマイオニーをじっと見た。みなが自分を置いてホグワーツに帰ることになったら、いったいどんな気持ちがするだろう。

「心配するな」シリウスが言った。

ハリーは目を上げ、シリウスが自分を見つめているのに気づいた。

「無罪になるに決まっている。『国際機密保持法』に、自分の命を救うためなら魔法を使ってもよいと、まちがいなく書いてある」

「でも、もし退学になったら」ハリーが静かに言った。「ここにもどって、おじさんと一緒に暮らしてもいい？」

シリウスはさびしげに笑った。

「考えてみよう」

「ダーズリーのところにもどらなくてもいいとわかっていたら、僕、尋問のこともずっと気が楽になるだろうと思う」ハリーはシリウスに答えを迫った。

「ここのほうがよいなんて、連中はよっぽどひどいんだろうな」シリウスの声が陰気に沈んでいた。

「そこの二人、早くしないと食べ物がなくなりますよ」ウィーズリーおばさんが呼びかけた。

シリウスはまた大きなため息をつき、タペストリーに暗い視線を投げた。それから二人はみなのところへ行った。

その日の午後、ガラス扉の飾り棚をみなで片づけている間、ハリーは努めて尋問のことは考えないようにした。ハリーにとって都合のよいことに、中に入っているものの多くが、埃っぽい棚から離れるのをとてもいやがったため、作業は相当の集中力を必要とした。シリウスは銀の嗅ぎタバコ入れにいやというほど手を噛まれ、あっという間に気持ちの悪いかさぶたができて、手が固い茶色のグローブのようになった。

「大丈夫だ」

シリウスは興味深げに自分の手を調べ、それから杖で軽くたたいて元の皮膚にもどした。

「たぶん『かさぶた粉』が入っていたんだ」

シリウスはそのタバコ入れを、棚からの廃棄物を入れる袋に投げ入れた。その直後、ジョージが自分の手を念入りに布で巻き、すでにドクシーで一杯になっている自分のポケットにこっそりそれを入れるのを、ハリーは目撃した。

気持ちの悪い形をした銀の道具もあった。毛抜きに肢がたくさん生えたようなもので、摘み上げると、ハリーの腕を蜘蛛のようにガサゴソ這い上がり、刺そうとした。シリウスが捕まえて、分厚い本でたたきつぶした。本の題は『生粋の貴族――魔法界家系図』だった。オルゴールは、ネジを巻くとなにやら不吉なチンチロリンという音を出し、みな不思議に力が抜けて眠くなった。ジニーが気づいて、ふたを閉じるまでそれが続いた。だれも開けることができない重いロケット、古い印章がたくさん、それに埃っぽい箱に入った勲章。魔法省への貢献に対して、シリウスの祖父に贈られた勲一等マーリン勲章だった。

「じいさんが魔法省に、金貨を山ほどくれてやったということさ」

シリウスは勲章を袋に投げ入れながら軽蔑するように言った。

クリーチャーが何度か部屋に入ってきて、品物を腰布の中に隠して持ち去ろうとした。捕まるたびに、ブツブツと恐ろしい悪態をついた。シリウスがブラック家の家紋が入った大きな金の指輪をクリーチャーの手からもぎ取ると、クリーチャーは怒りでわっと泣き出し、すすり泣きしゃくり上げながら部屋を出ていくとき、ハリーが聞いたこともないようなひどい言葉でシリウスを罵った。

「父のものだったんだ」シリウスが指輪を袋に投げ入れながら言った。「クリーチャーは父に対して、必ずしも母に対するほど献身的ではなかったんだが、それでも、先週あいつが父の古いズボンを抱きしめている現場を見た」

ウィーズリーおばさんはそれから数日間、みなをよく働かせた。客間の除染には、まるまる三日かかった。最後に残ったいやなものの一つ、ブラック家の家系図タペストリーは、壁からはがそうとするあらゆる手段にことごとく抵抗した。もう一つはガタガタ言う文机だ。ムーディがまだ本部に立ち寄っていないので、中になにが入っているのか、はっきりとはわからなかった。

客間の次は一階のダイニング・ルームで、そこの食器棚には、大皿ほどもある大きな蜘蛛が数匹隠れているのが見つかった（ロンはお茶を入れると言って出ていったきり、一時間半ももどってこなかった）。ブラック家の紋章と家訓を書き入れた食器類はシリウスが全部、無造作に袋に投げ込んだ。黒ずんだ銀の枠に入った古い写真類も同じ運命をたどった。写真の主たちは、自分を覆っているガラスが割れるたびに、かん高いさけび声を上げた。

スネイプはこの作業を「大掃除」と呼んだかもしれないが、屋敷に対して戦いを挑んでいるというのがハリーの意見だった。屋敷は、クリーチャーの援護もあって、なかなかいい戦いぶりを見せていた。このしもべ妖精は、みなが集まっているところに始終現れ、ゴミ袋からなにかを持ち出そうとするときのブツブツも、ますます嫌味ったらしくなっていた。シリウスは、洋服をくれてやるぞとまで脅したが、クリーチャーはどんよりした目でシリウスを見つめ、「ご主人様はご主人様のお好きなようになさいませ」と言ったあと、背を向けて大声でブツブツ言った。「しかし、ご主人様はクリーチャーめを追いはらうことはできません。できませんとも。なぜなら、クリーチャーめはこいつらがなにを企んでいるかを知っているからです。ええ、そうですとも。ご主人様の闇の帝王に抵抗する企みです。穢れた血と、裏切り者と、クズどもと……」

この言葉で、シリウスは、ハーマイオニーの抗議を無視して、クリーチャーの腰布を後ろから引っつかみ、思いっ切り部屋から放り出した。

一日に何回か玄関のベルが鳴り、それを合図にシリウスの母親がさけんでいた。そして同じ合図で、ハリーもみなも訪問客の言葉を盗み聞きしようとした。しかし、ちらっと姿を見て会話の断片を盗み聞きしたところを、ウィーズリーおばさんに作業に呼びもどされるので、ほとんど収穫らしい収穫はなかった。スネイプはそれから数回、あわただしく出入りしたが、うれしいことにハリーとは、一度も顔を合わせなかった。「変身術」のマクゴナガル先生もちらりと姿を見せた。マグルの服とコートを着て、とても奇妙な格好だった。マクゴナガル先生も忙しそうで、長居はしなかった。ときには訪問客が手伝うこともあった。トンクスが手伝った日の午後は、上階のトイレをうろついていた年老いたグールお化けを発見した記念すべき午後になった。

ルーピンは、シリウスと一緒に屋敷に住んでいたが、騎士団の秘密の任務で長い間家を空けていた。古い大きな床置時計に、だれかがそばを通ると太いボルトを発射するというういやな癖がついたので、それをなおすのをルーピンが手伝った。マンダンガスは、ロンが洋箪笥から取り出そうとした古い紫のローブが、ロンを窒息させようとしたところを救ったので、ウィーズリーおばさんの手前、少し名誉挽回した。

ハリーはまだよく眠れなかったし、廊下と鍵のかかった扉の夢を見るたびに傷痕が刺すように痛んだが、この夏休みに入ってはじめて楽しいと思えるようになっていた。忙しくしているかぎり、ハリーは幸せだった。しかし、あまりやることがなくなって気が緩んだり、疲れて横になり天井を横切るぼんやりした影を見つめたりしていると、魔法省の尋問のことが重苦しくのしかかってくる。退学になったらどうしようと考えるたび、恐怖が針のようにちくちくと体内を突き刺した。考えるだけで空恐ろしく、言葉に出して言うこともできず、ロンやハーマイオニーにさえも話せなかった。二人がときどきひそひそ話をし、心配そうにハリーを見ていることに気づいてはいたが、二人ともハリーがなにも言わないのならと、そのことには触れてこなかった。ときには、考えまいと思ってもどうしても想像してしまうことがあった。顔のない魔法省の役人が現れ、ハリーの杖を真っ二つに折り、ダーズリーのところへもどれと命令する……しかしハリーはもどりはしない。ハリーの心は決まっていた。グリモールド・プレイスにきて、シリウスと一緒に暮らすんだ。

水曜の夕食のときに、ウィーズリーおばさんがハリーのほうを向いて低い声で言った。

「ハリー、明日の朝のために、あなたの一番良い服にアイロンをかけておきましたよ。今夜は髪を洗ってちょうだいね。第一印象がいいとずいぶんちがうものよ」

ハリーは胃の中にレンガが落ちてきたような気がした。

ロン、ハーマイオニー、フレッド、ジョージ、ジニーが一斉に話をやめ、ハリーを見た。ハリーはうなずいて、肉料理を食べ続けようとしたが、口がカラカラになってとても噛めなかった。

「どうやって行くのかな？」ハリーは平気な声を繕って、おばさんに聞いた。

「アーサーが仕事に行くとき連れていくわ」おばさんがやさしく言った。

ウィーズリーおじさんが、テーブルの向こうから励ますようにほほえんだ。

「尋問の時間まで、私の部屋で待つといい」おじさんが言った。

ハリーはシリウスを見たが、質問する前にウィーズリーおばさんがその答えを言った。

「ダンブルドア先生は、シリウスがあなたと一緒に行くのは、よくないとお考えですよ。それに、私も――」

「――『ダンブルドアが正しいと思いますよ』」シリウスが、食いしばった歯の間から声を出した。

ウィーズリーおばさんが唇をきっと結んだ。

「ダンブルドアは、いつ、そう言ったの？」ハリーはシリウスを見つめながら聞いた。

「昨夜、君が寝ているときにお見えになった」ウィーズリーおじさんが答えた。

シリウスはむっつりと、ジャガイモにフォークを突き刺した。ハリーは自分の皿に目を落とした。ダンブルドアが尋問の直前の夜にここにきていたのに、ハリーに会おうともしなかった。そう思うと、すでに最低だったはずのハリーの気持ちが、また一段と落ち込んだ。

第７章　魔法省

次の朝、ハリーは五時半に目を覚ました。まるでだれかが耳元で大声を出したかのように、突然、しかもはっきりと目を覚ました。しばらくの間、ハリーはじっと横になっていたが、懲戒尋問（ちょうかいじんもん）のことで頭が一杯になり、ついに耐えられなくなってベッドから飛び出し、メガネをかけた。ウィーズリーおばさんがベッドの足元に、洗い立てのジーンズとTシャツを置いてくれている。ハリーはもたもたしながらそれを身につけた。壁の絵のない絵がにやにや笑っている。

ロンは大の字になり、大口を開けて眠りこけていた。ハリーが部屋を横切り、踊り場に出てそっとドアを閉めるまで、ロンはぴくりとも動かなかった。次にロンに会うときは、もはやホグワーツの生徒同士ではなくなってしまっているかもしれない。そうなることは考えまいと思いながらハリーはそっと階段を下り、クリーチャーの先祖たちの首の前を通り過ぎて厨房（ちゅうぼう）へと下りていった。

だれもいないだろうと思っていた厨房の扉の中から、ザワザワと低い話し声が聞こえてくる。扉を開けると、ウィーズリーおじさん、おばさん、シリウス、ルーピン、トンクスが、ハリーを待ち受けていたかのように座っていた。みな着替えをすませていたが、おばさんだけは紫のキルトの部屋着を羽織っていた。ハリーが入っていくと、おばさんが勢いよく立ち上がった。

「朝食ね」おばさんは杖を取り出し、暖炉へと急いだ。

「お――お――おはよう。ハリー」トンクスがあくびをした。今朝はブロンドの巻き毛だ。「よく眠れた？」

「うん」ハリーが答えた。

「わたし、ず――ず――ずっと起きてたの」トンクスはぶるるるっと体を震わせてあくびをした。「ここに座りなさいよ……」

トンクスが椅子を引っ張り、ついでに隣の椅子をひっくり返してしまった。

「なにを食べる？」おばさんが呼びかけた。「オートミール？　マフィン？　鰊の燻製？　ベーコンエッグ？　トースト？」

「あの――トーストだけ、お願いします」ハリーが言った。

ルーピンがハリーをちらっと見て、それからトンクスに話しかけた。

「スクリムジョールのことで、なにか言いかけていたね？」

「あ……うん……あのね、わたしたち、もう少し気をつける必要があるってこと。あの男、キングズリーやわたしに変な質問するんだ……」

会話に加わる必要がないことを、ハリーはぼんやりとありがたく思った。胃や腸がのたうち回っていた。ウィーズリーおばさんがハリーの前に置いてくれたマーマレードを塗ったトースト二枚を、なんとか食べようとしたが、絨毯を噛みしめているようだった。おばさんが隣に座って、ハリーのTシャツのラベルを内側に入れたり、肩のしわを伸ばしたり、面倒をみはじめた。ハリーはやめて欲しいと思った。

「……それに、ダンブルドアに言わなくちゃ。明日は夜勤できないわ。わたし、と――とっても疲れちゃって」トンクスはまた大あくびをした。

「私が代わってあげよう」ウィーズリーおじさんが言った。「私は大丈夫だ。どうせ報告書を一つ仕上げなきゃならないし」

ウィーズリーおじさんは、魔法使いのローブではなく、細縞のズボンに袖口と腰の締まった古いボマージャケットを着ていた。おじさんはトンクスからハリーに向きなおった。

「気分はどうかね？」

ハリーは肩をすくめた。

「すぐ終わるよ」おじさんは元気づけるように言った。「数時間後には無罪放免だ」

ハリーは黙っていた。

「尋問は、私の事務所と同じ階で、アメリア・ボーンズの部屋だ。魔法法執行部の部長で、君の尋問を担当する魔女だがね」

「アメリア・ボーンズは大丈夫よ、ハリー」トンクスがまじめに言った。「公平な魔女だから。ちゃんと聞いてくれるわよ」

ハリーはうなずいた。なにを言っていいのかまだ考えつかなかった。

「カッとなるなよ」突然シリウスが言った。「礼儀正しくして、事実だけを言うんだ」

ハリーはまたうなずいた。

「法律は君に有利だ」ルーピンが静かに言った。「未成年魔法使いでも、命を脅かされた状況では魔法を使うことが許される」

なにかとても冷たいものが、ハリーの首筋を流れ落ちた。一瞬、ハリーはだれかに「目くらまし術」をかけられたかと思ったが、おばさんが濡れた櫛でハリーの髪をなんとかしようとしているのだと気づいた。おばさんはハリーの頭のてっぺんをぎゅっと押さえた。

「まっすぐにはならないのかしら？」おばさんが絶望的な声を出した。

ハリーは首を横に振った。

ウィーズリーおじさんが時計を見て、ハリーを見た。

「そろそろ出かけよう」おじさんが言った。「少し早いが、ここでぐずぐずしているより、魔法省に行っていたほうがいいだろう」

「はい」ハリーはトーストを置き、反射的に答えながら立ち上がった。

「大丈夫よ、ハリー」トンクスがハリーの腕をポンポンとたたいた。

「がんばれ」ルーピンが言った。「必ずうまくいくと思うよ」

「そうじゃなかったら」シリウスが恐い顔で言った。「わたしが君のためにアメリア・ボーンズに一泡吹かせてやる……」

ハリーは弱々しく笑った。ウィーズリーおばさんがハリーを抱きしめた。

「みんなでお祈りしてますよ」

「それじゃ」ハリーが言った。「あの……行ってきます」

ハリーはウィーズリーおじさんについて階段を上がり、ホールを歩いた。シリウスの母親がカーテンの陰でグーグー寝息を立てているのが聞こえた。おじさんが玄関の閂を外し、二人は外に出た。冷たい灰色の夜明けだった。

「いつもは歩いていくんじゃないんでしょう？」二人で広場を足早に歩きながら、ハリーが聞いた。

「そう、いつもは『姿現わし』で行く」おじさんが言った。「しかし、当然君にはそれができないし、完全に魔法を使わないやり方で向こうに到着するのが一番よいと思う……君の懲戒処分の理由を考えれば、そのほうが印象がいいし……」

ウィーズリーおじさんは、片手をジャケットに突っ込んだまま歩いていた。その手が杖をにぎりしめていることを、ハリーは知っていた。荒れ果てた通りにはほとんど人影もなかったが、みすぼらしい小さな地下鉄の駅にたどり着くと、そこはすでに早朝の通勤客で一杯だった。いつものことだが、マグルが日常の生活をしているのを身近に感じると、おじさんは興奮を抑え切れないようだった。

「まったくすばらしい」おじさんは自動券売機を指さしてささやいた。「驚くべき思いつきだ」

「故障してますよ」ハリーが貼り紙を指さした。

「そうか。しかし、それでも……」おじさんは機械に向かっていとおしげににっこりした。

二人は機械ではなく、眠そうな顔の駅員から切符を買った（マグルのお金に弱いおじさんに代わって、ハリーがやり取りした）。そして五分後、二人は地下鉄に乗り、ロンドンの中心部に向かってガタゴト揺られていた。ウィーズリーおじさんは窓の上に貼ってある地下鉄の地図を、心配そうに何度も確かめていた。

「あと四駅だ、ハリー……これであと三つになった……あと二つだ、ハリー」

　ロンドン中心部の駅で、ブリーフケースを抱えたスーツ姿の男女の波に流されるように二人は電車を降りた。エスカレーターを上り、改札口を通り（自動改札機に切符が吸い込まれるのを見て大喜びするウィーズリーおじさん）、広い通りに出た。通りには堂々たるビルが立ち並び、すでに車で混雑していた。

「ここはどこかな？」おじさんはぽかんとして言った。ハリーは一瞬心臓が止まるかと思った。あんなにひっきりなしに地図を見ていたのに、降りる駅をまちがえたのだろうか。しかし、次の瞬間、おじさんは「ああ、そうか……ハリー、こっちだ」と、ハリーを脇道に導いた。

「すまん」おじさんが言った。「なにせ電車できたことがないので、マグルの視点から見ると、なにもかもがらっとちがって見えるのでね。実を言うと、私はまだ外来者用の入口を使ったことがないんだ」

　さらに歩いていくと、建物は次第に小さくなり、厳めしさがなくなった。最後にたどり着いた通りには、かなりみすぼらしいオフィスが数軒と、パブが一軒、それに廃棄物にあふれた大型ゴミ容器が一つあった。ハリーは、魔法省のある場所はもう少し感動的なところだろうと期待していたのだけれど――。

「さあ着いた」

　ウィーズリーおじさんは、赤い古ぼけた電話ボックスを指さして、明るく言った。

ボックスはガラスが数枚なくなっていて、後ろの壁は落書きだらけだ。

「先にお入り、ハリー」おじさんは電話ボックスの戸を開け、ハリーに言った。

いったいどういうことなのかわけがわからなかったが、ハリーは中に入った。おじさんも、ハリーの横に体を折りたたむようにして入り込み、戸を閉めた。ぎゅうぎゅうだった。ハリーの体は電話機に押しつけられている。電話機そのものを外そうとした野蛮人がいたらしく、電話機は斜めになって壁に掛かっていた。おじさんはハリー越しに受話器を取り上げた。

「おじさん、これも故障してるみたいですよ」ハリーが言った。

「いや、いや、これは大丈夫」おじさんはハリーの頭の上で受話器を持ち、ダイヤルを覗き込んだ。「えーと……6……」おじさんが6を回した。「2……4……もひとつ4と……それからまた2……」

ダイヤルが滑らかに回転し終わると、おじさんが手にした受話器からではなく、電話ボックスの中から、落ち着きはらった女性の声が流れてきた。まるで二人のすぐそばで姿の見えない女性が立ってしゃべっているように、大きくはっきりと聞こえる。

「魔法省へようこそ。お名前とご用件をどうぞ」

「えー……」

おじさんは、受話器に向かって話すべきかどうか迷ったあげく、受話器の口の部分を耳に当てることで妥協した。

「マグル製品不正使用取締局のアーサー・ウィーズリーです。懲戒尋問に出廷するハリー・ポッターにつき添ってきました……」

「ありがとうございます」落ち着きはらった女性の声が言った。「外来の方はバッジをお取りになり、ローブの胸にお着けください」

カチャ、カタカタと音がして、普通なら釣り銭が出てくるコイン返却口の受け皿に、なにかが滑り出てきた。拾い上げると銀色の四角いバッジで、〝ハリー・ポッター　懲戒尋問〟と書いてある。ハリーがTシャツの胸にバッジを留めていると、また女性の声がした。

「魔法省への外来の方は、杖を登録いたしますので、守衛室にてセキュリティ・チェックを受けてください。守衛室はアトリウムの一番奥にございます」

電話ボックスの床がガタガタ揺れたかと思うと、ゆっくりと地面に潜りはじめた。ボックスのガラス窓越しに地面がだんだん上昇し、ついに頭上まで真っ暗になるのを、ハリーははらはらしながら見つめていた。なにも見えなくなった。電話ボックスが潜っていくガリガリ言う鈍い音以外はなにも聞こえない。一分も経ったろうか、ハリーにはもっと長い時間に感じられたが、一筋の金色の光が射し込み、足下を照らした。光はだんだん広がり、ハリーの体を照らし、ついに、パッと顔を照らした。ハリーは涙が出そうになり、目を瞬(しばたた)かせた。

「魔法省です。本日はご来省ありがとうございます」女性の声が言った。

電話ボックスの戸がさっと開き、ウィーズリーおじさんが外に出た。続いて外に出たハリーは、口があんぐり開いてしまった。

そこは長い豪華なホールの一番端で、黒っぽい木の床はピカピカに磨き上げられていた。ピーコックブルーの天井には金色に輝く記号が象嵌(ぞうがん)され、その記号が絶え間なく動き変化して、まるで空にかかった巨大な掲示板のようだった。両側の壁はピカピカの黒い木の腰板で覆われ、そこに金張りの暖炉がいくつも設置されている。左側の暖炉からは、数秒ごとに魔法使いや魔女が柔らかいヒューッという音とともに現れ、右側には、暖炉ごとに出発を待つ短い列ができていた。

ホールの中ほどに噴水があった。丸い水盆(すいぼん)の真ん中に、実物大より大きい黄金の立像がいくつも立っている。一番背が高いのは、高貴な顔つきの魔法使いで、天を突くように杖(つえ)を掲げている。そのまわりを囲むように、美しい魔女、ケンタウルス、小鬼、屋敷しもべ妖精の像がそれぞれ一体ずつ立っていた。ケンタウルス以下三体の像は、魔法使いと魔女を崇(あが)めるように見上げている。二本の杖の先、ケンタウルスの矢尻、小鬼の帽子の先、そして屋敷しもべ妖精の両耳の先から、キラキラと噴水が上がっている。それがパチパチと水面を打つ音や、「姿現わし」するポン、バシッという音、何百人もの魔法使いや魔女の足音などが交じり合って聞こえてくる。魔法使いたちの多くは、早朝のむっつりした表情で、ホールの一番奥に立ち並ぶ黄金のゲートに向かって足早に歩いていた。

「こっちだ」ウィーズリーおじさんが言った。

二人は人波に交じり、魔法省で働く人たちの間を縫うように進んだ。羊皮紙の山をぐらぐらさせながら運んでいる役人もいれば、くたびれたブリーフケースを抱えている者や、歩きながら「日刊予言者新聞」を読んでいる魔法使いもいる。噴水のそばを通るとき、水底からシックル銀貨やクヌート銅貨が光るのが見えた。噴水脇の小さな立て札に、滲んで薄くなった字でこう書いてあった。

「魔法族の和の泉」からの収益は、
聖マンゴ魔法疾患傷害病院に寄付されます

もしホグワーツを退学にならなかったら、十ガリオン入れよう。ハリーはすがる思いでそんなことを考えている自分に気づいた。

「こっちだ、ハリー」おじさんが言った。二人は、黄金のゲートに向かって流れていく魔法省の役人たちから抜け出した。左のほうに「守衛」と書かれた案内板があり、その下の机に、ピーコックブルーのローブを着た無精ひげの魔法使いが座っていた。守衛は二人が近づくのに気づき、「日刊予言者新聞」を下に置いた。

「外来者の付き添いです」ウィーズリーおじさんはハリーのほうを見ながら言った。

「こちらへどうぞ」守衛がつまらなそうに言った。

ハリーが近づくと、守衛は、車のアンテナのように細くてへなへなした、長い金の棒を取り出し、ハリーの体の前と後ろで上下させた。

「杖を」金の棒を下に置き、無愛想にそう言うと、守衛は片手を突き出した。

ハリーは杖を差し出した。守衛はそれを奇妙な真鍮の道具にポンと落とした。皿が一つしかない秤のような道具が、震えはじめた。台のところにある切れ目から、細長い羊皮紙がすっと出てきた。守衛はそれをピリリと破り取り、書かれている文字を読み上げた。

「二十八センチ、不死鳥の羽根の芯、使用期間四年。まちがいないか？」

「はい」ハリーは緊張して答えた。

「これは保管する」守衛は羊皮紙の切れ端を小さな真鍮の釘に突き刺した。「これはそっちに返す」守衛は杖をハリーに突っ返した。

「ありがとうございます」

「ちょっと待て……」守衛がゆっくりと言った。

守衛の目が、ハリーの胸の銀バッジから額へと走った。

「ありがとう、エリック」

ウィーズリーおじさんはきっぱりそう言うと、ハリーの肩をつかみ、守衛の机から引き離して、黄金のゲートに向かう魔法使いや魔女の流れに連れもどした。

流れに揉まれるように、ハリーはおじさんのあとに続いてゲートをくぐり、その向こう側の小ホールに出た。そこには少なくとも二十機のエレベーターが、各々がっしりした金の格子の後ろに並んでいる。ハリーはおじさんと一緒に、そのうちの一台の前に集まっている群れに加わった。そばにひげ面の大柄な魔法使いが、大きなダンボール箱を抱えて立っていた。箱の中から、ガリガリという音が聞こえる。

「やあ、アーサー」ひげ面がおじさんに向かってうなずいた。

「ボブ、なにが入ってるんだい？」おじさんが箱に目をやった。

「よくわからないんだ」ひげ面が深刻な顔をした。「ごくありきたりの鶏だと思っていたんだが、火を吐いてね。どうも、『実験的飼育禁止令』の重大違反らしい」

ジャラジャラ、カタカタと派手な音を立てながら、エレベーターが目の前に下りてきた。金の格子がするすると横に開き、ハリーとウィーズリー氏はみなと一緒に乗り込んだ。気がつくと、ハリーは後ろの壁に押しつけられていた。魔法使いや魔女が数人、ものめずらしげにハリーを見ている。ハリーは目が合わないように足元を見つめ、同時に前髪をなでつけた。格子がするする滑り、ガチャンと閉まった。エレベーターはチェーンをガチャガチャ言わせながら、ゆっくりと昇りはじめた。同時に、ハリーが電話ボックスで聞いた、あの落ち着きはらった女性の声がまた鳴り響いた。

「七階。魔法ゲーム・スポーツ部がございます。そのほか、イギリス・アイルランド・クィディッチ連盟本部、公式ゴブストーン・クラブ、奇抜な特許庁はこちらでお降りください」

エレベーターの扉が開いた。雑然とした廊下と、壁に曲がって貼ってあるクィディッチ・チームのいろいろなポスターが目に入った。腕一杯に箒(ほうき)を抱えた魔法使いが一人、やっとのことでエレベーターから降り、廊下の向こうに消えていった。扉が閉まり、エレベーターはまた激しく軋(きし)みながら昇っていく。女性のアナウンスが聞こえた。

「六階。魔法運輸部でございます。煙突ネットワーク庁、箒規制管理課、移動キー(ポート)局、姿現わしテストセンターはこちらでお降りください」

扉がふたたび開き、四、五人の魔法使いと魔女が降りると同時に、紙飛行機が数機、スィーッと飛び込んできた。ハリーは、頭の上をのんびり飛び回る紙飛行機を見つめた。薄紫色で、両翼の先端に「魔法省」とスタンプが押してある。

「省内連絡メモだよ」ウィーズリーおじさんが小声でハリーに言った。「昔はふくろうを使っていたんだが、とんでもなく汚れてね……机は糞だらけになるし……」

ガタゴトと上へ昇る間、メモ飛行機は天井から下がって揺れているランプのまわりをハタハタと飛び回った。

「五階。国際魔法協力部でございます。国際魔法貿易基準機構、国際魔法法務局、国際魔法使い連盟イギリス支部は、こちらでお降りください」

扉が開き、メモ飛行機が二機、二、三人の魔法使いたちと一緒にスイーッと出ていった。しかし、入れ替わりに数機飛び込んできて、ランプのまわりをビュンビュン飛び回るので、灯りがちらついて見えた。

「四階。魔法生物規制管理部でございます。動物課、存在課、霊魂課、小鬼連絡室、害虫相談室はこちらでお降りください」

「失礼」火を吐く鶏を運んでいた魔法使いが降り、あとを追ってメモ飛行機が群をなして出ていった。

「三階。魔法事故惨事部がございます。魔法事故リセット部隊、忘却術士本部、マグル対策口実委員会はこちらでお降りください」

この階でほとんど全員が降りた。残ったのは、ハリー、ウィーズリー氏、それに、床まで垂れる長い羊皮紙を読んでいる魔女が一人だった。残ったメモ飛行機は、エレベーターがふたたび揺れながら昇る間、ランプのまわりを飛び回った。そしてまた扉が開き、アナウンスの声がした。

「二階。魔法法執行部でございます。魔法不適正使用取締局、闇祓(やみばら)い本部、ウィゼンガモット最高裁事務局はこちらでお降りください」

「ここで降りるよ、ハリー」ウィーズリーおじさんが言った。

二人は魔女に続いて降り、扉がたくさん並んだ廊下に出た。

「私の部屋は、この階の一番奥だ」

「おじさん」陽の光が流れ込む窓のそばを通りながら、ハリーが呼びかけた。「ここはまだ地下でしょう?」

「そうだよ」おじさんが答えた。「窓に魔法がかけてある。魔法ビル管理部が、毎日の天気を決めるんだ。この間は二か月もハリケーンが続いた。賃上げ要求でね……。もうすぐそこだよ、ハリー」

角を曲がり、樫材(かしざい)のどっしりした両開きの扉を過ぎると、雑然とした広い場所に出た。そこは小部屋に仕切られていて、話し声や笑い声でさざめいていた。メモ飛行機が小型ロケットのように、小部屋からビュンビュン出入りしている。一番手前の小部屋に、表札が曲がって掛かっている。「闇払い本部」。

通りすがりに、ハリーは小部屋の入口からこっそり盗み見た。闇祓いたちは、小部屋の壁にいろいろと貼りつけている。お尋ね者の人相書きやら、家族の写真、贔屓のクィディッチ・チームのポスター、「日刊予言者新聞」の切り抜きなどだ。ビルより長いポニーテールの魔法使いが、真紅のローブを着て、ブーツを履いた両足を机に載せ、羽根ペンに報告書を口述筆記させていた。そのちょっと先で、片目に眼帯をした魔女が、間仕切り壁の上からキングズリー・シャックルボルトに話しかけている。

「おはよう、ウィーズリー」二人が近づくと、キングズリーが何気なく挨拶をした。「君と話したいと思っていたんだが、ちょっとお時間をいただけますかね？」

「ああ、ほんの少しだけなら」ウィーズリーおじさんが言った。「ちょっと急いでるのでね」

二人はほとんど互いに知らないような話し方をした。ハリーがキングズリーに挨拶しようと口を開きかけると、おじさんがハリーの足を踏んだ。キングズリーのあとについて、二人は小部屋の列に沿って歩き、一番奥の部屋に行った。

ハリーはちょっとショックを受けた。四方八方からシリウスの顔がハリーを見下ろし、目を瞬かせている。新聞の切り抜きや古い写真など――ポッター夫妻の結婚式で新郎の付添い役を務めたときの写真まで――壁にびっしり貼ってある。ただ一箇所、シリウス抜きの空間には、世界地図があり、赤い虫ピンがたくさん刺されて宝石のように光っていた。

「これだがね」キングズリーは、羊皮紙の束をおじさんの手に押しつけながら、きびきびと話しかけた。「過去十二か月間に目撃された、空飛ぶマグルの乗り物について、できるだけたくさん情報が欲しい。ブラックがいまだに自分の古いオートバイに乗っているかもしれないという情報が入ったのでね」

キングズリーがハリーに特大のウィンクをしながら、小声でつけ加えた。「雑誌のほうは彼に渡してくれ。おもしろがるだろう」それから普通の声にもどって言った。「それから、ウィーズリー、あまり時間をかけすぎないでくれ。あの『足榴弾』の報告書が遅れたせいで、我々の調査が一か月も滞ったのでね」

「私の報告書をよく読めば、正しい言い方は『手榴弾』だとわかるはずだが」ウィーズリー氏が冷やかに言った。「それに、申し訳ないが、オートバイ情報は少し待ってもらいませんとね。いま我々は非常に忙しいので」そのあとは声を落として言った。「七時前にここを出られるかね。モリーがミートボールを作るよ」

おじさんはハリーに合図して、キングズリーの部屋から外に出ると、また別の樫の扉を通ってちがう廊下へと導いた。そこを左に曲がり、また別の廊下を歩き、右に曲がると、薄暗くてとびきりみすぼらしい廊下に出た。そして、最後のどん詰まりにたどり着いた。左に半開きになった扉があり、中に箒置き場が見える。右側の扉に黒ずんだ真鍮の表札が掛かっている。

「マグル製品不正使用取締局」。

　ウィーズリー氏のしょぼくれた部屋は、箒置き場より少し狭いように見えた。机が二つ押し込まれ、壁際には書類であふれ返った棚が立ち並んでいる。棚の上も崩れ落ちそうなほどの書類の山だ。おかげで、机のまわりは身動きする余地もない。わずかに空いた壁面も、ウィーズリー氏が取り憑かれている趣味の証で埋められている。自動車のポスターが数枚、そのうちの一枚はエンジンの分解図、マグルの子供の本から切り抜いたらしい郵便受けのイラスト二枚、プラグの配線の仕方を示した図、そんなものが貼りつけてあった。

　ウィーズリー氏の「未処理」の箱は書類であふれ、その一番上に座り込んだ古いトースターは気の滅入るようなしゃっくりをしているし、革の手袋は勝手に両方の親指をくるくる回して遊んでいた。ウィーズリー家の家族の写真がその箱の隣に置かれている。ハリーは、パーシーがそこからいなくなったらしいことに気づいた。

「窓がなくてね」おじさんはすまなそうにそう言いながら、ボマージャケットを脱いで椅子の背にかけた。「要請したんだが、我々には必要ないと思われているらしい。さあ、ハリー、掛けてくれ。パーキンズはまだきてないようだな」

　ハリーは体を押し込むように、パーキンズの机の後ろの椅子に座った。おじさんはキングズリー・シャックルボルトから渡された羊皮紙の束をパラパラめくっていた。

「ああ」おじさんは束の中から、「ザ・クィブラー」という雑誌を引っ張り出し、にやりと笑った。「なるほど……」おじさんはざっと目を通した。「なるほど、シリウスがこれを読んだらおもしろがるだろうと言っていたが、そのとおりだ――おや、今度はなんだ？」

メモ飛行機が開けっぱなしの扉からブーンと入ってきて、しゃっくりトースターの上にハタハタと降りた。おじさんは紙飛行機を開き、声を出して読んだ。

「『ベスナル・グリーンで三つ目の逆流公衆トイレが報告されたので、ただちに調査されたし』ふうむ。こうなると度がすぎるな……」

「逆流トイレ？」

「マグル嫌いの悪ふざけだ」ウィーズリーおじさんが眉根(まゆね)を寄せた。「先週は二件あった。ウィンブルドンで一件、エレファント・アンド・キャッスルで一件。マグルが水を流そうとレバーを引くと、流れてゆくはずが逆に――まあ、わかるだろう。かわいそうな被害者は、助けを求めて呼ぶわけだ、そのなんだ――管配工(かんぱいこう)を。たしかマグルはそう呼ぶな――ほら、パイプなんかを修理する人だ」

「配管工(はいかんこう)？」

「そのとおり、そう。しかし、当然、呼ばれてもまごまごするだけだ。だれがやっているにせよ、取っ捕まえたいものだ」

「捕まえるのは闇祓い（やみばらい）なの？」

「いや、いや、闇祓いはこんな小者はやらない。普通の魔法警察パトロールの仕事だ――ああ、ハリー、こちらがパーキンズさんだ」

猫背でふわふわした白髪（しらが）頭の、気の小さそうな年寄り魔法使いが、息を切らして部屋に入ってきたところだった。

「ああ、アーサー！」パーキンズはハリーには目もくれず、絶望的な声を出した。「よかった。どうするのが一番いいかわからなくて。ここであなたを待つべきかどうかと。たったいま、お宅にふくろうを送ったところです。でも、もちろん行きちがいで――十分前に緊急通達がきて――」

「逆流トイレのことなら知っているが」ウィーズリーおじさんが言った。

「いや、いや、トイレの話じゃない。ポッター少年の尋問（じんもん）ですよ――時間と場所が変わって――八時開廷で、場所は下にある古い十号法廷――」

「下の古い――でも私が言われたのは――なんたるこった！」

ウィーズリーおじさんは時計を見て、短いさけび声を上げ、椅子から立ち上がった。

「急げ、ハリー。もう五分前にそこに着いていなきゃならなかった！」

ウィーズリーおじさんがわっと部屋を飛び出し、ハリーがそのすぐあとに続いた。

パーキンズは、その間、書類棚にペタンとへばりついていた。

「どうして時間を変えたの？」

闇祓い（やみばらい）の小部屋の前を矢のように走り過ぎながら、ハリーが息せき切って聞いた。駆け抜ける二人を、闇祓いたちが首を突き出して見ていた。ハリーは内臓をそっくりパーキンズの机に置き去りにしてきたような気がした。

「私にはさっぱり。しかし、よかった、ずいぶん早くきていたから。もし出廷しなかったら、とんでもないことになっていた！」

ウィーズリーおじさんは、エレベーターの前で急停止し、待ち切れないように「▼」のボタンを何度も突ついた。

「早く！」

エレベーターがガタガタと現れた。二人は急いで乗った。途中で止まるたびに、おじさんはさんざん悪態をついて、「9」のボタンを拳（こぶし）でたたき続けた。

「あそこの法廷はもう何年も使っていないのに」おじさんは憤慨した。「なぜあそこでやるのか、わけがわからん――もしや――いや、まさか――」

そのとき、小太りの魔女が、煙を上げているゴブレットを手にして乗り込んできたので、ウィーズリーおじさんはそれ以上説明しなかった。

「アトリウム」落ち着きはらった女性の声が言った。金の格子がするすると開いた。ハリーは遠くに噴水と黄金の立像群をちらりと見た。小太りの魔女が降り、土気色の顔をした陰気な魔法使いが乗り込んできた。

「おはよう、アーサー」エレベーターが下りはじめたとき、その魔法使いが葬式のような声で挨拶した。「ここらあたりではめったに会わないが」

「急用でね、ボード」焦れったそうに体を上下にぴょこぴょこさせ、ハリーを心配そうな目で見ながら、おじさんが答えた。

「ああ、そうかね」ボードは瞬きもせずハリーを観察していた。「なるほど」

ハリーはボードのことなど、とても気にするどころではなかったが、それにしても無遠慮に見つめられて気分がよいわけはなかった。

「神秘部でございます」落ち着きはらった女性の声が言った。それだけしか言わなかった。

「早く、ハリー」

エレベーターの扉がガラガラと開いたとたんに、おじさんが急き立てた。二人は廊下を疾走した。そこは、上のどの階ともちがっていた。壁はむき出しで、廊下の突き当たりにある真っ黒な扉以外は、窓も扉もない。ハリーはその扉を入るのかと思った。ところがおじさんは、ハリーの腕をつかみ、左のほうに引っ張っていく。そこにぽっかり入口が開き、下への階段に続いていた。

「下だ、下」ウィーズリーおじさんは、階段を二段ずつ駆け下りながら、喘(あえ)ぎ喘ぎ言った。

「こんな下まではエレベーターもこない……いったいどうしてこんなところでやるのか、私には……」

階段の下までくると、また別の廊下を走った。そこは、ごつごつした石壁に松明(たいまつ)が掛かり、ホグワーツのスネイプの地下牢教室に行く廊下とそっくりだった。どの扉も重そうな木製で、鉄の閂(かんぬき)と鍵穴がついていた。

「法廷……十号……たぶん……ここいらだ……あったぞ」

おじさんがつんのめるように止まった。巨大な鉄の錠前(じょうまえ)がついた、黒々と厳(いかめ)しい扉の前だった。おじさんは鳩尾(みずおち)を押さえて壁にもたれかかった。

「さあ」おじさんはゼイゼイ言いながら親指で扉を指した。「ここから入りなさい」

「おじさんは――一緒じゃないの――?」

「いや、いや。私は入れない。がんばるんだよ！」

ハリーの心臓が、ドドドドドッと激しく喉仏(のどぼとけ)を打ち鳴らした。ぐっと息を呑(の)み、重い鉄の取っ手を回し、ハリーは法廷に足を踏み入れた。

第８章　尋問

　ハリーは思わず息を呑んだ。この広い地下牢は、不気味なほど見覚えがある。以前、どこかで見たことがあるどころではない。ここにきたことがある。ダンブルドアの「憂いの篩」の中で、ハリーはこの場所にきた。レストレンジたちがアズカバン監獄での終身刑を言い渡されるのを目撃したのが、まさにここなのだ。

　黒ずんだ石壁を、松明がぼんやり照らしている。ハリーの両側のベンチにはだれも座っていなかったが、正面の一際高いベンチに、大勢の影のような姿があった。みな低い声で話していたが、ハリーの背後で重い扉がバタンと閉まると、不吉な静けさがみなぎった。

　法廷の向こうから、男性の冷たい声が鳴り響いた。

「遅刻だ」

「すみません」ハリーは緊張した。「僕――僕、時間が変更になったことを知りませんでした」

「ウィゼンガモットのせいではない」声が言った。「今朝、君のところへふくろうが送られている。着席せよ」

ハリーは部屋の真ん中に置かれた椅子に視線を移した。肘掛けに鎖がびっしり巻きついている。椅子に座る者を、この鎖が生き物のように縛り上げるのをハリーは前に見ている。石の床を歩くハリーの足音が、大きく響き渡った。恐る恐る椅子の端に腰掛けると、鎖がジャラジャラと脅すように鳴ったが、ハリーを縛りはしなかった。吐きたいような気分で、ハリーは前のベンチに座る影たちを見上げた。

五十人もいるだろうか。ハリーの見える範囲では、全員が赤紫のローブを着ている。胸の左側に、複雑な銀の飾り文字で「W」の印がついている。厳しい表情をしている者も、率直に好奇心をあらわにしている者も、全員がハリーを見下ろしている。

最前列の真ん中に、魔法大臣コーネリウス・ファッジが座っていた。ファッジはでっぷりとした体つきで、ライムのような黄緑色の山高帽をかぶっていることが多かったが、今日は帽子なしだ。その上、これまでハリーに話しかけるときに見せた、寛容な笑顔も消えている。ファッジの左手に、白髪を短く切り、えらのがっちり張った魔女が座っている。かけている片メガネが、近寄りがたい雰囲気を醸し出していた。ファッジの右手も魔女だったが、ぐっと後ろに身を引いて腰掛けているので、顔は陰になって見えない。

「よろしい」ファッジが言った。「被告人が出廷した――やっと。――始めよう。準備はいいか？」ファッジが列の端に向かって呼びかけた。

「はい、閣下」意気込んだ声が聞こえた。ハリーの知っている声だ。ロンの兄のパーシーが前列の一番端に座っていた。パーシーが、少しくらいはハリーを知っている素振りを見せてくれるのではないかと期待したが、その素振りもなかった。角縁のメガネの奥で、パーシーの目はしっかりと羊皮紙を見つめ、手には羽根ペンを構えていた。

「懲戒尋問、八月十二日開廷」ファッジが朗々と言った。パーシーがすぐさま記録を取り出した。「未成年魔法使いの妥当な制限に関する法令と国際機密保持法の違反事件。被告人、ハリー・ジェームズ・ポッター。住所、サレー州、リトル・ウィンジング、プリベット通り四番地」

「尋問官、コーネリウス・オズワルド・ファッジ魔法大臣、アメリア・スーザン・ボーンズ魔法法執行部部長、ドローレス・ジェーン・アンブリッジ上級次官。法廷書記、パーシー・イグネイシャス・ウィーズリー――」

「被告側証人、アルバス・パーシバル・ウルフリック・ブライアン・ダンブルドア」ハリーの背後で静かな声がした。あまりに急に振り向いたので、ハリーの首がぐきっとねじれた。

濃紺のゆったりと長いローブを着たダンブルドアが、この上なく静かな表情で、部屋の向こうから粛々(しゅくしゅく)と大股に歩んできた。ダンブルドアはハリーの横までくると、折れ曲がった鼻の中ほどにかけている半月メガネを通して、ファッジを見上げた。長い銀色のひげと髪が、松明(たいまつ)にきらめいている。

ウィゼンガモットのメンバーがざわめいた。すべての目が、いまやダンブルドアを見ていた。当惑した顔もあり、少し恐れている表情もあった。しかし、後列の年老いた二人の魔女は、手を振って歓迎した。

ダンブルドアの姿を見て、ハリーの胸に力強い感情がわき上がった。不死鳥の歌がハリーに与えてくれたと同様の、勇気と希望がわき上がる気持ちだ。ハリーはダンブルドアと目を合わせたかったが、ダンブルドアはこちらを見もしなかった。明らかに不意を衝(つ)かれた様子のファッジを見つめ続けている。

「あー」ファッジは完全に落ち着きを失っているようだった。「ダンブルドア。そう。あなたは――あ――こちらからの――え――それでは、伝言を受け取ったのかな？――時間と――あ――場所が変更になったという？」

「受け取りそこねたらしいのう」ダンブルドアは朗らかに言った。「しかし、幸運にも勘違いしましてな。魔法省に三時間も早く着いてしまったのじゃ。それで、仔細(しさい)なしじゃ」

「そうか──いや──もう一つ椅子が要るようだ──私が──ウィーズリー、君が──？」

「いや、いや、お構いくださるな」

ダンブルドアは楽しげに言うと、杖を取り出し、軽く振った。すると、どこからともなくふかふかしたチンツ張りの肘掛椅子が、ハリーの隣に現れた。ダンブルドアは腰を掛け、長い指の先を組み合わせ、その指越しに、礼儀正しくファッジに注目した。ウィゼンガモット法廷は、まだざわつきそわそわしていたが、ファッジがふたたび口を開くと、やっと鎮まった。

「よろしい」ファッジは羊皮紙をガサガサめくりながら言った。「さて、それでは。そこで。罪状。そうだ」ファッジは目の前の羊皮紙の束から一枚抜いて、深呼吸し、読み上げた。「被告人罪状は以下のとおり」

「被告人は、魔法省から前回、同様の咎にて警告状を受け取っており、被告人の行動が違法であることを十分に認識、熟知しながら、意図的に、去る八月二日九時二十三分、マグルの居住地区にて、マグルの面前で、守護霊の呪文を行った。これは、一八七五年制定の『未成年魔法使いの妥当な制限に関する法令』C項、並びに『国際魔法戦士連盟機密保持法』第十三条の違反に当たる」

「被告人は、ハリー・ジェームズ・ポッター、住所はサレー州、リトル・ウィンジング、プリベット通り四番地に相違ないか？」ファッジは羊皮紙越しにハリーを睨みつけた。

「はい」ハリーが答えた。

「被告人は三年前、違法に魔法を使った廉で、魔法省から公式の警告を受け取った。相違ないか？」

「はい、でも――」

「そして被告人は八月二日の夜、守護霊を出現させたか？」ファッジが言った。

「はい、でも――」

「十七歳未満であれば、学校の外で魔法を行使することを許されていないと承知の上か？」

「はい、でも――」

「マグルだらけの地区であることを知っての上か？」

「はい、でも――」

「そのとき、一人のマグルが身近にいたのを十分認識していたか？」

「はい」ハリーは腹が立った。「でも魔法を使ったのは、僕たちがあのとき――」

片メガネの魔女が低く響く声でハリーの言葉を遮った。

「完全な守護霊を創り出したのか？」

「はい」ハリーが答えた。「なぜなら――」

「有体守護霊か？」

「ゆ――なんですか？」ハリーが聞いた。

「創り出した守護霊ははっきりとした形を持っていたか？　つまり、霞か雲か以上のものだったか？」

「はい」ハリーはいらついていたし、やけくそ気味だった。「牡鹿です。いつも牡鹿の姿です」

「いつも？」マダム・ボーンズが低く響く声で聞いた。「前にも守護霊を出したことがあるのか？」

「はい」ハリーが答えた。「もう一年以上やっています」

「しかし、十五歳だね？」

「そうです、そして――」

「学校で学んだのか？」

「はい。ルーピン先生に三年生のときに習いました。なぜなら――」

「驚きだ」マダム・ボーンズがハリーをずいと見下ろした。「この年で、本物の守護霊とは――まさに驚きだ」

まわりの魔法使いや魔女はまたざわついた。何人かはうなずいていたが、あとは顔をしかめ、頭を振っていた。

「どんなに驚くべき魔法かどうかは、この際問題ではない」ファッジは声にいらだちを込めて言った。

「むしろ、この者は、あからさまにマグルの面前でそうしたのであるから、驚くべきであればあるほど性質が悪いと、私はそう考える！」

顔をしかめていた者たちが、そのとおりだとざわめいた。それよりも、パーシーが殊勝ぶって小さくうなずいているのを見たとき、ハリーはどうしても話さずにはいられなくなった。

「吸魂鬼のせいなんです！」ハリーは、だれにも邪魔されないうちに、大声で言った。

ざわめきが大きくなるだろうと、ハリーは期待していた。ところが、沈黙だった。なぜか、これまでよりもっと深い沈黙だった。

「吸魂鬼？」しばらくしてマダム・ボーンズが言った。げじげじ眉が吊り上がり、片メガネが危うく落ちるかと思われた。

「君、どういうことかね？」

「路地に、吸魂鬼が二体いたんです。そして、僕と、僕のいとこを襲ったんです！」

「ああ」ファッジが、にやにやいやな笑い方をしながら、ウィゼンガモット法廷を見回した。あたかも、冗談を楽しもうじゃないかと誘いかけているようだった。「うん、うん、こんな話を聞かされるのではないかと思った」

「リトル・ウィンジングに吸魂鬼？」マダム・ボーンズが度肝を抜かれたような声を出した。

「わけがわからない――」

「そうだろう、アメリア？」ファッジはまだ薄ら笑いを浮かべていた。「説明しよう。この子は、いろいろ考え抜いて、吸魂鬼がなかなかうまい口実になるという結論を出したわけだ。まさにうまい話だ。マグルには吸魂鬼が見えないからな。そうだろう、君？　好都合だ、まさに好都合だ……君の証言だけで、目撃者はいない……」

「嘘じゃありません！」またしてもざわめき出した法廷に向かって、ハリーが大声を出した。「二体いたんです。路地の両端からやってきた。まわりが真っ暗になって、冷たくなって。いとこも吸魂鬼を感じて逃げ出そうとした――」

「たくさんだ。もうたくさん！」ファッジが小ばかにしたような顔で、傲然と言った。「せっかく何度も練習してきたにちがいない嘘話を、遮ってすまんが――」

ダンブルドアが咳ばらいをした。とたんにウィゼンガモット法廷が、ふたたびしんとなった。

「実は、路地に吸魂鬼が存在したことの証人がおる。ダドリー・ダーズリーのほかに、という意味じゃが」ダンブルドアが言った。

ファッジのふっくら顔が、だれかに空気を抜き取られたようにたるんだ。一呼吸、二呼吸、ダンブルドアをぐいと見下ろし、それから、辛うじて態勢を立てなおした感じでファッジが言った。

「残念ながらダンブルドア、これ以上戯言を聞いている暇はない。この件は早く片づけたい――」

「まちがっておるかもしれんが」ダンブルドアは心地よく言った。「ウィゼンガモット権利憲章に、たしかあるはずじゃ。被告人は自分に関する事件の証人を召喚する権利を有するとな？　マダム・ボーンズ、これは魔法法執行部の方針ではありませんかの？」

ダンブルドアは片メガネの魔女に向かって話を続けた。

「そのとおり」マダム・ボーンズがうなずいた。「まったくそのとおり」

「ああ、結構、結構」ファッジが決然と言った。「証人はどこかね？」

「一緒に連れてきておる」ダンブルドアが応じた。「この部屋の前におるが。それでは、わしが――？」

「いや――ウィーズリー、君が行け」ファッジがパーシーにどなった。

パーシーはすぐさま立ち上がり、裁判官バルコニーから石段を下りて、ダンブルドアとハリーには一瞥(いちべつ)もくれずに、急いで横を通り過ぎた。

パーシーは、すぐにもどってきた。後ろにフィッグばあさんが従っている。怯(おび)えた様子で、いつにも増して風変わりに見えた。いつものスリッパを履(は)き替えてくる気配りが欲しかったと、ハリーは思った。

ダンブルドアは立ち上がって椅子をばあさんに譲り、自分用にもう一つ椅子を取り出した。

「姓名は？」フィッグばあさんがおどおどと椅子の端に腰掛けると、ファッジが大声で言った。

「アラベラ・ドーリーン・フィッグ」フィッグばあさんはいつものわなわな声で答えた。

「それで、何者だ？」ファッジはうんざりしたように高飛車な声で聞いた。

「あたしゃ、リトル・ウィンジングに住んどりまして、ハリー・ポッターの家の近くです」

フィッグばあさんが言った。

「リトル・ウィンジングには、ハリー・ポッター以外に魔法使いや魔女がいるという記録はない」マダム・ボーンズが即座に言った。「そうした状況は常に、厳密にモニターしてきた。過去の事件が……事件だけに」

「あたしゃ、できそこないのスクイブで」フィッグばあさんが言った。「だから、あたしゃ登録なんかされていませんでしょうが？」

「スクイブ、え？」ファッジが疑わしそうにじろりと見た。「それは確かめておこう。助手のウィーズリーに、両親についての詳細を知らせておくよう。ところで、スクイブは吸魂鬼が見えるのかね？」ファッジは裁判官席の左右を見ながら聞いた。

「見えますともさ！」フィッグばあさんが怒ったように声を上げた。

ファッジは眉を吊り上げて、またばあさんを見下ろした。「結構だ」ファッジは超然とした様子を装っている。「話を聞こうか？」

「あたしは、ウィステリア・ウォークの奥にある、角の店までキャット・フーズを買いに出かけてました。八月二日の夜九時ごろです」フィッグばあさんは、これだけの言葉を、まるで暗記してきたかのように早口で一気にまくし立てた。「そんときに、マグノリア・クレセント通りとウィステリア・ウォークの間の路地で騒ぎを聞きつけました。路地の入口に行ってみると、そこに見たんですよ。吸魂鬼が走ってまして――」

「走って？」マダム・ボーンズが鋭く言った。「吸魂鬼は走らない。滑る」

「そう言いたかったんで」フィッグばあさんが急いで言った。しわしわの頰のところどころがピンクになっていた。「路地を滑るように動いて、どうやら男の子二人のほうに向かっててまして」

「どんな姿をしていましたか？」マダム・ボーンズが聞いた。眉をひそめたので、片メガネの端が瞼（まぶた）に食い込んで見えなくなっていた。

「えー、一人はとても大きくて、もう一人はかなりやせて――」

「ちがう、ちがう」マダム・ボーンズは性急に言った。「吸魂鬼のほうです……どんな姿か言いなさい」

「あっ」フィッグばあさんのピンク色は、今度は首のところに上ってきた。「でっかかった。でかくて、マントを着てまして」

ハリーは胃の腑（ふ）がガクンと落ち込むような気がした。フィッグばあさんは見たと言うが、せいぜい吸魂鬼の絵しか見たことがないように思えたのだ。絵ではあの生き物の本性を伝えることはできない。地上から数センチのところに浮かんで進む、あの気味の悪い動き方、あの腐ったような臭い、まわりの空気を吸い込むときの、あのガラガラという恐ろしい音……。

二列目の、大きな黒い口ひげを蓄えたずんぐりした魔法使いが、隣の縮れっ毛の魔女のほうに身を寄せ、なにか耳元でささやいた。魔女はにやりと笑ってうなずいた。

ように「でかくて、マントを着て」マダム・ボーンズが冷たく繰り返し、ファッジは嘲るようにフンと言った。「なるほど、ほかになにかありますか？」

「ありますとも」フィッグばあさんが言った。「あたしゃ、感じたんですよ。なにもかも冷たくなって、しかも、あなた、とっても暑い夏の夜で。それで、あたしゃ、感じましたね……まるでこの世から幸せってもんがすべて消えたような……それで、あたしゃ、思い出しましたよ……恐ろしいことを……」

ばあさんの声が震えて消えた。

マダム・ボーンズの目が少し開いた。片メガネが食い込んでいた眉の下に、赤い跡が残っているのをハリーは見た。

「吸魂鬼はなにをしましたか？」マダム・ボーンズが聞いた。ハリーは希望が押し寄せてくるのを感じた。

「やつらは男の子に襲いかかった」フィッグばあさんの声が、今度はしっかりして、自信があるように変わった。顔のピンク色も退いていた。

「一人が倒れた。もう一人は吸魂鬼を追いはらおうとして後ずさりしていた。それがハリーです。二回やってみたが銀色の霞しか出なかった。三回目に創り出した守護霊が、一人目の吸魂鬼に襲いかかった。それからハリーに励まされて、二人目の吸魂鬼をいとこから追っぱらった。そしてそれが……それが起こったことで」フィッグばあさんは尻切れトンボに言い終えた。

マダム・ボーンズは黙ってフィッグばあさんを見下ろした。ファッジはまったくばあさんを見もせず、羊皮紙（ようひし）をいじくり回していた。最後にファッジは目を上げ、突っかかるように言い放った。「それがおまえの見たことだな？」

「それが起こったことで」フィッグばあさんが繰り返した。

「よろしい」ファッジが言った。「退出してよい」

フィッグばあさんは怯（おび）えたような顔でファッジを見て、ダンブルドアを見た。それから立ち上がって、せかせかと扉に向かった。扉が重い音を立てて閉まるのをハリーは聞いた。

「あまり信用できない証人だった」ファッジが高飛車に言う。

「いや、どうでしょうね」マダム・ボーンズが低く響く声で言った。「吸魂鬼が襲うときの特徴を実に正確に述べていたのも確かです。それに、吸魂鬼がそこにいなかったのなら、なぜいたなどと言う必要があるのか、その理由がない」

「しかし、吸魂鬼がマグルの住む郊外をうろつくかね？　そして偶然に魔法使いに出くわすかね？」ファッジがフンと言った。「確率はごくごく低い。バグマンでさえ、そんなのには賭けない――」

「おお、吸魂鬼が偶然そこにいたと信じる者は、ここにはだれもおらんじゃろう」

ダンブルドアが軽い調子で言った。ファッジの右側にいる、顔が陰になった魔女が少し身動きしたが、他の全員は黙ったまま動かなかった。

「それは、どういう意味かね？」ファッジが冷やかに聞いた。

「それは、連中が命令を受けてそこにいたということじゃ」ダンブルドアが断言した。

「吸魂鬼二体にリトル・ウィンジングをうろつくように命令したのなら、我々のほうに記録があるはずだ！」ファッジが吠えた。

「吸魂鬼が、このごろ魔法省以外から命令を受けているとなれば、そうとはかぎらんのう」ダンブルドアが静かに言った。「コーネリウス、この件についてのわしの見解は、すでに述べてある」

「たしかに伺った」ファッジが力を込めて言った。「しかし、ダンブルドア、どこをどうひっくり返しても、あなたの意見は戯言以外の何物でもない。吸魂鬼はアズカバンに留まっており、すべて我々の命令に従って行動している」

「それなれば」ダンブルドアは静かに、しかしきっぱりと言った。「我々は自らに問うてみんといかんじゃろう。魔法省内のだれかが、なぜ二体の吸魂鬼に、八月二日にあの路地に行けと命じたのかを」

この言葉で、全員が完全に黙り込んだ。その中で、ファッジの右手の魔女が身を乗り出し、ハリーはその顔をはじめて目にした。

まるで、大きな蒼白いガマガエルのようだ、とハリーは思った。ずんぐりして、大きな顔は締まりがない。首はバーノンおじさん並みに短く、口はぱっくりと大きく、だらりとだらしがない。丸い大きな目はやや飛び出している。短いくるくるした巻き毛にちょこんと載った黒いビロードの小さな蝶結びまでが、ハリーの目には大きなハエに見えた。いまにも長いねばねばした舌が伸びてきて、ぺろりと捕まりそうだ。

「ドローレス・ジェーン・アンブリッジ上級次官に発言を許す」ファッジが指名した。

魔女が、女の子のようにかん高い声でひらひらと話し出したのには、ハリーはびっくり仰天した。ゲロゲロというかすれ声だろうと思っていたからだ。

「わたくし、きっと誤解してますわね、ダンブルドア先生」顔はにたにた笑っていたが、魔女の大きな丸い目は冷やかだった。

「愚かにもわたくし、ほんの一瞬ですけどまるで先生が、魔法省が命令してこの男の子を襲わせた！　そうおっしゃってるように聞こえましたの」

魔女は冴えた金属音で笑った。ハリーは首筋の毛がぞっと逆立つような気がした。ウィゼンガモットの裁判官も数人、一緒に笑った。そのだれもが、別におもしろいと思っているわけでないのは明白だった。

「吸魂鬼が魔法省からしか命令を受けないことが確かだとなれば、そして、一週間前、二体の吸魂鬼がハリーといとこを襲ったことが確かだとなれば、論理的には、魔法省のだれかが、襲うように命令したということになるじゃろう」ダンブルドアが礼儀正しく述べた。「もちろん、この二体の吸魂鬼が魔法省の制御できない者だったという可能性は――」

「魔法省の統制外にある吸魂鬼はいない！」ファッジは真っ赤になって噛みついた。

ダンブルドアは軽く頭を下げた。

「それなれば魔法省は、必ずや徹底的な調査をなさることでしょう。二体の吸魂鬼がなぜアズカバンからあれほど遠くにいたのか、さらにはなぜ承認も受けず襲撃したのか」

「魔法省がなにをするかしないかは、ダンブルドア、あなたが決めることではない」ファッジがまた噛みついた。今度は、バーノンおじさんも感服するような赤紫色の顔だ。

「もちろんじゃ」ダンブルドアは穏やかに言った。「わしはただ、この件は必ずや調査がなされるものと信頼しておることを述べたまでじゃ」

ダンブルドアはマダム・ボーンズをちらりと見た。マダム・ボーンズは片メガネをかけなおし、少し顔をしかめてダンブルドアをじっと見返した。

「各位にあらためて申し上げる。これら吸魂鬼が、もし本当にこの少年のでっち上げでないとしたならだが、その行動は本件の審理事項ではない！」ファッジが言った。「本法廷の事件は、ハリー・ポッターの尋問（じんもん）であり、『未成年魔法使いの妥当な制限に関する法令』の違反事件である！」

「もちろんじゃ」ダンブルドアが言った。「しかし、路地に吸魂鬼が存在した事実は、本件そのものと非常に関連性が高い。法令第七条によれば、例外的状況においては、マグルの前で魔法を使うことが可能であり、その例外的状況に含まれる事態とは、魔法使いもしくは魔女自身の生命を脅（おびや）かされ、もしくはそのときに存在するその他の魔法使い、魔女もしくはマグルの生命——」

「第七条は熟知している。よけいなことだ！」ファッジがうなった。

「もちろんじゃ」ダンブルドアは恭（うやうや）しく返した。「それなれば、我々は同意見となる。ハリーが守護霊（しゅごれい）の呪文を行使した状況は、この条項に述べられるごとく、まさに例外的状況の範疇（はんちゅう）に属するわけじゃな？」

「吸魂鬼がいたとすればだ。ありえんが」

「目撃者の証言をお聞きになりましたな」ダンブルドアが口を挟んだ。「もし証言の信憑性をお疑いなら、再度召喚し喚問なさるがよい。証人に異存はないはずじゃ」

「私は―それは――否だ――」ファッジは目の前の羊皮紙をかき回しながら、哮り狂った。

「それは―私は、本件を今日中に終わらせたいのだ。ダンブルドア！」

「しかし、重大な誤審を避けんとすれば、大臣は、当然、何度でも証人喚問をなさることをいとわぬはずじゃ」ダンブルドアが言った。

「重大な誤審、まさか！」ファッジはあらんかぎりの声を振りしぼった。「この少年が、学校外であからさまに魔法を不正使用して、それをごまかすのに何度でっち上げ話をしたか、数え上げたことがあるかね？　三年前の浮遊術事件を忘れたわけではあるまいが――」

「あれは僕じゃない。屋敷しもべ妖精だった！」ハリーが言った。

「そーれ、聞いたか？」ファッジが吠えて、派手な動作でハリーを指した。「しもべ妖精！　マグルの家で！　どうだ」

「問題の屋敷しもべ妖精は、現在ホグワーツ校に雇われておる」ダンブルドアが言った。「ご要望とあらば、すぐにでもここに召喚し、証言させることができる」

「私は――否――しもべ妖精の話など聞いている暇はない！　とにかく、それだけではない――自分のおばをふくらませた！　言語道断！」ファッジはさけぶとともにに、拳で裁判官のデスクをバンとたたき、インク瓶をひっくり返した。

「そして当時、大臣はご厚情をもって、その件は追及しないことになさった。たしか、最良の魔法使いでさえ、自分の感情を常に抑えることはできないと認められた上での裁量と、推察申し上げるが」ダンブルドアは静かに言った。ファッジはノートにひっかかったインクを拭き取ろうとしていた。

「さらに、私はまだ、この少年が学校でなにをやらかしたかに触れていない」

「しかし、魔法省はホグワーツの生徒の学校における不品行について、罰する権限をお持ちではありませんな。学校におけるハリーの態度は、本件とは無関係じゃ」

ダンブルドアの言葉は相変わらず丁寧だったが、いまや言葉の裏には冷やかさが漂っていた。

「おっほー！」ファッジが言った。「学校でなにをやろうと、魔法省は関係ないと？そうですかな？」

「コーネリウス、魔法省には、ホグワーツの生徒を退校にする権限はない。八月二日の夜に、念を押したはずじゃ」ダンブルドアが言った。「さらに、罪状が黒とはっきり証明されるまでは、杖を取り上げる権限もない。これも、八月二日の夜に念を押したはずじゃ。大臣は、法律を擁護せんとの情熱黙しがたく、性急に事を運ばれるあまり、どうやらうっかり、うっかりに相違ないが、ほかのいくつかの法律をお見逃しのようじゃ」

「法律は変えられる」ファッジが邪険に言った。

「そのとおりじゃ」ダンブルドアは小首を傾げた。「そして、コーネリウス、君はどうやらずいぶん法律を変えるつもりらしいの。わしがウィゼンガモットを去るように要請されてからのほんの二、三週間の間に、単なる未成年者の魔法使用の件を扱うのに、なんと、刑事事件の大法廷を召集するやり方になってしもうたとは！」

後列の魔法使いが何人か、居心地悪そうにもぞもぞ座りなおした。ファッジの顔はさらに深い暗褐色になった。しかし、右側のガマガエル魔女は、ダンブルドアをぐっと見据えただけで、顔色一つ変えない。

「わしの知るかぎり」ダンブルドアが続けた。「現在の法律のどこをどう探しても、本法廷がハリーのこれまで使った魔法を逐一罰する場であるとは書いてはおらん。ハリーが起訴されたのは、ある特定の違反事件であり、被告人はその抗弁をした。被告人とわしがいまできることは、ただ評決を待つことのみじゃ」

ダンブルドアはふたたび指を組み、それ以上なにも言わなかった。ファッジは明らかに激怒してダンブルドアを睨んでいる。ハリーは大丈夫なのかどうか確かめたくて、横目でダンブルドアを見た。ウィゼンガモットに対してダンブルドアが、事実上すぐ評決するよう促したのが正しかったのかどうか、ハリーには確信が持てなかった。しかし、またしてもダンブルドアは、ハリーが視線を合わせようとしているのに気づかないかのように、裁判官席を見つめたままだった。ウィゼンガモット法廷は、全員があわただしくひそひそ話を始めていた。

ハリーは足元を見つめた。心臓が不自然な大きさにふくれ上がったかのようで、肋骨（ろっこつ）の下でドクンドクンと鼓動していた。尋問（じんもん）手続きはもっと長くかかると思っていた。自分がよい印象を与えたのかどうか、まったく確信が持てなかった。まだほとんどしゃべっていない。吸魂鬼のことや、自分が倒れたこと、自分とダドリーがキスされかかったことなど、もっと完全に説明すべきだった……。

ハリーは二度ファッジを見上げ、口を開きかけた。しかし、そのたびにふくれた心臓が気道を塞ぎ、ハリーは深く息を吸っただけで、また下を向いて自分の靴を見つめるしかなかった。

そして、ささやきがやんだ。ハリーは裁判官たちを見上げたかったが、靴ひもを調べ続けるほうがずっと楽だとわかった。

「被告人を無罪放免とすることに賛成の者？」

マダム・ボーンズの深く響く声が聞こえた。ハリーはぐいと頭を上げた。手が挙がっていた。たくさん……半分以上！　息をはずませながら、ハリーは数えようとした。しかし数え終る前に、マダム・ボーンズが言った。

「有罪に賛成の者？」

ファッジの手が挙がった。そのほか五、六人の手が挙がった。右側の魔女と、二番目の列の、口ひげの立派な魔法使いと縮れっ毛の魔女も手を挙げていた。

ファッジは全員をざっと見渡し、なにか喉に大きな物がつかえたような顔をして、それから手を下ろした。二回大きく息を吸い、怒りを抑えつける努力に歪んだ声で、ファッジが言った。

「結構、結構……無罪放免」

「上々」ダンブルドアは軽快な声でそう言うと、さっと立ち上がって杖を取り出し、チンツ張りの椅子を二脚消し去った。

「さて、わしは行かねばならぬ。さらばじゃ」

そして、ただの一度もハリーを見ずに、ダンブルドアは速やかに地下室から立ち去った。

第9章　ウィーズリーおばさんの嘆き

ダンブルドアがあっという間にいなくなったのは、ハリーにとってまったくの驚きだった。鎖つきの椅子に座ったまま、ハリーはほっとした気持ちとショックとの間で葛藤していた。ウィゼンガモットの裁判官たちは全員立ち上がり、荷物をまとめたり書類を集めたり帰り仕度に取りかかっていた。ハリーも立ち上がったが、だれもハリーのことなど気にもかけていないようだ。ただ、ファッジの右隣のガマガエル魔女だけが、今度はダンブルドアではなくハリーを見下ろしていた。その視線を無視して、ハリーはファッジかマダム・ボーンズの視線を捕らえようとした。もう行ってもいいのかどうか聞きたかったのだ。しかし、ファッジは意地でもハリーを見ないようにしているようだし、マダム・ボーンズは書類カバンの整理で忙しくしていた。試しに一歩、二歩、遠慮がちに出口に向かって歩いてみた。呼び止める者がいないとわかると、ハリーは早足になった。

最後の数歩は駆け足になり、扉をこじ開けたところで危うくウィーズリーおじさんに衝突しそうになった。おじさんは心配そうな青い顔で、すぐ外に立っていた。

「ダンブルドアはなんにも言わな――」

「無罪です」ハリーは扉を閉めながら言った。「無罪放免！」

ウィーズリーおじさんはにっこり笑って、ハリーの両肩をつかんだ。

「ハリー、そりゃ、よかった！　まあ、もちろん、君を有罪にできるはずはないんだ。証拠の上では。しかし、それでも、正直言うと、私はやっぱり――」

しかし、ウィーズリーおじさんは突然口をつぐんだ。法廷の扉が開き、ウィゼンガモットの裁判官たちがぞろぞろ出てきたからだ。

「なんてこった！」おじさんは、ハリーを脇に引き寄せてみなをやり過ごしながら、愕然(がくぜん)として言った。「大法廷で裁かれたのか？」

「そうみたいです」ハリーが小声で言った。

通りすがりに一人か二人がハリーに向かってうなずき、マダム・ボーンズを含む何人かはおじさんに「おはよう、アーサー」と挨拶したが、他の大多数は目を合わせないようにして通り過ぎた。最後近くに、コーネリウス・ファッジとガマガエル魔女が地下室を出た。ファッジはウィーズリーおじさんとハリーが壁の一部であるかのように振る舞ったが、ガマガエル魔女のほうは通りがかりに、またしてもハリーをまるで値踏みするように見ていった。最後にパーシーが通った。ファッジと同様、父親とハリーを完全に無視して、大きな羊皮紙の巻紙と予備の羽根ペンを何本かにぎりしめ、背中を突っ張らせてつんと上を向き、すたすたと通り過ぎた。ウィーズリーおじさんは、口のまわりのしわを少し緊張させたが、それ以外には自分の息子を見たような素振りは見せなかった。

「君をすぐ連れて帰ろう。吉報を君からみんなに伝えられるように」

パーシーの踵が地下九階への石段を上がって見えなくなったとたん、おじさんはハリーを手招きして言った。

「ベスナル・グリーンのトイレに行くついでだから。さあ……」

「それじゃ、トイレはどうするつもりなの？」

ハリーはにやにやしながら聞いた。突然なにもかもが、いつもの五倍もおもしろく思われた。徐々に実感がわいてきた。無罪なんだ。ホグワーツに帰れるんだ。

「ああ、簡単な呪い破りですむ」

二人で階段を上がりながら、おじさんが言った。

「ただ、修理だけの問題じゃない。むしろ、ハリー、公共物破壊の裏にある態度のほうが問題なんだ。マグルをからかうのは、一部の魔法使いにとってはただ愉快なことにすぎないかもしれないが、しかし実はもっと根の深い、性質の悪い問題の表れなんだ。だから、私なんかは――」

ウィーズリーおじさんははっと口をつぐんだ。地下九階の廊下に出たところだったが、目と鼻の先にコーネリウス・ファッジが立っていて、背が高く、滑らかなプラチナ・ブロンドの髪に顎が尖った青白い顔の男とひそひそ話をしている。足音を聞きつけて、その男がこちらを向いた。その男もはっと会話を中断した。冷たい灰色の目を細め、ハリーの顔をじっと見た。

「これは、これは、これは……守護霊ポッター殿」ルシウス・マルフォイの冷たい声だった。

ハリーはなにか固いものに衝突したかのように、うっと息が止まった。その冷たい灰色の目を最後に見たのは、「死喰い人」のフードの切れ目からだった。その嘲る声を最後に聞いたのは、暗い墓場でヴォルデモートの拷問を受けているときだった。そのルシウス・マルフォイが、臆面もなくハリーの顔をまともに見ようとは。しかも所もあろうに魔法省にいる。コーネリウス・ファッジがそのマルフォイと話をしている。信じられなかった。ほんの数週間前、マルフォイが「死喰い人」だと、ファッジに教えたばかりだというのに。

「たったいま大臣が、運良く君は逃げおおせたと話してくださったところだ、ポッター」マルフォイ氏が気取った声で言った。「驚くべきことだ。君が相変わらず危ういところをすり抜けるやり方ときたら……実に、蛇のようだ」

ウィーズリーおじさんが、警告するようにハリーの肩をつかんだ。

「ああ」ハリーが言った。「ああ、僕は逃げるのがうまいよ」

ルシウス・マルフォイが目を上げてウィーズリー氏を見た。

「なんとアーサー・ウィーズリーもか！　ここになんの用かね、アーサー？」

「ここに勤めている」おじさんが素っ気なく言った。

「まさか、ここではないでしょう？」

マルフォイ氏は眉をきゅっと上げ、おじさんの肩越しに後ろの扉をちらりと見た。

「君は地下二階のはず……マグル製品をこっそり家に持ち帰り、それに魔法をかけるような仕事ではありませんでしたかな？」

「いいや」ウィーズリーおじさんは断固として言った。ハリーの肩に、いまやおじさんの指が食い込んでいた。

「そっちこそ、いったいなんの用だい？」ハリーがルシウス・マルフォイに聞いた。

「私と大臣との私的なことは、ポッター、君には関係がないと思うが」

マルフォイがローブの胸のあたりをなでつけながら答えた。ガリオン金貨がポケット一杯に詰まっているようなチャリンチャリンという柔らかい音を、ハリーははっきり聞いた。

「まったく、君がダンブルドアのお気に入りだからといって、ほかの者もみな君を甘やかすとは期待しないで欲しいものだ……では、大臣、お部屋のほうに参りますか?」

「そうしよう」ファッジはハリーとウィーズリー氏に背を向けた。「ルシウス、こちらへ」

二人は低い声で話しながら、大股で立ち去った。ウィーズリーおじさんは、二人がエレベーターに乗り込んで姿が見えなくなるまでハリーの肩を放さなかった。

「なにか用があるんだったら、なんであいつは、ファッジの部屋の前で待っていなかったんだ?」ハリーは憤慨して、吐き棄てるように言った。「ここでなにしてたんだ?」

「こっそり法廷に入ろうとしていた。私はそう見るね」

おじさんはとても動揺した様子で、だれかが盗み聞きしていないかどうか確かめるようにハリーの肩越しに目を走らせた。

「君が退学になったかどうかを確かめようとしたんだ。君を屋敷まで送ったら、ダンブルドアに伝言を残そう。マルフォイがまたファッジと話をしていたと、ダンブルドアに知らせないと」

「二人の私的なことって、いったいなにがあるの？」

「金貨だろう」おじさんは怒ったように言った。「マルフォイは、長年、あらゆることに気前よく寄付してきた……いい人脈が手に入る……そうすれば、有利な計らいを受けられる……都合の悪い法律の通過を遅らせたり……ああ、あいつはいいコネを持っているよ。ルシウス・マルフォイってやつは」

　エレベーターがきた。メモ飛行機の群れ以外はだれも乗っていない。おじさんがアトリウム階のボタンを押し、扉がガチャリと閉まる間、メモ飛行機がおじさんの頭上をハタハタと飛んだ。おじさんはわずらわしそうに払い退けた。

「おじさん」ハリーが考えながら聞いた。「もしファッジが、マルフォイみたいな『死喰い人』と会っていて、しかもファッジひとりで会っているとしたら、あいつらに『服従の呪文』をかけられてないって言える？」

「我々もそれを考えなかったわけではないよ、ハリー」ウィーズリーおじさんがひっそり言った。「しかし、ダンブルドアは、いまのところ、ファッジが自分の考えで動いていると考えている——だが、ダンブルドアが言うには、それだから安心というわけではない。ハリー、いまはこれ以上話さないほうがいい」

　扉がするすると開き、二人はアトリウムに出た。いまはほとんどだれもいない。守衛のエリックは、また「日刊予言者新聞」の陰に埋もれていた。金色の噴水をまっすぐ通り過ぎたとたん、ハリーはふと思い出した。

「待ってて……」おじさんにそう言うと、ハリーはポケットから財布を取り出し、噴水にもどった。

ハリーはハンサムな魔法使いの顔を見上げた。しかし近くで見ると、どうも弱々しいまぬけな顔だと思った。魔女は美人コンテストのように意味のない笑顔を見せていた。ハリーの知っている小鬼やケンタウルスは、どう考えてもこんなふうにおめでたい顔でうっとりとヒト族を見つめたりはしない。屋敷しもべ妖精の、這いつくばった追従の態度だけが真実味があった。このしもべ妖精の像を見たら、ハーマイオニーがなんと言うだろうとひとり笑いをしながら、ハリーは財布を逆さに空け、十ガリオンどころか中身をそっくり泉に入れた。

「思ったとおりだ！」ロンが拳を空中に突き出した。「君はいつだってちゃんと乗り切るのさ」

「無罪で当然なのよ」

ハリーが厨房に入ってきたときは、心配で卒倒しそうだったハーマイオニーが、今度は震える手で目頭を押さえながら言った。

「あなたにはなんの罪もなかったんだから。なーんにも」

「僕が許されるって思っていたわりには、みんな、ずいぶんほっとしてるみたいだけど」

ハリーがにっこりした。

ウィーズリーおばさんはエプロンで顔を拭っていたし、フレッド、ジョージ、ジニーは戦いの踊りのような仕草をしながら歌っていた。

「ホーメン、ホーメン、ホッホッホー……」

「たくさんだ！　やめなさい！」ウィーズリーおじさんはどなりながらも笑っていた。「ところでシリウス、ルシウス・マルフォイが魔法省にいた——」

「なにぃ？」シリウスが鋭い声を出した。

「ホーメン、ホーメン、ホッホッホー……」

「三人とも、静かにせんか！　そうなんだ。地下九階でファッジと話しているのを、私たちが目撃した。それから二人は大臣室に行った。ダンブルドアに知らせておかないと」

「そのとおりだ」シリウスが言った。「知らせておく。心配するな」

「さあ、私は出かけないと。ベスナル・グリーンで逆流トイレが私を待っている。モリー、帰りが遅くなるよ。トンクスに代わってあげるからね。ただ、キングズリーが夕食に寄るかもしれない——」

「ホーメン、ホーメン、ホッホッホー……」

「いいかげになさい――フレッド――ジョージ――ジニー！」おじさんが厨房を出ていくと、おばさんが言った。「ハリー、さあ、座ってちょうだい。なにかお昼を食べなさいな。朝はほとんど食べていないんだから」

ロン、ハーマイオニーがハリーの向かい側に掛けた。ハリーがグリモールド・プレイスに到着したときを除いて、こんなに幸せそうな顔を見せたのははじめてだ。ハリーも、ルシウス・マルフォイとの出会いで少し萎んでいた有頂天な安堵感がまた盛り上がってきて、陰気な屋敷が急に温かく歓迎しているように感じられた。騒ぎを聞きつけて、様子を探りに厨房に豚鼻を突っ込んだクリーチャーでさえ、いつもより醜くないように思える。

「もち、ダンブルドアが君の味方に現れたら、やつらは君を有罪にできっこないさ」

マッシュポテトをそれぞれの皿に山盛りに取り分けながら、ロンがうれしそうに言った。

「うん、ダンブルドアのおかげで僕が有利になった」

ハリーはむりやりそう答えた。ここでもし、「僕に話しかけて欲しかったのに。せめて僕を見てくれるだけでも」なんて言えば、とても恩知らずのようでもあり、子供っぽく聞こえるだろうと思った。

そう考えたとき、額の傷痕が焼けるように痛み、ハリーはパッと手で覆った。

「どうしたの?」ハーマイオニーが驚いたように聞いた。

「傷が」ハリーは口ごもった。「でも、なんでもない……いまじゃ、しょっちゅうだから……」

ほかに気づいた人はいない。だれもかれもが、ハリーの得た九死に一生を喜びながら、食べ物を取り分けているところだった。フレッド、ジョージ、ジニーはまだ歌っている。ハーマイオニーは少し心配そうだったが、なにも言えないでいるうちにロンがうれしそうに言った。

「ダンブルドアはきっと今晩くるよ。ほら、みんなとお祝いするのにさ」

「ロン、いらっしゃれないと思いますよ」ウィーズリーおばさんが、巨大なローストチキンの皿をハリーの前に置きながら否定した。「いまはとってもお忙しくていらっしゃるから」

「ホーメン、ホーメン、ホッホッホー……」

「お黙り!」ウィーズリーおばさんが吠えた。

数日が経ち、ハリーは、このグリモールド・プレイス十二番地に、自分がホグワーツに帰ることを心から喜んではいない人間がいることに気づかずにはいられなかった。無罪の知らせを聞いたとき、シリウスはハリーの手をにぎり、みなと同じようににっこりとうれしそうな様子を見事に演じて見せた。しかし、まもなくシリウスは以前よりも塞ぎ込み、不機嫌になり、ハリーとさえもあまり話さなくなった。そして、母親が昔使っていた部屋に、ますます長い時間バックビークと一緒に閉じこもるようになった。

数日後、ロン、ハーマイオニーと四階のかびだらけの戸棚を磨きながら、ハリーは二人に自分の気持ちの一端を打ち明けた。

「自分を責めることはないわ！」ハーマイオニーが厳しく言った。「あなたはホグワーツに帰るべきだし、シリウスはそれを知ってるわ。個人的に言わせてもらうと、シリウスはわがままよ」

「それはちょっときついぜ、ハーマイオニー」指にこびりついたかびをこそげ取ろうと躍起になって、顔をしかめながらロンが反論した。「君だって、この屋敷にひとりぼっちで釘づけになっていたくないだろう」

「ひとりぼっちじゃないわ！」ハーマイオニーが言った。「ここは『不死鳥の騎士団』の本部じゃない？　シリウスは高望みして、ハリーがここにきて一緒に住めばいいと思ったのよ」

「そうじゃないと思うよ」ハリーが雑巾をしぼりながら言った。「僕がそうしてもいいかって聞いたとき、シリウスははっきり答えなかったんだ」

「自分であんまり期待しちゃいけないと思ったんだわ」ハーマイオニーの分析は明解だった。「それに、きっと少し罪悪感を覚えたのよ。だって、心のどこかではあなたが退校になればいいって願っていたと思うの。そうすれば二人とも追放された者同士になれるから」

「やめろよ！」ハリーとロンが同時に言った。

しかし、ハーマイオニーは肩をすくめただけだった。

「いいわよ。だけど私、ときどきロンのママが正しいと思うの。シリウスはねえ、ハリー、あなたがあなたなのか、それともあなたのお父さんなのか、混乱してるときがあるわ」

「じゃ、君は、シリウスが少しおかしいって言うのか？」ハリーが熱くなった。

「ちがうわ、ただ、シリウスは長い間ひとりぼっちで寂しかったんだなと思うだけ」ハーマイオニーがさらりと言い切った。

このときウィーズリーおばさんが、三人の背後から部屋に入ってきた。

「まだ終わらないの？」おばさんは戸棚に首を突っ込んだ。

「休んだらどうかって言いにきたのかと思ったよ！」ロンが苦々しげに文句を言っ

た。「この屋敷にきてから、僕たちがどんなに大量のかびを処理したか、ご存知でしょうかね？」

「あなたたちは騎士団の役に立ちたいと、とても熱心に主張なさいましたよね」おばさんが返した。「この本部を住める状態にすることで、お役目が果たせるんじゃないの」

「屋敷しもべみたいな気分だ」ロンがブツブツ言った。

「さあ、しもべ妖精がどんなにひどい暮らしをしているか、やっとわかったようだから、もう少し『ＳＰＥＷ（しもべ妖精福祉振興協会）』に熱心になってくれるでしょ！」

おばさんが三人にまかせて出ていったあと、ハーマイオニーが期待を込めてそう言った。

「ねえ、もしかしたら、お掃除ばかりしていることがどんなにひどいかを、みんなに体験させるのも悪くないかもね――グリフィンドールの談話室を磨き上げるスポンサーつきのイベントをやって、収益はすべて『ＳＰＥＷ』に入るようにして。意識も高まるし、基金も貯まるわ」

「僕、君が『反吐（へど）』のことを言わなくなるためのスポンサーになるよ」ロンは、ハリーにしか聞こえないようにいらいらとつぶやいた。

夏休みの終わりが近づくと、ハリーはホグワーツのことを、ますます頻繁に思い出すようになっていた。早くハグリッドに会いたい。クィディッチをしたい。薬草学の温室に行くのに、野菜畑をのんびり横切るのもいい。この埃っぽいかびだらけの屋敷から離れられるだけでも大歓迎だ。ここでは、戸棚の半分にまだ閂がかかっているし、クリーチャーが通りがかりの者に暗がりからゼイゼイと悪態をつくし。もっとも、シリウスに聞こえるところではこんな否定的なことは言わないように、ハリーは気遣った。

事実、反ヴォルデモート運動の本部で生活していても、とくに緊迫感も興奮もなかった。経験してみるまでは、ハリーにはそれがわからなかった。騎士団のメンバーが定期的に出入りして、食事をしていくときもあれば、ときにはほんの数分間のひそひそ話をするだけのこともあった。しかし、ウィーズリーおばさんが、ハリーや他の子供たちの耳には、本物の耳にも「伸び耳」にも届かないようにしていた。だれもかれも、シリウスでさえも、ここに到着した夜に聞いたこと以外、ハリーは知る必要がないと考えているみたいだ。

夏休み最後の日、ハリーは自分の寝室の洋箪笥の上を掃いて、ヘドウィグの糞を取り除いていた。そこへロンが、封筒を二通持って入ってきた。

「教科書のリストが届いたぜ」

ロンが椅子を踏み台にして立っているハリーに、封筒を一枚投げてよこした。

「遅かったよな。忘れられたかと思ったよ。普通はもっと早くくるんだけど……」

ハリーは最後の糞をゴミ袋に掃き入れ、それをロンの頭越しに投げて、隅の紙クズ籠に入れた。籠は袋を飲み込んでゲプッと言った。

ハリーは手紙を開いた。羊皮紙が二枚入っていて、一枚はいつものように九月一日に学期が始まるというお知らせ、もう一枚は新学期に必要な本が書いてある。

「新しい教科書は二冊だけだ」ハリーは読み上げた。「ミランダ・ゴズホーク著『基本呪文集・五学年用』とウィルバート・スリンクハード著『防衛術の理論』だ」

バシッ。

フレッドとジョージがハリーのすぐ横に「姿現わし」した。もうハリーも慣れっこになっていたので、椅子から落ちることもなかった。

「スリンクハードの本を指定したのはだれかって、二人で考えてたんだ」

フレッドがごくあたりまえの調子で言った。

「なぜって、それは、ダンブルドアが『闇の魔術に対する防衛術』の先生を見つけたってことを意味するからな」ジョージが言った。

「やっとこさだな」フレッドが言った。

「どういうこと？」椅子から跳び下りて二人のそばに立ち、ハリーが聞いた。

「うん、二、三週間前、親父とお袋が話してるのを『伸び耳』で聞いたんだが」フレッドが話した。「二人が言うにはだね、ダンブルドアが今年は先生探しにとても苦労してたらしい」

「この四年間に起こったことを考えりゃ、それも当然だよな？」ジョージが言った。

「一人は辞めさせられ、一人は死んで、一人は記憶がなくなり、一人は九か月もトランク詰め」ハリーが指折り数えて言った。「うん、君たちの言うとおりだな」

「ロン、どうかしたか？」フレッドが聞いた。

ロンは答えなかった。ハリーが振り返ると、ロンは口を少し開けてホグワーツからの手紙をじっと見つめ、身動きせずに突っ立っていた。

「いったいどうした？」フレッドが焦れったそうに言うと、ロンの後ろに回り込み、肩越しに羊皮紙を読んだ。

フレッドの口もぱっくり開いた。

「監督生？」目を丸くして手紙を見つめ、フレッドが言った。

「監督生？」

ジョージが飛び出して、ロンがもう片方の手に持っている封筒をひっつかみ、逆さにした。中から赤と金のなにかがジョージの手のひらに落ちるのをハリーは見た。

「まさか」ジョージが声をひそめた。

「まちがいだろ」

フレッドがロンのにぎっている手紙をひったくり、透かし模様を確かめるように光にかざして見た。

「正気でロンを監督生にするやつぁいないぜ」

双子の頭が同時に動いて、二人ともハリーをじっと見つめた。

「君が本命だと思ってた」

フレッドは、まるでハリーがみなをだましたのだろうという調子だった。

「ダンブルドアは絶対君を選ぶと思った」ジョージが怒ったように言った。

「三校対抗試合に優勝したし！」フレッドが言った。

「ぶっ飛んだことがいろいろあったのが、マイナスになったかもな」

ジョージがフレッドに言った。

「そうだな」フレッドが考えるように言った。「うん、相棒、君はあんまりいろいろトラブルを起こしすぎたぜ。まあ、少なくともご両人のうち一人は、なにがより大切かがわかってたってこった」

フレッドが大股でハリーに近づき、背中をバンとたたいた。一方ロンには軽蔑したような目つきをした。

「監督生……ロニー坊やが、監督生」

「おうおう、ママちゃんがむかつくぜ」

ジョージは、監督生のバッジが自分を汚すかのようにロンに突っ返し、うめくように言った。

ロンはまだ一言も口をきいていなかったが、バッジを受け取り、一瞬それを見つめた。それから、本物かどうか確かめてくれとでも言うように無言で差し出し、ハリーはバッジを手にした。グリフィンドールのライオンのシンボルの上に、大きく「P」の文字が書かれている。これと同じようなバッジがパーシーの胸にあったのを、ハリーはホグワーツでの最初の日に見ていた。

ドアが勢いよく開いた。ハーマイオニーが頬を紅潮させ、髪をなびかせて猛烈な勢いで入ってきた。手に封筒を持っている。

「ねえ――もらった――？」

ハーマイオニーはハリーが手にしたバッジを見て、歓声を上げた。

「そうだと思った！」

興奮して、自分の封筒をひらひら振りながら、ハーマイオニーが言った。

「私もよ、ハリー、私も！」

「ちがうんだ」ハリーはバッジをロンの手に押しつけながら、急いで言った。「ロンだよ。僕じゃない」

「だれ――えっ？」

「ロンが監督生。僕じゃない」ハリーが言った。

「ロン？」ハーマイオニーの口があんぐり開いた。「でも……確かなの？　だって――」

ロンが挑むような表情でハーマイオニーを見たので、ハーマイオニーは赤くなった。

「手紙に書いてあるのは僕の名前だ」ロンが言った。

「私……」ハーマイオニーは当惑し切った顔をした。「私……えぇと……わあっ！　ロン、おめでとう！　ほんとに――」

「予想外だった」ジョージがうなずいた。

「ちがうわ」ハーマイオニーはますます赤くなった。「ううん、そうじゃない……ロンはいろんなことを……ロンは本当に……」

後ろのドアが前よりもう少し広めに開き、ウィーズリーおばさんが洗濯したてのローブを山のように抱えて後ろ向きに入ってきた。

「ジニーが、教科書リストがやっと届いたって言ってたわ」

おばさんはベッドのほうに洗濯物を運び、ローブを二つの山に選り分けながら、みなの封筒にぐるりと目を走らせた。

「みんな、封筒を私にちょうだい。午後からダイアゴン横丁に行って、みんなが荷造りしている間に教科書を買ってきてあげましょう。ロン、あなたのパジャマも買わなきゃ。全部二十センチ近く短くなっちゃって。おまえったら、なんて背が伸びるのが早いの……どんな色がいい？」

「赤と金にすればいい。バッジに似合う」ジョージがにやにやした。

「なにに似合うって？」

ウィーズリーおばさんは、栗色のソックスを丸めてロンの洗濯物の山に載せながら、気にも止めずに聞き返した。

「バッジだよ」

いやなことは早くすませてしまおうという雰囲気でフレッドが言った。

「新品ピッカピカの素敵な監督生バッジさ」

フレッドの言葉が、パジャマのことで一杯のおばさんの頭を貫くにはちょっと時間がかかった。

「ロンの……でも……ロン、まさかおまえ……？」

ロンがバッジを掲げた。

ウィーズリーおばさんは、ハーマイオニーと同じような悲鳴を上げた。

「信じられない！　信じられないわ！　ああ、ロン、なんてすばらしい！　監督(かんとく)生(せい)！　これで子供たち全員だわ！」

「おれとフレッドはなんなんだよ。お隣さんかい？」

おばさんがジョージを押し退(の)け、末息子を抱きしめたとき、ジョージがふて腐れて言った。

「お父さまがお聞きになったら！　ロン、母さんは鼻が高いわ。なんて素敵な知らせでしょう。おまえもビルやパーシーのように、首席になるかもしれないわ。これが第一歩よ！　ああ、こんな心配事だらけのときに、なんていいことが！　母さんはうれしいわ。ああ、ロニーちゃん――」

おばさんの後ろで、フレッドとジョージがオエッと吐(は)くまねをしていたが、おばさんはさっぱり気づかず、ロンの首にしっかり両腕を回して顔中にキスしていた。ロンの顔はバッジよりもあざやかな赤に染まった。

「ママ……やめて……ママ、落ち着いてよ……」

ロンは母親を押し退(の)けようとしながら、もごもご言った。

おばさんはロンを放すと、息をはずませて言った。

「さあ、なんにしましょう？　パーシーにはふくろうをあげたわ。でもおまえはもう一羽持ってるしね」

「な、なんのこと?」ロンは自分の耳がとても信じられないという顔をした。

「ご褒美をあげなくちゃ!」

ウィーズリーおばさんがかわいくてたまらないという口ぶりで言う。

「素敵な新しいドレス・ローブなんかどうかしら?」

「僕たちがもう買ってやったよ」

そんな気前のいいことをしたのを心から後悔しているという顔で、フレッドが無念そうに吐き棄てた。

「じゃ、新しい大鍋かな。チャーリーのお古は錆びて穴が空いてきたし。それとも、新しいネズミなんか。スキャバーズのことかわいがっていたし――」

「ママ」ロンが期待を込めて聞いた。「新しい箒、だめ?」

ウィーズリーおばさんの顔が少し曇った。箒は高価なのだ。

「そんなに高級じゃなくていい!」ロンが急いでつけ足した。「ただ――ただ、一度ぐらい新しいのが……」

おばさんはちょっと迷っていたが、にっこりした。

「もちろんいいですとも……さあ、箒も買うとなると、もう行かなくちゃ。みんな、またあとでね……ロニー坊やが監督生! みんな、ちゃんとトランクに詰めるんですよ……監督生……ああ、私、どうしていいやら！」

おばさんはロンの頬にもう一度キスして、大きく洟をすすり、興奮して部屋を出ていった。

フレッドとジョージが顔を見合わせた。

「僕たちも君にキスしなくていいかい、ロン？」

フレッドがいかにも心配そうな作り声で言った。

「ひざまずいてお辞儀してもいいぜ」ジョージが言った。

「ばか、やめろよ」ロンが二人を睨んだ。

「さもないと？」フレッドの顔に、悪戯っぽい笑みが広がった。「罰則でも与えるかい？」

「やらせてみたいねぇ」ジョージが鼻先で笑った。

「気をつけないと、ロンは本当にそうできるんだから！」

ハーマイオニーが怒ったように言った。

フレッドとジョージはゲラゲラ笑い出し、ロンは「やめてくれよ、ハーマイオニー」と、もごもご言った。

「ジョージ、おれたち、今後気をつけないとな」フレッドが震えるふりをした。「この二人が我々にうるさくつきまとうとなると……」

「ああ、我らが規則破りの日々もついに終わりか」ジョージが頭を振り振り嘆いた。

そして大きなバシッという音とともに、二人は「姿くらまし」した。

「あの二人ったら！」

ハーマイオニーが天井を睨んで怒ったように言った。天井を通して、今度は上の部屋からフレッドとジョージが大笑いしているのが聞こえてきた。

「あの二人のことは、ロン、気にしないのよ。妬(や)っかんでるだけなんだから！」

「そうじゃないと思うな」ロンも天井を見上げながら、それはちがうよという顔をした。「あの二人、監督生になるのはアホだけだって、本気でいつも言ってた……でも」ロンはうれしそうにしゃべり続けた。「あの二人は新しい箒(ほうき)を持ったことなんかないんだから！　ママと一緒に行って選べるといいのに……ニンバスは絶対買えないだろうけど、新型のクリーンスイープが出てるんだ。あれだといいな……うん、僕、ママのところに行って、クリーンスイープがいいって言ってくる。ママに知らせておいたほうが……」

ロンが部屋を飛び出し、ハリーとハーマイオニーだけが取り残された。

なぜかハリーは、ハーマイオニーのほうを見たくなかった。ハーマイオニーの目を避けてベッドに向かい、おばさんが置いていってくれた清潔なローブの山を抱えてトランクへと向かった。

「ハリー?」ハーマイオニーがためらいがちに声をかけた。

「おめでとう、ハーマイオニー」元気すぎて、自分の声ではないようだった。「よかったね。監督生。すばらしいよ」ハリーは目を逸らしたまま言った。

「ありがとう」ハーマイオニーが言った。「あー――ハリー――ヘドウィグを借りてもいいかしら? パパとママに知らせたいの。喜ぶと思うわ――だって、監督生っていうのは、あの二人にもわかることだから」

「うん、いいよ」ハリーの声は、また恐ろしいほど元気一杯で、いつものハリーの声ではなかった。「使ってよ!」

ハリーはトランクにかがみ込み、一番底にローブを置き、なにかを探すふりをした。ハーマイオニーは洋箪笥に近づき、ヘドウィグを呼んだ。しばらく経って、ドアが閉まる音がした。ハリーはかがんだままで耳を澄ませていた。壁の絵のない絵がまた冷やかし笑いをする声と、隅のクズ籠がふくろうの糞をコホッと吐き出す音しか聞こえなくなった。

ハリーは体を起こして振り返った。ハーマイオニーとヘドウィグはもういなかった。ゆっくりとベッドにもどって腰掛け、見るともなく洋箪笥の足元を見た。退学にな

五年生になると監督生が選ばれることを、ハリーはすっかり忘れていた。

るかもしれないと心配するあまり、バッジが何人かの生徒に送られてくることを考える余裕もなかった。もし、そのことをハリーが覚えていたなら……そのことを考えたとしたなら……なにを期待しただろうか？

こんなはずじゃない。頭の中で正直な声が小声で言った。

ハリーは顔をしかめ、両手で顔を覆った。自分に嘘はつけない。監督生のバッジがだれかに送られてくると知っていたら、自分のところにくると期待したはずだ。ロンのところじゃない。僕はドラコ・マルフォイとおんなじ威張り屋なんだろうか？　自分が他のみなより優れていると思っているのだろうか？　本当に僕は、ロンより優れていると考えているのだろうか？　ちがう、と小さな声が抵抗した。

本当にちがうのか？　ハリーは恐る恐る自分の心をまさぐった。

「僕はクィディッチではより優れている」声が言った。「だけど、ほかのことでは優れているものなんてない」

それは絶対まちがいないと、ハリーは思った。自分はどの科目でもロンより優れてはいない。だけど、それ以外では？　ハリー、ロン、ハーマイオニーの三人で、ホグワーツ入学以来、いろいろ冒険をした。退学よりもっと危険な目にもあった。

そう、ロンもハーマイオニーも、たいてい僕と一緒だった。ハリーの頭の中の声が言った。

だけど、いつも一緒だったわけじゃない。ハリーは自分に言い返した。あの二人がクィレルと戦ったわけじゃない。リドルやバジリスクと戦いもしなかった。シリウスが逃亡したあの晩、吸魂鬼たちを追いはらったのもあの二人じゃない。ヴォルデモートが蘇ったあの晩、二人は僕と一緒に墓場にいたわけじゃない……。

こんな扱いは不当だという思いが込み上げてきた。ここに到着した晩に突き上げてきた思いと同じだった。僕のほうが絶対いろいろやってきた。ハリーは腸が煮えくり返る思いだった。二人よりも僕のほうがいろいろ成し遂げてきたじゃないか！

だけどたぶん、小さな公平な声が言った。たぶんダンブルドアは、幾多の危険な状況に首を突っ込んだからといって、それで監督生を選ぶわけじゃない……ほかの理由で選ぶのかもしれない……ロンは僕の持っていないなにかを持っていて……。

ハリーは目を開け、指の間から洋簞笥の猫足形の脚を見つめ、フレッドの言ったことを思い出していた。「正気でロンを監督生にするやつぁいないぜ……」

ハリーはプッと吹き出した。そのすぐあとで自分がいやになった。ロンが悪いわけじゃない。監督生バッジをくれと、ロンがダンブルドアに頼んだわけじゃない。ロンの一番の親友の僕が、自分がバッジをもらえなかったからと言ってすねたりするのか？　双子と一緒になって、ロンの背後で笑うのか？　ロンがはじめてひとつハリーに勝つものを得たというのに、その気持ちに水を注す気か？

ちょうどそのとき、階段を上ってくるロンの足音が聞こえた。ハリーは立ち上がってメガネをかけなおし、顔に笑いを貼りつけた。ロンがドアからはずむように入ってきた。

「ちょうど間に合った！」ロンがうれしそうに言った。「できればクリーンスイープを買うってさ」

「やったね」ハリーが言った。自分の声が変に上ずっていないのでほっとした。「おい――ロン――おめでとっ」

ロンの顔から笑いが消えていった。

「僕だなんて、考えたことなかった！」ロンが首を振り振り言った。「僕、君だと思ってた！」

「いいや、僕はあんまりいろいろトラブルを起こしすぎた」

ハリーはフレッドの言葉を繰り返した。

「うん」ロンが言った。「うん、そうだな……さあ、荷造りしちまおうぜ、な？」

なんとも奇妙なことに、ここに到着して以来、二人の持ち物が勝手に散らばってしまったようだった。屋敷のあちこちから、本やら持ち物やらをかき集めて学校用のトランクに入れなおすのに、ほとんど午後一杯かかった。ロンが監督生バッジを持ってそわそわしていることに、ハリーは気づいた。はじめは自分のベッド脇のテーブルの上に置き、それからジーンズのポケットに入れ、またそれを取り出して、黒の上で赤色が映えるかどうかを確かめるように、たたんだローブの上に置いた。フレッドとジョージがやってきて、「永久粘着術」でバッジをロンの額に貼りつけてやろうかと申し出たとき、ロンはやっと、バッジを栗色のソックスにそっと包んでトランクに入れ、鍵をかけた。

ウィーズリーおばさんは六時ごろに、教科書をどっさり抱えてダイアゴン横丁から帰ってきた。厚い渋紙に包まれた長い包みを、ロンが待ち切れないようにうめき声を上げて奪い取った。

「いまは包みを開けないで。みんなが夕食にきますからね。さあ、下にきてちょうだい」

しかし、おばさんの姿が見えなくなるやいなや、ロンは夢中で包み紙を破り、満面恍惚の表情で新品の箒を隅から隅までなめるように眺めた。

地下には、夕食のご馳走がぎっしり並べられたテーブルの上に、ウィーズリーおばさんが掲げた真紅の横断幕が張ってあった。

おめでとう　新しい監督生
ロン、ハーマイオニー

おばさんは、ハリーの見るかぎり、この夏休み一番の上機嫌だった。

「テーブルに着いて食べるのじゃなくて、立食パーティはどうかと思って」

ハリー、ロン、ハーマイオニー、フレッド、ジョージ、ジニーが厨房に入ると、おばさんが言った。

「お父さまもビルもきますよ、ロン。二人にふくろうを送ったら、それはそれは大喜びだったわ」おばさんはにっこりした。

フレッドはやれやれという顔をした。

シリウス、ルーピン、トンクス、キングズリー・シャックルボルトはもうきていたし、マッド-アイ・ムーディも、ハリーがバタービールを手に取って間もなく、コツッコツッと現れた。

「まあ、アラスター、いらしてよかったわ」

マッド-アイが旅行用マントを肩から振り落とすように脱ぐと、ウィーズリーおばさんが朗らかに言った。

「ずっと前から、お願いしたいことがあったの――客間の文机を見て、中になにがいるか教えてくださらない？　とんでもないものが入っているといけないと思って、開けなかったの」

「引き受けた、モリー……」

ムーディのあざやかな明るいブルーの目が、ぐるりと上を向き、厨房の天井を通過してその上を凝視した。

「客間……っと」マッドーアイがうなり、瞳孔が細くなった。「隅の机か？　うん、なるほど……。ああ、まね妖怪だな……モリー、わしが上に行って片づけようか？」

「いえ、いえ、あとで私がやりますよ」ウィーズリーおばさんがにっこりした。「お飲み物でもどうぞ。実はちょっとしたお祝いなの」

おばさんは真紅の横断幕を示した。

「兄弟で四番目の監督生よ！」

おばさんは、ロンの髪をくしゃくしゃになでながら、うれしそうに言った。

「監督生、む？」ムーディがまたうなった。普通の目がロンに向き、魔法の目はぐるりと回って頭の横を見た。ハリーはその目が自分を見ているような落ち着かない気分になって、シリウスとルーピンのほうに移動した。

「うむ。めでたい」ムーディは普通の目でロンをじろじろ見たまま言った。「権威ある者は常にトラブルを引き寄せる。しかし、ダンブルドアはおまえが大概の呪いに耐えることができると考えたのだろうて。さもなくば、おまえを任命したりはせんからな……」

ロンはその考え方を聞いてぎょっとした顔をしたが、そのとき父親と長兄が到着したので、なにも答えずにすんだ。ウィーズリーおばさんは上機嫌で、二人がマンダンガスを連れてきたのにも文句を言わなかった。マンダンガスは長いオーバーを着ていて、それがあちこち変なところで奇妙にふくらんでいた。オーバーを脱いでムーディの旅行マントのところに掛けたらどうかと言っても、マンダンガスは断った。

「さて、そろそろ乾杯しようか」

みなが飲み物を取ったところで、ウィーズリーおじさんが立ち上がり、ゴブレットを掲げて声を発した。

「新しいグリフィンドール監督生、ロンとハーマイオニーに」

ロンとハーマイオニーがにっこりほほえむ。みなが二人のために杯を挙げ、拍手した。

「わたしは監督生になったことなかったな」みなが食べ物を取りにテーブルのほうに動き出したとき、ハリーの背後でトンクスの明るい声がした。今日の髪は、真っ赤なトマト色で、腰まで届く長さだ。ジニーの姉さんのように見えた。

「寮監（りょうかん）がね、わたしにはなにか必要な資質が欠けてるって言ったわ」

「どんな？」焼きジャガイモを選びながら、ジニーが聞いた。

「お行儀よくする能力とか」トンクスが言った。

ジニーが笑った。ハーマイオニーはほほえむべきかどうか迷ったあげく、妥協策としてバタービールをガブリと飲み、咽せた。

「あなたはどうだったの？　シリウス？」ハーマイオニーの背中をたたきながら、ジニーが聞いた。

ハリーのすぐ横にいたシリウスが、いつものように吠えるような笑い方をした。

「だれもわたしを監督生にするはずがない。ジェームズと一緒に罰則ばかり受けていたからね。ルーピンはいい子だったからバッジをもらった」

「ダンブルドアは、私が親友たちをおとなしくさせられるかもしれないと、希望的に考えたのだろうな。言うまでもなく、見事に失敗したがね」ルーピンが自嘲的に言った。

ハリーは急に気分が晴れ晴れした。父さんも監督生じゃなかったんだ。なんだかパーティが楽しく感じられた。この部屋にいる全員が二倍も好きになって、ハリーは自分の皿を山盛りにした。

ロンは聞いてくれる人ならだれかれおかまいなしに、口を極めて新品の箒自慢をしていた。

「……十秒でゼロから一二〇キロに加速だ。悪くないだろ？　コメット２９０なんか、ゼロからせいぜい一〇〇キロだもんな。しかも追い風でだぜ。『賢い箒の選び方』にそう書いてあった」

ハーマイオニーはしもべ妖精の権利について、ルーピンに自分の意見をとうとうと述べていた。

「だって、これは狼人間の差別とおんなじようにナンセンスでしょう？　自分たちがほかの生物より優れているなんていう、魔法使いのばかな考え方に端を発してるんだわ……」

ウィーズリーおばさんとビルは、いつもの髪型論争をしていた。

「……ほんとに手に負えなくなってるわ。あなたはとってもハンサムなのよ。短い髪のほうがずっと素敵に見えるわ。そうでしょう、ハリー？」

「えっ、あ――僕、わかんない――」いきなり意見を聞かれて、ハリーはちょっと面食らった。

ハリーは二人のそばをそっと離れ、隅っこでマンダンガスと密談しているフレッドとジョージのほうに近づいていった。

マンダンガスはハリーの姿を見ると口を閉じたが、フレッドがウィンクして、ハリーにそばにこいと招いた。

「大丈夫さ」フレッドがマンダンガスに言った。「ハリーは信用できる。おれたちのスポンサーだ」

「見ろよ、ダングが持ってきてくれたやつ」ジョージがハリーに手を突き出した。完全に静止しているのに、萎びた黒い豆の鞘のようなものを手のひら一杯に持っていた。完全に静止しているのに、中からかすかにガラガラという音が聞こえる。

「『有毒食虫蔓』の種だ」ジョージが言った。「『ずる休みスナックボックス』に必要なんだ。だけど、これは取引禁止品目Cクラスで、手に入れるのにちょっと問題があってね」

「じゃ、全部で十ガリオンだね、ダング？」フレッドが言った。

「おれがこンだけ苦労して手に入れたンにか？」マンダンガスがたるんで血走った目を見開いた。

「お気の毒さまーだ。二十ガリオンから、びた一クヌートもまけらンねえ」

「ダングは冗談が好きでね」フレッドがハリーに言った。

「まったくだ。これまでの一番は、ナールの針のペン一袋で六シックルさ」ジョージが言った。

「気をつけたほうがいいよ」ハリーがこっそり注意した。

「なんだ？」フレッドが言った。「お袋は監督生ロンにおやさしくするので手一杯さ。おれたちゃ、大丈夫だ」

「だけど、ムーディがこっちに目をつけてるかもしれないよ」ハリーが指摘した。

マンダンガスがおどおどと振り返った。

「ちげえねえ。そいつぁ」マンダンガスがうなった。「よーし、兄弟。十でいい。いますぐ引き取っちくれンなら」

マンダンガスはポケットをひっくり返し、双子が差し出した手に中身を空け、せかせかと食べ物のほうに行った。

「ありがとさん、ハリー！」フレッドがうれしそうに言った。「こいつは上に持っていったほうがいいな……」

ハリーは双子が上に行くのを見ながら、少し後ろめたい思いが胸をよぎった。ウィーズリーおじさん、おばさんは、どうしたって最終的には双子の「悪戯専門店」のことを知ってしまう。そのとき、フレッドとジョージがどうやって資金をやり繰りしたのかを知ろうとするだろう。あのときは三校対抗試合の賞金を双子に提供するのが、とても単純なことに思えた。しかし、もしそれがまた家族の争いを引き起こすことになったとしたら？　パーシーのような仲違いになったら？　フレッドとジョージに手を貸し、おばさんがふさわしくないと思っている仕事を始めさせたのがハリーだとわかったら、それでもおばさんはハリーのことを息子同然と思ってくれるだろうか？

双子が立ち去ったあと、ハリーはそこにひとりぼっちで立っていた。胃の腑にのしかかった罪悪感の重みだけが、ハリーにつき合っていた。ふと、自分の名前が耳に入った。キングズリー・シャックルボルトの深い声が、周囲のおしゃべり声をくぐり抜けて聞こえてきた。

「……ダンブルドアはなぜポッターを監督生にしなかったのかね？」キングズリーが聞いた。

「あの人にはあの人の考えがあるはずだ」ルーピンが答えた。

「しかし、そうすることで、ポッターへの信頼を示せたろうに。私ならそうしただろうね」キングズリーが言い張った。「とくに、『日刊予言者新聞』が三日に上げずポッターをやり玉に挙げているんだし……」

ハリーは振り向かなかった。ルーピンとキングズリーに、ハリーが聞いてしまったことを悟られたくなかった。ほとんど食欲がなかったが、ハリーはマンダンガスのあとからテーブルにもどった。パーティが楽しいと思ったのも突然わいた感情だったが、喜びが消えるのも同じくらい突然だった。上に行ってベッドに潜りたいと、ハリーは思った。

マッドーアイ・ムーディが、わずかに残った鼻で、チキンの骨つき腿肉をくんくん嗅いでいた。どうやら、毒はまったく検出されなかったらしく、次の瞬間、歯でバリッと食いちぎった。

「……柄はスペイン樫で、呪い避けワックスが塗ってある。それに振動コントロール内蔵だ――」ロンがトンクスに説明している。

ウィーズリーおばさんが大あくびをした。

「さて、寝る前にまね妖怪(ボガート)を処理してきましょう……アーサー、みんなをあんまり夜更かしさせないでね。いいこと？　おやすみ、ハリー」

おばさんは厨房(ちゅうぼう)を出ていった。ハリーは皿を下に置き、自分もみなの気づかないうちに、おばさんについて行けないかなと思った。

「元気か、ポッター？」ムーディが低い声で聞いた。

「うん、元気」ハリーは嘘をついた。

ムーディはあざやかなブルーの目でハリーを横睨(よこにら)みしながら、腰の携帯瓶(びん)からぐいっと飲んだ。

「こっちへこい。おまえが興味を持ちそうなものがある」ムーディが言った。

ローブの内ポケットから、ムーディは古いボロボロの写真を一枚引っ張り出した。

「不死鳥の騎士団創立メンバーだ」ムーディがうなるように言った。「昨夜、『透明マント』の予備を探しているときに見つけた。ポドモアが、礼儀知らずにも、わしの一張羅(いっちょうら)マントを返してよこさん……。みんなが見たがるだろうと思ってな」

ハリーは写真を手に取った。小さな集団がハリーを見つめ返している。何人かがハリーに手を振り、何人かは乾杯した。

「わしだ」ムーディが自分を指した。そんな必要はなかった。写真のムーディは見間違えようがない。ただし、いまほど白髪ではなく、鼻はちゃんとついている。「ほれ、わしの隣がダンブルドア、反対隣がディーダラス・ディグルだ……これは魔女のマーリン・マッキノン。この写真の二週間後に殺された。家族全員殺られた。こっちがフランク・ロングボトムと妻のアリス——」

すでにむかむかしていたハリーの胃が、アリス・ロングボトムを見てぎゅっとねじれた。一度も会ったことがないのに、この丸い、人懐っこそうな顔は知っている。息子のネビルそっくりだ。

「——気の毒な二人だ」ムーディがうなった。「あんなことになるなら、死んだほうがましだ……こっちはエメリーン・バンス。もう会ってるな？　こっちは、言わずもがなのルーピンだ……ベンジー・フェンウィック。こいつも殺られた。死体のかけらしか見つからんかった……ちょっと退いてくれ」ムーディは写真を突ついた。写真サイズの小さな姿たちが脇に避け、それまで半分陰になっていた姿が前に移動した。

「エドガー・ボーンズ……アメリア・ボーンズの弟だ。こいつも、こいつの家族も殺られた。すばらしい魔法使いだったが……スタージス・ポドモア。なんと、若いな……キャラドック・ディアボーン。この写真から六か月後に消えた。遺体は見つからなんだ……ハグリッド。まぎれもない、いつもおんなじだ……エルファイアス・ドージ。こいつにもおまえは会ったはずだ。あのころこんなばかばかしい帽子をかぶっったのを忘れておったわ……ギデオン・プルウェット。こいつと弟のフェービアンを殺すのに、『死喰い人』が五人も必要だったわ。雄々しく戦った……退いてくれ、退いてくれ……」

写真の小さな姿がわさわさ動き、一番後ろに隠れていた姿が一番前に現れた。

「これはダンブルドアの弟でアバーフォース。このとき一度しか会ってない。奇妙なやつだったな……ドーカス・メドウズ。ヴォルデモート自身の手にかかって殺された魔女だ……シリウス。まだ髪が短かったな……それと……ほうれ、これがおまえの気に入ると思ったわ！」

ハリーは心臓がひっくり返った。父親と母親がハリーににっこり笑いかけていた。二人の真ん中に、しょぼくれた目をした小男が座っている。ワームテールだとすぐにわかった。ハリーの両親を裏切ってヴォルデモートにその居所を教え、両親の死をもたらす手引きをした男だ。

「む？」ムーディが言った。

ハリーはムーディの傷だらけ、穴だらけの顔を見つめた。明らかにムーディは、ハリーに思いがけないご馳走を持ってきたつもりなのだ。

「うん」ハリーはまたしてもにっこり作り笑いをした。「あっ……あのね、いま思い出したんだけど、トランクに詰め忘れた……」

ちょうどシリウスが話しかけてきたので、ハリーはなにを詰め忘れたかを考え出す手間が省けた。「マッド-アイ、そこになにを持ってるんだ？」そしてマッド-アイがシリウスのほうを見た。ハリーはだれにも呼び止められずに厨房を横切り、そろりと扉を抜けて階段を上がった。

どうしてあんなにショックを受けたのか、ハリーは自分でもわからなかった。考えてみれば、両親の写真は前にも見たことがあるし、ワームテールにだって会ったことがある……しかし、まったく予期していないときに、あんなふうに突然目の前に両親の姿を突きつけられるなんて……だれだってそんなのはいやだ。ハリーは腹が立った……。

それに、両親を囲む楽しそうな顔、顔、顔……かけらしか見つからなかったベンジー・フェンウィック、英雄として死んだギデオン・プルウェット、気が狂うまで拷問されたロングボトム夫妻……みな幸せそうに写真から手を振っている。永久に振り続ける。待ち受ける暗い運命も知らず……まあ、ムーディにとっては興味のある想い出かもしれない……しかし、ハリーにはやりきれない感情だけがあふれ出る……。

ハリーは足音を忍ばせてホールから階段を上がり、剥製にされたしもべ妖精の首の前を通り、やっとひとりきりになれたことをうれしく思った。ところが、最初の踊り場に近づくと物音が聞こえた。だれかが客間ですすり泣いている。

「だれ？」ハリーは声をかけた。

答えはなかった。すすり泣きだけが続いている。ハリーは残りの階段を二段飛びで上がり、踊り場を横切って客間の扉を開けた。

暗い壁際にだれかがうずくまっている。杖を手にして、体中を震わせてすすり泣いている。埃っぽい古い絨毯の上に切り取ったように月明かりが射し込み、そこにロンが大の字に倒れていた。死んでいる。

ハリーは、肺の空気が全部抜けたような気がした。床を突き抜けて下に落ちていくようだ。頭の中が氷のように冷たくなった――ロンが死んだ。嘘だ。そんなばかなことが――。

待てよ、そんなことはありえない――ロンは下の階にいる――。

「ウィーズリーおばさん？」ハリーは声がかすれた。

「リー――リー――リディクラス！」おばさんが、泣きながら震える杖先をロンの死体に向けた。

パチン。

ロンの死体がビルに変わった。仰向けに大の字になり、虚ろな目を見開いている。

ウィーズリーおばさんは、ますます激しくすすり泣いた。

「リ――リディクラス！」おばさんはまたしゃくり上げた。

パチン。

ビルがウィーズリーおじさんの死体に変わった。メガネがずれ、顔からすーっと血が流れた。

「やめてーっ！」おばさんがうめいた。「やめて……リディクラス！　リディクラス！　リディクラス！」

パチン、双子の死体。パチン、パーシーの死体。パチン、ハリーの死体……。

「おばさん、ここから出て！」絨毯（じゅうたん）に横たわる自分の死体を見下ろしながら、ハリーがさけんだ。

「だれかほかの人に――」

「どうした？」

ルーピンが客間に駆け上がってきた。すぐあとからシリウス、その後ろにムーディがコツッコツッと続いた。ルーピンはウィーズリーおばさんから転がっているハリーの死体へと目を移し、すぐに理解したようだった。杖（つえ）を取り出し、ルーピンが力強く、はっきりと唱えた。

「リディクラス！」

ハリーの死体が消えた。死体が横たわっていたあたりに、銀白色の球が漂った。ルーピンがもう一度杖を振ると、球は煙となって消えた。

「おぉ――おぉ――おぉ！」ウィーズリーおばさんは嗚咽を漏らし、堪え切れずに両手に顔を埋めて激しく泣き出した。

「モリー」ルーピンがおばさんに近寄り、沈んだ声で話しかけた。「モリー、そんなに……」

次の瞬間、おばさんはルーピンの肩にすがり、胸も張り裂けんばかりに泣きじゃくった。

「モリー、ただのまね妖怪だよ」ルーピンがおばさんの頭をやさしくなでながら慰めた。「ただのくだらないまね妖怪だ……」

「私、いつも、みんなの死――死――死ぬのが見えるの！」おばさんはルーピンの肩でうめいた。「い――い――いつもなの！　ゆ――ゆ――夢に見るの……」

シリウスは、まね妖怪がハリーの死体になって横たわっていたあたりの絨毯を見つめていた。ムーディはハリーを見ていた。ハリーは目を逸らした。ムーディの魔法の目が、厨房からハリーをずっと追いかけていたような奇妙な感じがした。

「アーサーには、い――い――言わないで」おばさんは嗚咽しながら、袖口で必死に両眼を拭った。

「私、アーサーにはし――し――知られたくないの……ばかなこと考えてるなんて……」

ルーピンがおばさんにハンカチを渡すと、おばさんはチーンと洟をかんだ。

「ハリー、ごめんなさい。私に失望したでしょうね？」おばさんが声を震わせた。

「たかがまね妖怪一匹も片づけられないなんて……」

「そんなこと」ハリーはにっこりしてみせようとした。

「私、ほんとにし――し――心配で」おばさんの目からまた涙があふれ出した。「家族の、は――は――半分が騎士団にいる。全員が無事だったら、き――き――奇跡だわ……それにパ――パ――パーシーは口もきいてくれない……なにか、お――お――恐ろしいことが起こって、二度とあの子とな――な――仲直りできなかったら？　それに、もし私もアーサーも殺されたらどうなるの？　ロンやジニーはだ――だ――だれが面倒をみるの？」

「モリー、もうやめなさい」ルーピンがきっぱりと言った。「前のときとはちがう。騎士団は前より準備が調っている。最初の動きが早かった。ヴォルデモートがなにをしようとしているかも知っている――」

ウィーズリーおばさんはその名を聞くと怯えて小さく悲鳴を上げた。

「ああ、モリー、もういいかげんこの名前に馴れてもいいころじゃないか――いいかい、だれもけがをしないと保証することは、私にはできない。だれにもできない。しかし、前のときより状況はずっといい。あなたは前回、騎士団にいなかったからわからないだろうが。前のときは二十対一で『死喰い人』の数が上回っていた。そして、一人また一人とやられたんだ……」

ハリーはまた写真のことを思い出した。両親のにっこりした顔を。ムーディが依然として自分を見つめていることにも気づいていた。

「パーシーのことは心配するな」シリウスが唐突に言った。「そのうち気づく。ヴォルデモートの動きが明るみに出るのも、時間の問題だ。いったんそうなれば、魔法省全員が我々に許しを請う。ただし、やつらの謝罪を受け入れるかどうか、わたしにははっきり言えないがね」シリウスが苦々しくつけ加えた。

「それに、あなたやアーサーに、もしものことがあったら、ロンとジニーの面倒をだれがみるかだが」ルーピンがちょっとほほえみながら言った。「私たちがどうすると思う？　路頭に迷わせるとでも？」

ウィーズリーおばさんがおずおずとほほえんだ。

「私、ばかなことを考えて」おばさんは涙を拭いながら同じことをつぶやいた。

しかし、十分ほど経って自分の寝室のドアを閉めたとき、ハリーにはおばさんがばかなことを考えているとは思えなかった。ボロボロの古い写真からにっこり笑いかけていた両親の顔がまだ目に焼きついている。周囲の多くの仲間と同じく自分たちにも死が迫っていることに、あの二人も気づいていなかった。まね妖怪が次々に死体にして見せたウィーズリーおばさんの家族が、ハリーの目にちらついた。なんの前触れもなく、額の傷痕がまたしても焼けるように痛んだ。胃袋が激しくのたうつ。

「やめろ」傷痕を揉みながら、ハリーはきっぱりと言った。痛みは徐々に退いていった。

「自分の頭に話しかけるのは、気が触れる最初の兆候だ」

壁の絵のない絵から、陰険な声が聞こえた。

ハリーは無視した。これまでの人生で、こんなに一気に年を取ったように感じたことはなかった。ほんの一時間前、悪戯専門店のことや、だれが監督生バッジをもらったかを気にしていたことなどが、遠い昔のことに思えた。

第10章　ルーナ・ラブグッド

その晩ハリーはうなされた。両親が夢の中で現れたり消えたりした。一言もしゃべらない。ウィーズリーおばさんがクリーチャーの死体のそばで泣いている。それを見ているロンとハーマイオニーは王冠をかぶっている。そして、またしてもハリーは廊下を歩き、鍵のかかった扉で行き止まりになる。傷痕（きずあと）の刺すような痛みで、ハリーは突然目が覚めた。ロンはもう服を着て、ハリーに話しかけていた。

「……急げよ。ママがカッカしてるぜ。汽車に遅れるって……」

屋敷の中はてんやわんやだった。猛スピードで服を着ながら聞こえてきた物音から察すると、フレッドとジョージがトランクを持って階段を下りる手間を省こうと魔法で下まで飛ばせたのはいいが、トランクが衝突してなぎ倒されたジニーが、踊り場二つを転がってホールまで落ちた、ということらしい。ブラック夫人とウィーズリーおばさんが、揃って声をかぎりにさけんでいた。

「――大けがをさせたかもしれないのよ。このばか息子――」

「――穢れた雑種ども、わが祖先の館を汚しおって――」

ハーマイオニーがあわてふためいて部屋に飛び込んできた。ハリーがスニーカーを履いているところだった。ハーマイオニーの肩でヘドウィグが揺れ、腕の中でクルックシャンクスが身をくねらせていた。

「パパとママがたったいまヘドウィグを返してきたの」ヘドウィグは物わかりよく飛び上がり、自分の籠の上に止まった。「仕度できた？」

「だいたいね。ジニーは大丈夫？」ハリーはぞんざいにメガネをかけながら聞いた。

「ウィーズリーおばさんが応急手当てしたわ」ハーマイオニーが答えた。「だけど、今度はマッド-アイが、スタージス・ポドモアがこないと護衛が一人足りないから出発できないって、ごねているの」

「護衛？」ハリーが言った。「僕たち、キングズ・クロスに護衛つきで行かなきゃならないのかい？」

「あなたが、キングズ・クロスに護衛つきで行くの」ハーマイオニーが訂正した。

「どうして？」ハリーはいらついた。「ヴォルデモートは鳴りを潜めてるはずだろ。それとも、ゴミ箱の陰からでも飛びかかってきて、僕を殺すとでも言うのかい？」

「そんなこと知らないわ。マッド-アイがそう言ってるだけ」ハーマイオニーは自分の時計を見ながら上の空で答えた。「とにかく、すぐ出かけないと、絶対に汽車に遅れるわ……」

「みんな、すぐ下りてきなさい。すぐに！」

ウィーズリーおばさんの大声がした。ハーマイオニーは火傷でもしたように飛び上がり、部屋から飛び出した。ハリーはヘドウィグをひっつかんで乱暴に籠に押し込み、トランクを引きずって、ハーマイオニーのあとから階段を下りた。

ブラック夫人の肖像画は怒り狂って吠えていたが、わざわざカーテンを閉めようとする者はだれもいない。ホールの騒音でどうせまた起こしてしまうからだ。

「――穢れた血！　クズども！　芥の輩！――」

「ハリー、私とトンクスと一緒にくるのよ」ギャーギャーわめき続けるブラック夫人の声に負けじと、おばさんがさけんだ。「トランクとふくろうは置いていきなさい。アラスターが荷物の面倒をみるわ……ああ、シリウス、なんてことを。ダンブルドアがだめだっておっしゃったでしょう！」

熊のような黒い犬がハリーの横に現れた。ハリーが、ホールに散らばったトランクを乗り越え乗り越え、ウィーズリーおばさんのほうに行こうとしているときだった。

「ああ、まったく……」ウィーズリーおばさんが絶望的な声で言った。「それなら、ご自分の責任でそうなさい！」

おばさんは玄関の扉をギーッと開けて外に出た。九月の弱い陽光の中、ハリーと犬があとに続いた。扉がバタンと閉まると、ブラック夫人のわめき声はたちまち断ち切られた。

「トンクスは？」十二番地の石段を下りながら、ハリーが見回した。十二番地は、歩道に出たとたん、かき消えるように見えなくなった。

「すぐそこで待ってます」おばさんはハリーの脇をはずみながら歩いている黒い犬を見ないようにしながら、硬い表情で答えた。

曲り角で老婆が挨拶した。くりくりにカールした白髪に、ポークパイの形をした紫の帽子をかぶっている。

「よッ、ハリー」老婆がウィンクした。「急いだほうがいいな、ね、モリー？」老婆が時計を見ながら言った。

「わかってるわ、わかってるわよ」おばさんはうめくように言うと、歩幅を大きくした。「だけど、マッド-アイがスタージスを待つって言うものだから……アーサーがまた魔法省の車を借りられたらよかったんだけど……ファッジったら、このごろアーサーには空のインク瓶だって貸してくれやしない……マグルは魔法なしでよくもまあ移動するものだわね……」

しかし大きな黒犬は、うれしそうに吠えながら、三人のまわりを跳ね回り、鳩に噛みつくまねをしたり、自分の尻尾を追いかけてみたりしていた。ハリーは思わず笑った。シリウスはそれだけ長い間屋敷に閉じ込められていたということだ。ウィーズリーおばさんは、ペチュニアおばさん並みに、唇をぎゅっと結んでいた。

キングズ・クロスまで歩いて二十分かかった。その間何事もなく、せいぜいシリウスがハリーを楽しませようと猫を二、三匹脅したくらいだ。駅に入ると、みなで九番線と十番線の間の柵付近を何気なくうろうろし、安全を確認した。そして一人ずつ柵に寄りかかり、楽々通り抜けて九と四分の三番線に出た。すでにホグワーツ特急が停車し、煤けた蒸気をプラットホームに吐き出していた。ホームは出発を待つ生徒や家族で一杯だった。ハリーは懐かしい匂いを吸い込み、心が高まるのを感じた……本当に帰るんだ……。

「ほかの人たちも間に合えばいいけど」ウィーズリーおばさんが、プラットホームに架かる鉄のアーチを心配そうに振り返った。そこからみなが現れるはずだ。

「いい犬だな、ハリー」縮れっ毛をドレッドヘアにした、背の高い少年が声をかけた。

「ありがとう、リー」ハリーは思わずにこっとした。シリウスはちぎれるほど尻尾を振っている。

「ああ、よかった」おばさんがほっとしたように言った。「アラスターと荷物だわ。ほら……」

不揃いの目に、ポーター帽子を目深にかぶり、トランクを積んだカートを押しながら、ムーディがコツッコツッとアーチをくぐってやってきた。

「すべてオーケーだ」ムーディがおばさんとトンクスにつぶやいた。「追跡されてはおらんようだ……」

すぐあとから、ロンとハーマイオニーを連れたウィーズリーおじさんがホームに現れた。ムーディのカートからほとんど荷物を降ろし終えたころ、フレッド、ジョージ、ジニーがルーピンと一緒に現れた。

「異常なしか？」ムーディがうなった。

「まったくなし」ルーピンが言った。

「それでも、スタージスのことはダンブルドアに報告しておこう」ムーディが言った。「やつはこの一週間で二回もすっぽかした。マンダンガス並みに信用できなくなっている」

「気をつけて」ルーピンが全員と握手しながら言い、最後にハリーのところにきて肩をポンとたたいた。「君もだ、ハリー、気をつけるんだよ」

「そうだ、目立たぬようにして、目玉をひんむいてるんだぞ」ムーディもハリーと握手した。

「それから、全員、忘れるな――手紙の内容には気をつけろ。迷ったら、書くな」

「みんなに会えて、うれしかったよ」トンクスが、ハーマイオニーとジニーを抱きしめた。

「またすぐ会えるね」

汽笛が鳴った。まだホームにいた生徒たちが、急いで汽車に駆け込みはじめた。

「早く、早く」ウィーズリーおばさんが、あわててみなを次々抱きしめ、ハリーは二度も捕まった。「手紙ちょうだい……いい子でね……忘れ物があったら送りますよ……汽車に乗って、さあ、早く……」

ほんの一瞬、大きな黒犬が後ろ足で立ち上がり、前足をハリーの両肩にかけた。しかし、ウィーズリーおばさんがハリーを汽車のドアのほうに押しやり、怒ったようにささやいた。

「まったくもう、シリウス、もっと犬らしく振る舞って！」

「さよなら！」汽車が動き出し、ハリーは開けた窓から呼びかけた。

ロン、ハーマイオニー、ジニーが、そばで手を振った。トンクス、ルーピン、ムーディ、ウィーズリーおじさん、おばさんの姿があっという間に小さくなった。しかし黒犬は、尻尾（しっぽ）を振り、窓のそばを汽車と一緒に走った。飛び去っていくホームの人影が、汽車を追いかける犬を笑いながら見ている。汽車がカーブを曲がり、シリウスの姿も見えなくなった。

「シリウスは一緒にくるべきじゃなかったわ」ハーマイオニーが心配そうな声で言った。

「おい、気楽にいこうぜ」ロンが言った。「もう何か月も陽の光を見てないんだぞ、かわいそうに」

「さーてと」フレッドが両手を打ち鳴らした。「一日中むだ話をしているわけにはいかない。リーと仕事の話があるんだ。またあとでな」

フレッドとジョージは、通路を右へと消えた。

汽車は速度を増し、窓の外を家々が飛ぶように過ぎ去り、立っているとみなぐらぐら揺れた。

「それじゃ、コンパートメントを探そうか？」ハリーが言った。

ロンとハーマイオニーが目配せし合った。

「えーと」ロンが言った。

「私たち――えーと――ロンと私はね、監督生の車両に行くことになってるの」ハーマイオニーが言いにくそうに言った。

ロンはハリーを見ていない。自分の左手の爪にやけに強い興味を持ったようだ。

「あっ」ハリーが言った。「そうか、わかった」

「ずうっとそこにいなくともいいと思うわ」ハーマイオニーが急いで言った。「手紙によると、男女それぞれの首席の生徒から指示を受けて、ときどき車内の通路をパトロールすればいいんだって」

「わかった」ハリーが繰り返す。「えーと、それじゃ、僕――僕、またあとでね」

「うん、必ず」ロンが心配そうにおずおずとハリーを盗み見ながら言った。「あっちに行くのはいやなんだ。僕はむしろ――だけど、僕たちしょうがなくて――だからさ、僕、楽しんではいないんだ。僕、パーシーとはちがう」ロンは反抗するように最後の言葉を言った。

「わかってるよ」ハリーはそう言ってほほえんだ。

しかし、ハーマイオニーとロンが、トランクとクルックシャンクスと籠入りのピッグウィジョンとを引きずって機関車のほうに消えていくと、ハリーは妙に寂しくなった。これまで、ホグワーツ特急の旅はいつもロンと一緒だった。

「行きましょ」ジニーが話しかけた。「早く行けば、あの二人の席も取っておけるわ」

「そうだね」ハリーは片手にヘドウィグの籠を、もう一方の手にトランクの取っ手を持った。二人はコンパートメントのガラス戸越しに中を覗きながら、通路をゴトゴト歩いた。どこも満席だった。興味深げにハリーを見つめ返す生徒の多いことに、ハリーはいやでも気がついた。何人かは隣の生徒を小突いてハリーを指さした。こんな態度が五車両も続いたあと、ハリーは「日刊予言者新聞」のことを思い出した。新聞はこの夏中、読者に対して、ハリーが嘘つきの目立ちたがり屋だと吹聴していた。自分を見つめたり、ひそひそ話をした生徒たちは、そんな記事を信じたのだろうかと、ハリーは寒々とした気持ちになった。

最後尾の車両で、二人はネビル・ロングボトムに出会った。グリフィンドールの五年生でハリーの同級生だ。トランクを引きずり、じたばた暴れるヒキガエルのトレバーを片手でにぎりしめて、丸顔を汗で光らせている。

「やあ、ハリー」ネビルが息を切らして挨拶した。「やあ、ジニー……どこも一杯だ……僕、席が全然見つからなくて……」

「なに言ってるの？」ネビルを押しつけるようにして狭い通路を通り、その後ろのコンパートメントを覗き込んで、ジニーが言った。「ここが空いてるじゃない。ルーニー・ラブグッド一人だけよ――」

ネビルは、邪魔したくないとかなんとかブツブツ言っている。

「ばか言わないで」ジニーが笑った。「この子は大丈夫よ」

ジニーが戸を開けてトランクを中に入れた。ハリーとネビルが続いた。

「こんにちは、ルーナ」ジニーが挨拶した。「ここに座ってもいい？」

窓際の女の子が目を上げた。濁り色のブロンドの髪が腰まで伸び、バラバラと広がっている。眉毛がとても薄い色の上に目が飛び出しているので、普通の表情でもびっくり顔だ。ネビルがどうしてこのコンパートメントをパスしようとしたのか、ハリーは納得した。この女の子には、明らかに変人のオーラが漂っている。もしかしたら、杖を安全に保管するため左耳に挟んでいるせいか、よりによってバタービールのコルクを繋ぎ合わせたネックレスをかけているせいか、または雑誌を逆さまに読んでいるせいかもしれない。女の子の目がネビルをじろっと見て、それからハリーをじっと見た。そしてうなずいた。

「ありがとう」ジニーが女の子にほほえんだ。ハリーとネビルは、トランク三個とヘドウィグの籠を荷物棚に上げて腰を掛けた。ルーナが逆さの雑誌の上から二人を見ている。雑誌には「ザ・クィブラー」と書いてある。この子は、普通の人間より瞬きの回数が少なくてすむらしい。ハリーを見つめに見つめている。ハリーは、真向かいに座ったことを後悔した。

「ルーナ、いい休みだった？」ジニーが聞いた。

「うん」ハリーから目を離さずに、ルーナが夢見るように言った。「うん、とっても楽しかったよ。あんた、ハリー・ポッターだ」ルーナが最後につけ加えた。

「知ってるよ」ハリーが言った。

ネビルがくすくす笑った。ルーナが淡い色の目を、今度はネビルに向けた。

「だけど、あんたがだれだか知らない」

「僕、だれでもない」ネビルがあわてて言った。

「ちがうわよ」ジニーが鋭く言った。「ネビル・ロングボトムよ――こちらはルーナ・ラブグッド。ルーナはわたしと同学年だけど、レイブンクローなの」

「計り知れぬ英知こそ、われらが最大の宝なり」ルーナが歌うように言った。

そしてルーナは、逆さまの雑誌を顔が隠れる高さに持ち上げ、ひっそりとなった。ハリーとネビルは眉(まゆ)をきゅっと吊り上げて、目を見交わした。ジニーはくすくす笑いを押し殺した。

汽車は勢いよく走り続け、いまはもう広々とした田園を走っている。天気が定まらない妙な日だ。燦々(さんさん)と陽が射し込むかと思えば、次の瞬間、汽車は不吉な暗い雲の下を走っていた。

「誕生日になにをもらったと思う？」ネビルが聞いた。

「また『思い出し玉』？」ネビルの絶望的な記憶力をなんとか改善したいと、ネビルのばあちゃんが送ってよこしたビー玉のようなものを、ハリーは思い出していた。

「ちがうよ」ネビルが言った。「でも、それも必要かな。前に持ってたのはとっくに失くしたから……ちがう。これ見て……」

　ネビルはトレバーをにぎりしめていないほうの手を学校の鞄に突っ込み、しばらくガサゴソして、小さな灰色のサボテンのような鉢植えを引っ張り出した。ただし、針ではなくおできのようなものが表面を覆っている。

「ミンビュラス・ミンブルトニア」ネビルが得意げに言った。

　ハリーはそのものを見つめた。かすかに脈を打っている姿は、病気の内臓のようで気味が悪い。

「これ、とってもとっても貴重なんだ」ネビルはにっこりした。「ホグワーツの温室にだってないかもしれない。僕、スプラウト先生に早く見せたくて。アルジー大おじさんが、アッシリアから僕のために持ってきてくれたんだ。繁殖させられるかどうか、僕、やってみようと思って」

　ネビルの得意科目が「薬草学」だということは知っていたが、どう見ても、こんな寸詰まりの小さな植物がいったいなんの役に立つのか、ハリーには皆目見当もつかなかった。

「これ――あの――役に立つの？」ハリーが聞いた。

「いっぱい！」ネビルが得意げに言った。「これ、びっくりするような防衛機能を持ってるんだ。ほら、ちょっとトレバーを持ってて……」

ネビルはヒキガエルをハリーの膝に落とし、鞄から羽根ペンを取り出した。ルーナ・ラブグッドの飛び出した目が、逆さまの雑誌の上からまた現れ、ネビルのやることを眺めていた。ネビルは〝ミンビュラス・ミンブルトニア〟を目の高さに掲げ、舌を歯の間からちょこっと突き出し、適当な場所を選んで、羽根ペンの先でその植物をちくりと突っついた。

植物のおできというおできから、ドロリとした暗緑色の臭い液体がどっと噴き出した。それが天井やら窓やらに当たり、ルーナ・ラブグッドの雑誌にひっかかった。危機一髪、ジニーは両腕で顔を覆ったが、ベトッとした緑色の帽子をかぶっているように見える。ハリーは、トレバーが逃げないように押さえて両手が塞がっていたので、思いっ切り顔で受けてしまった。腐った堆肥のような臭いがした。

ネビルは顔も体もベットリで、目にかかった最悪の部分を払い落とすのに頭を振った。

「ご――ごめん」ネビルが息を呑んだ。「僕、試したことなかったんだ……知らなかった。こんなに……でも、心配しないで。『臭液』は毒じゃないから」ハリーが口一杯に詰まった液を床に吐き出したのを見て、ネビルがおどおどと言った。

ちょうどそのとき、コンパートメントの戸が開いた。

「あら……こんにちは、ハリー……」緊張した声がした。「あの……悪いときにきてしまったかしら？」

ハリーはトレバーから片手を離し、メガネを拭った。長い艶つやした黒髪の、とてもかわいい女の子が戸口に立ってハリーに笑いかけていた。レイブンクローのクィディッチ・チームのシーカー、チョウ・チャンだ。

「あ……やあ」ハリーはなんの意味もない返事をした。

「あン……」チョウが口ごもった。「あの……挨拶しようと思っただけ……じゃ、またね」

顔をほんのり染めて、チョウは戸を閉めて行ってしまった。ハリーは椅子にぐったりもたれかかってうめいた。かっこいい仲間と一緒にいて、みながハリーの冗談で大笑いしているところにチョウがきたらどんなによかったか。ネビルやルーニー・ラブグッドと一緒で、ヒキガエルをにぎりしめ、「臭液」を滴らせているなんて、だれが好きこのんで……。

「気にしないで」ジニーが元気づけるように言った。「ほら、簡単に取れるわ」ジニーは杖を取り出して呪文を唱えた。「スコージファイ！　清めよ！」

「臭液」が消えた。

「ごめん」ネビルがまた小さな声で詫びた。

ロンとハーマイオニーは一時間近く現れなかった。もう車内販売のカートも通り過ぎ、ハリー、ジニー、ネビルはかぼちゃパイを食べ終わって蛙チョコのカード交換に夢中になっていたそのとき、コンパートメントの戸が開いて二人が入ってきた。クルックシャンクスも、籠(かご)の中でかん高い鳴き声を上げているピッグウィジョンも一緒だ。

「腹へって死にそうだ」ロンはピッグウィジョンをヘドウィグの隣にしまい込み、ハリーから蛙チョコをひったくりながらその横にドサリと座った。包み紙をはぎ取るや蛙の頭にかじりつき、午前中だけで精魂尽き果てたかのように、ロンは目を閉じて椅子の背に寄りかかった。

「あのね、五年生は各寮に二人ずつ監督生(かんとくせい)がいるの」ハーマイオニーは、この上なく不機嫌な顔で椅子に掛けた。「男女一人ずつ」

「それで、スリザリンの監督生はだれだと思う?」ロンが目を閉じたまま言った。

「マルフォイ」ハリーが即座に答えた。最悪の予想が的中するだろうと思った。

「大当たり」ロンが残りの蛙チョコを口に押し込み、もう一つ摘みながら、苦々しげに言った。

「それにあのいかれた牝牛(めうし)のパンジー・パーキンソンよ」ハーマイオニーが辛辣(しんらつ)に言い放つ。

「脳震盪(のうしんとう)を起こしたトロールよりばかなのに、どうして監督生になれるのかしら

「……」

「ハッフルパフはだれ？」ハリーが聞いた。

「アーニー・マクミランとハンナ・アボット」ロンが口一杯のまま答えた。

「それから、レイブンクローはアンソニー・ゴールドスタインとパドマ・パチル」ハーマイオニーが言った。

「あんた、クリスマス・ダンスパーティにパドマ・パチルと行った」ぼーっとした声が言った。

みな一斉にルーナ・ラブグッドを見た。ルーナは「ザ・クィブラー」誌の上から、瞬きもせずにロンを見つめていた。ロンは口一杯の蛙をゴクッと飲み込んだ。

「ああ、そうだけど」ロンがちょっと驚いた顔をした。

「あの子、あんまり楽しくなかったって」ルーナがロンに教えた。「あんたがあの子とダンスしなかったから、ちゃんと扱ってくれなかったって思ってるんだ。あたしだったら気にしなかったよ」ルーナは思慮深げに言葉を続けた。「ダンスはあんまり好きじゃないもン」

ルーナはまた「ザ・クィブラー」の陰に引っ込んだ。ロンはしばらく口をぽっかり開けたまま雑誌の表紙を見つめていたが、それからなにか説明を求めるようにジニーを向いた。しかし、ジニーはくすくす笑いを堪（こら）えようとにぎり拳（こぶし）の先端を口に突っ込んでいた。ロンは呆然として、頭を振り、それから腕時計を見た。

「一定時間ごとに通路を見回ることになってるんだ」ロンがハリーとネビルに言った。「それから、態度が悪いやつには罰則を与えることができる。クラッブとゴイルに難癖つけてやるのが待ち切れないよ……」

「ロン、立場を濫用してはだめ！」ハーマイオニーが厳しく言った。

「ああ、そうだとも。だって、マルフォイは絶対濫用しないからな」ロンが皮肉たっぷりに応じた。

「それじゃ、あいつと同じところに身を落とすわけ？」

「ちがう。こっちの仲間がやられるより絶対先に、やつの仲間をやってやるだけさ」

「まったくもう、ロン――」

「ゴイルに書き取り百回の罰則をやらせよう。あいつ、書くのが苦手だから、死ぬぜ」

ロンはうれしそうに、ゴイルのブーブー声のように声を低くして顔をしかめ、一所懸命集中するときの苦しい表情を作り、空中に書き取りをするまねをした。

「僕が……罰則を……受けたのは……ヒヒの……尻に……似ているから」

みな大笑いだった。しかし、ルーナ・ラブグッドの笑いこけ方にはかなわない。ルーナは悲鳴のような笑い声を上げた。ヘドウィグが目を覚まして怒ったように羽をばたつかせ、クルックシャンクスは上の荷物棚まで跳び上がってシャーッと鳴いた。ルーナがあんまり笑い転げたので、持っていた雑誌が手から滑り落ち、足を伝って床まで落ちた。

「それって、おかしいぃ！」

ルーナは息も絶え絶えで、飛び出した目に涙をあふれさせてロンを見つめていた。ロンは途方に暮れて、周囲を見回した。そのロンの表情がおかしいやら、ルーナが鳩尾（みずおち）を押さえて体を前後に揺すり、ばかばかしいほど長々と笑い続けるのがおかしいやらで、またみなが笑った。

「君、からかってるの？」ロンがルーナに向かって顔をしかめた。

「ヒヒの……尻！」ルーナが脇腹を押さえながら咽（む）せた。

みな、ルーナの笑いっぷりを見ていた。しかし床に落ちた雑誌をちらりと見たハリーは、はっとして飛びつくように雑誌を取り上げた。逆さまのときは表紙がなんの絵かわかりにくかったが、こうして見ると、コーネリウス・ファッジのかなり下手な漫画だった。ファッジだとわかったのは、ライム色の山高帽が描いてあったからだ。片手は金貨の袋をしっかりとつかみ、もう一方の手で小鬼の首を締（し）め上げている。画に説明文がついていた。

「ファッジのグリンゴッツ乗っ取りは、どのくらい乗っているか?」

その下に、他の掲載記事の見出しが並んでいた。

腐ったクィディッチ選手権——トルネードーズはこうして主導権をにぎる

古代ルーン文字の秘密解明

シリウス・ブラック——加害者か被害者か?

「これ読んでもいい?」ハリーは真剣にルーナに頼んだ。

ルーナは、まだ息も絶え絶えに笑いながらロンを見つめていたが、うなずいた。

ハリーは雑誌を開き、目次にさっと目を走らせた。いままで、キングズリーがシリウスに渡してくれとウィーズリーおじさんに渡した雑誌のことなどすっかり忘れていたが、あれは「ザ・クィブラー」のこの号だったにちがいない。

その記事はすぐに見つかった。ハリーは興奮して読んだ。

この記事もイラスト入りだったが、かなり下手な漫画で、実際、説明文がなかったら、ハリーにはとてもシリウスだとはわからなかったろう。シリウスが人骨の山の上に立って杖(つえ)を構えている。見出しはこうだ。

シリウス――ブラックは本当にブラック（クロ）なのか？
大量殺人鬼？　それとも歌う恋人？

ハリーは小見出しを数回読みなおして、やっと読みちがえではないと確認した。シリウスはいつから歌う恋人になったんだ？

十四年間、シリウス・ブラックは十二人のマグルと一人の魔法使いを殺した大量殺人者として有罪とされてきた。二年前、大胆不敵にもアズカバンから脱獄した後、魔法省始まって以来の広域捜査網が張られている。ブラックが再逮捕され、吸魂鬼の手に引き渡されるべきであることを、だれも疑わない。

しかし、そうなのか？

最近明るみに出た驚くべき新事実によれば、シリウス・ブラックは、アズカバン送りになった罪を犯していないかもしれない。事実、リトル・ノートンのアカンサス通り十八番地に住むドリス・パーキスによれば、ブラックは殺人現場にいなかった可能性がある。

「シリウス・ブラックが仮名だってことに、だれも気づいてないのよ」とパーキス夫人は語った。「みんながシリウス・ブラックだと思っているのは、本当はスタビィ・ボードマンで、『ザ・ホブゴブリンズ』という人気シンガーグループのリードボーカルだった人よ。十五年ぐらい前に、リトル・ノートンのチャーチ・ホールでのコンサートのとき、耳を蕪で打たれて引退したの。新聞でブラックの写真を見たとき、私にはすぐわかったわ。ところで、スタビィはあの事件を引き起こせたはずがないの。だって事件の日、あの人はちょうど、蠟燭の灯りの下で、私とロマンチックなディナーを楽しんでいたんですもの。私、もう魔法省に手紙を書きましたから、シリウスことスタビィは、もうすぐ特赦になると期待してますわ」

読み終えて、ハリーは信じられない気持ちでそのページを見つめた。冗談かもしれない、とハリーは思った。この雑誌はよくパロディを載せるのかもしれない。ハリーはまたパラパラと二、三ページめくり、ファッジの記事を見つけた。

魔法大臣コーネリウス・ファッジは、魔法大臣に選ばれた五年前、魔法使いの銀行であるグリンゴッツの経営を乗っ取る計画はないと否定した。ファッジは常に、我々の金貨を守る者たちとは、「平和裏に協力する」ことしか望んでいないと主張してきた。

しかしそうなのか？

大臣に近い筋が最近暴露したところによれば、ファッジの一番の野心は、小鬼の金の供給を統制することであり、そのためには力の行使も辞さないと言う。

「今回がはじめてではありませんよ」魔法省内部の情報筋はそう明かした。

『小鬼つぶしのコーネリウス・ファッジ』というのが大臣の仲間内での綽名です。だれも聞いていないと思うと、大臣はいつも、ええ、自分が殺させた小鬼のことを話していますよ。溺れさせたり、ビルから突き落としたり、毒殺したり、パイに入れて焼いたり……」

ハリーはそれ以上は読まなかった。ファッジは欠点だらけかもしれないが、小鬼をパイに入れて焼くように命令するとはとても考えられない。ハリーはページをパラパラめくった。数ページごとに目を止めて読んでみた。――タッツヒル・トルネードーズがこれまでクィディッチ選手権で優勝したのは、脅迫状、箒の違法な細工、拷問などの結果だ――クリーンスイープ6号に乗って月まで飛び、証拠に「月蛙」を袋一杯持ち帰ったと主張する魔法使いのインタビュー――古代ルーン文字の記事――。少なくともこの記事で、ルーナが「ザ・クィブラー」を逆さに読んでいた理由が説明できる。ルーン文字を逆さにすると、敵の耳を金柑の実に変えてしまう呪文が明らかになるという記事だった。「ザ・クィブラー」の他の記事に比べれば、シリウスが本当は「ザ・ホブゴブリンズ」のリードボーカルかもしれないという記事は、事実、相当まともなほうだ。

「なにかおもしろいの、あったか？」ハリーが雑誌を閉じると、ロンが聞いた。

「あるはずないわ」ハリーが答える前に、ハーマイオニーが辛辣に言った。『ザ・クィブラー』って、クズ雑誌よ。みんな知ってるわ」

「あら」ルーナの声が急に夢見心地でなくなった。「あたしのパパが編集してるんだけど」

「私――あ」ハーマイオニーが困った顔をした。「あの……ちょっとおもしろいものも……つまり、とっても……」

「返してちょうだい。はい、どうも」

ルーナは冷たく言うと、身を乗り出すようにしてハリーの手から雑誌をひったくった。ページをパラパラめくって五十七ページを開き、ルーナはまた当然のように雑誌をひっくり返し、その陰に隠れた。ちょうどそのとき、コンパートメントの戸が開いた。三度目だ。

ハリーが振り返ると、思ったとおりの展開だった。ドラコ・マルフォイのにやにや笑いと、両脇にいる腰巾着のクラッブ、ゴイルが予想どおり現れたからといって、それで楽しくなるわけはない。

「なんだい？」マルフォイが口を開く前に、ハリーが突っかかった。

「礼儀正しくだ、ポッター。さもないと、罰則だぞ」マルフォイが気取った声で言った。滑らかなプラチナ・ブロンドの髪と尖った顎が、父親そっくりだ。「おわかりだろうが、君とちがって僕は監督生だ。つまり、君とちがって罰則を与える権限がある」

「ああ」ハリーが言った。「だけど君は、僕とちがって卑劣なやつだ。だから出ていけ。邪魔するな」

ロン、ハーマイオニー、ジニー、ネビルが笑った。マルフォイの唇が歪んだ。

「教えてくれ、ポッター。ウィーズリーの下につくというのは、どんな気分だ？」

マルフォイが聞いた。

「黙りなさい、マルフォイ」ハーマイオニーが鋭く言った。

「どうやら逆鱗に触れたようだねぇ」マルフォイがにやりとした。「まあ、気をつけることだな、ポッター。なにしろ僕は、君の足が規則の一線を踏み越えないように、犬のように追け回すからね」

「出ていきなさい！」ハーマイオニーが立ち上がった。

にたにたしながら、マルフォイはハリーに憎々しげな一瞥を投げて出ていった。クラッブとゴイルがドスドスとあとに続いた。ハーマイオニーはその後ろからコンパートメントの戸をピシャリと閉め、ハリーを見た。ハリーはすぐに悟った。ハーマイオニーもハリーと同じように、マルフォイがいま言ったことを聞き咎め、ハリーと同じようにひやりとしたのだ。

「もひとつ蛙を投げてくれ」ロンはなんにも気づかなかったらしい。

ネビルとルーナの前では、ハリーは自由に話すわけにはいかなかった。心配そうなハーマイオニーともう一度目配せし合い、ハリーは窓の外を見つめた。

シリウスがハリーと一緒に駅にきたのは、軽いジョークだとすましていた。急にそれが、むちゃで、本当に危険な行為だったかもしれないと思われた……。ハーマイオニーの言うことは正しかった……シリウスはついてくるべきではなかったのだ。マルフォイ氏が黒い犬に気づいて、ドラコに教えたのだとしたら？　ウィーズリー夫妻や、ルーピン、トンクス、ムーディがシリウスの隠れ家を知っていると、マルフォイ氏が推測したとしたら？　それともドラコが「犬のように」と言ったのは、単なる偶然なのか？

北へ北へと旅が進んでも、天気は相変わらず気まぐれだった。中途半端な雨が窓にかかったかと思うと、太陽がかすかに顔を覗かせ、それもまた流れる雲に覆われた。暗闇が迫り車内のランプが点くと、ルーナは「ザ・クィブラー」を丸め、大事そうに鞄にしまい、今度はコンパートメントの一人ひとりをじっと見つめはじめた。

ハリーは、ホグワーツが遠くにちらりとでも見えないかと、額を車窓にくっつけていた。しかし、月のない夜で、しかも雨に打たれた窓は汚れていた。

「着替えたほうがいいわ」ハーマイオニーが促した。

ロンとハーマイオニーはローブの胸に、しっかり監督生バッジをつけた。ロンが暗い窓に自分の姿を映しているのをハリーは見た。

汽車がいよいよ速度を落としはじめた。みなが急いで荷物やペットを集め、降りる仕度を始めたので、車内のあちこちがいつものように騒がしくなった。ロンとハーマイオニーは、それを監督することになっているので、クルックシャンクスとピッグウィジョンの世話をみなにまかせて、コンパートメントを出ていった。

「そのふくろう、あたしが持ってあげてもいいよ」ルーナはハリーにそう言うと、ピッグウィジョンの籠に手を伸ばした。ネビルはトレバーをしっかり内ポケットに入れた。

「あ――え――ありがとう」ハリーは籠を渡し、ヘドウィグの籠のほうをしっかり両腕に抱えた。

全員がなんとかコンパートメントを出て通路の生徒の群れに加わると、冷たい夜風の最初のひと吹きがぴりっと顔を刺した。出口のドアに近づくと、ハリーは湖への道の両側に立ち並ぶ松の木の匂いを感じた。ハリーはホームに降り、周囲を見回して懐かしい「イッチ年生はこっち……イッチ年生……」の声を聞こうとした。

しかし、その声が聞こえない。代わりに、まったく別の声が呼びかけていた。きびきびした魔女の声だ。「一年生はこっちです。こっちに並んで！　一年生は全員こっちにおいで！」

カンテラが揺れながらこちらにやってきた。その灯りで、突き出した顎とがりがりに刈り上げた髪が見えた。グラブリー－プランク先生、去年ハグリッドの「魔法生物飼育学」をしばらく代行した魔女だ。

「ハグリッドはどこ？」ハリーは思わず声に出した。

「知らないわ」ジニーが答えた。「とにかく、ここから出たほうがいいわよ。私たち、ドアを塞いじゃってる」

「あ、うん……」

ホームを歩き、駅を出るまでに、ハリーはジニーとはぐれてしまった。人波に揉まれながら、ハリーは暗がりに目を凝らしてハグリッドの姿を探した。ここにいるはずだ。ハリーはずっとそれを心の拠り所にしてきた――またハグリッドに会える。それが、ハリーの一番楽しみにしていたことの一つなのだ。しかし、どこにもハグリッドの気配はない。

「いなくなるはずはない」出口への狭い道を生徒の群れに交じって小刻みにのろのろ歩き、外の通りに向かいながらハリーは自分に言い聞かせていた。「風邪を引いたかなんかだろう……」

ハリーはロンとハーマイオニーを探した。グラブリー-プランク先生が再登場したことを、二人がどう思うか知りたかった。しかし、二人ともハリーの近くには見当たらない。しかたなくハリーはホグズミード駅の外に押し出され、雨に洗われた暗い道路に立った。

二年生以上の生徒を城まで連れていく馬なしの馬車が、百台余りここに待っている。ハリーは馬車をちらりと見てすぐ目を逸らし、ロンとハーマイオニーを探しにかかろうとして、ぎょっとした。

馬車はもう馬なしではなかった。馬車の轅の間に、生き物がいた。名前をつけるなら、馬と呼ぶべきなのだろう。しかし、なんだか爬虫類のようでもある。まったく肉がなく、黒い皮が骨にぴったり張りついて、骨の一本一本まで見える。頭はドラゴンのようだ。瞳のない目は白濁し、じっと見つめている。背中の隆起した部分から翼が生えていた——巨大な黒い鞣し革のような翼は、むしろ巨大コウモリの翼にふさわしい。暗闇にじっと静かに立ち尽くす姿は、この世の物とも思えず、不吉に見えた。馬なしで走れる馬車なのに、なぜこんな恐ろしげな馬に引かせなければならないのか、ハリーには理解できなかった。

「ピッグはどこ?」すぐ後ろでロンの声がした。ハリーは急いで振り返った。ロンにハグリッドのことを早く相談したかった。「いったいどこに――」

「ハグリッドがいるかって? さあ、どうしたんだろ」ロンも心配そうな声だ。「無事だといいけど……」

少し離れたところに、取り巻きのクラッブ、ゴイル、パンジー・パーキンソンを従えたドラコ・マルフォイがいて、おとなしそうな二年生を押し退け、自分たちが馬車を一台独占しようとしていた。やがてハーマイオニーが、群れの中から息を切らして現れた。

「マルフォイのやつ、あっちで一年生に、ほんとにむかつくことをしてたのよ。絶対に報告してやる。ほんの三分もバッジを持たせたら、嵩にかかって前よりひどいいじめをするんだから……クルックシャンクスはどこ?」

「ジニーが持ってる」ハリーが答えた。「あ、ジニーだ……」

ジニーがちょうど群れから現れた。じたばたするクルックシャンクスをがっちり押さえている。

「ありがとう」ハーマイオニーは、ジニーを猫から解放してやった。「さあ、一緒に馬車に乗りましょう。満席にならないうちに……」

「ピッグがまだだ！」ロンが言った。しかし、ハーマイオニーはもう一番近い空の馬車に向かっていた。ハリーはロンと一緒にあとに残った。

「こいつら、いったいなんだと思う？」他の生徒たちを次々やり過ごしながら、ハリーは気味の悪い馬を顎で指してロンに聞いた。

「こいつらって？」

「この馬だよ――」

ルーナがピッグウィジョンの籠を両腕に抱えて現れた。チビふくろうは、いつものように興奮してさえずっていた。

「はい、これ」ルーナが言った。「かわいいチビふくろうだね？」

「あ……うん……まあね」ロンが無愛想に言った。「えーと、さあ、じゃ、乗ろうか……ハリー、なんか言ってたっけ？」

「うん。この馬みたいなものはなんだろう？」ロンとルーナと三人で、ハーマイオニーとジニーが乗り込んでいる馬車に向かいながら、ハリーが言った。

「どの馬みたいなもの？」

「馬車を引いてる馬みたいなもの！」

ハリーはいらいらしてきた。一番近いのなら、ほんの一メートル先にいるのに。虚ろな白濁した目でこっちを見ているのに。しかし、ロンはわけがわからない目つきでハリーを見た。

「なんのことを話してるんだ？」

「これのことだよ――見ろよ！」

ハリーはロンの腕をつかんで後ろを向かせた。翼のついた馬を真正面から見せるためだ。ロンは一瞬それを直視したが、すぐハリーを振り向いて言った。

「なにが見えてるはずなんだ？」

「なにがって――ほら、棒と棒の間！　馬車に繋がれて！　君の真ん前に――」

しかし、ロンは相変わらず呆然としている。ハリーは奇妙なことに思いいたった。

「見えない……君、あれが見えないの？」

「なにが見えないって？」

「馬車を引っ張ってるものが見えないのか？」

ロンは今度こそ本当に驚いたような目を向けた。

「ハリー、気分悪くないか？」

「僕……ああ……」

ハリーはまったくわけがわからなかった。馬は自分の目の前にいる。背後の駅の窓から流れ出るぼんやりした明かりにてらてらと光り、冷たい夜気の中で鼻息が白く立ち昇っている。それなのに――ロンが見えないふりをしているなら別だが――そんなふりをしているなら、下手な冗談だ――ロンにはまったく見えていないのだ。

「それじゃ、乗ろうか？」ロンは心配そうにハリーを見て、戸惑いながら聞いた。

「うん」ハリーが言った。「うん、中に入れよ……」

「大丈夫だよ」ロンが馬車の内側の暗いところに入って姿が見えなくなると、ハリーの横で、夢見るような声がした。「あんたがおかしくなったわけでもなんでもないよ。あたしにも見えるもン」

「君に、見える？」ハリーはルーナを振り返り、藁(わら)にもすがる思いで聞いた。ルーナの見開いた銀色の目に、コウモリ翼の馬が映っているのが見えた。

「うん、見える」ルーナが言った。「あたしなんか、ここにきた最初の日から見えてたよ。こいつたち、いつも馬車を引いてたんだ。心配ないよ。あんたはあたしと同じぐらい正気だもン」

ちょっとほほえみながら、ルーナは、ロンのあとからかび臭い馬車に乗り込んだ。かえって自信が持てなくなったような気持ちで、ハリーもルーナのあとに続いた。

本書は
単行本二〇〇四年九月　静山社刊
携帯版二〇〇八年三月　静山社刊
を四分冊にした1です。

装画　おとないちあき
装丁　坂川事務所

ハリー・ポッター文庫⑩
ハリー・ポッターと不死鳥の騎士団
〈新装版〉5－1
2022年9月6日　第1刷

作者　J.K.ローリング
訳者　松岡佑子

発行者　松岡佑子
発行所　株式会社静山社
〒102-0073　東京都千代田区九段北1-15-15
TEL 03(5210)7221
印刷・製本　中央精版印刷株式会社

ISBN 978-4-86389-689-5　printed in Japan